朝鮮是個謎

從神祕到
真實的
北韓探索紀行

江迅——著

目次

序言 008

第一章 從丹東出境 029
朝鮮一感冒，丹東打噴嚏。水色青綠的鴨綠江，中國與朝鮮的界河。
丹東人的話描述，「站著撒尿也能射到對岸」。

第二章 從新義州入境 043
入鄉要隨俗，去朝鮮要記住無數個「不准」。
朝鮮人總想把自己最美好的一面，展現在外人面前。這正是缺乏自信和自尊的表現。

第三章 名存實亡的經濟特區 057
朝鮮先後有四大經濟特區，前後折騰二十年，依然是「鐵絲環繞」的「特區」。
中朝邊境悄悄誕生一批「邊境富人」。

第四章 最孤立的經濟體悄悄開了一點門 071
香港國際董事長錢浩民跨過鴨綠江。朝鮮內閣經濟政策綜合部長李正煥說：
「沒有一個國家會拒絕財富。」

第五章 口號車、口號樹和標語牆 089
「強盛大國」的口號隨處可見。
二〇〇九年最多標語無疑是「一百五十天戰鬥」自救運動。

第六章 吉林邊境——圖們、龍井、琿春和防川 101
毛澤東接到金日成請求後，慷慨將天池的一半劃給了朝鮮。

第七章 去平壤的火車上 117

列車停了三小時，先後有五批朝鮮檢查人員進入車廂檢查，
檢查身分證件，檢查入境證，檢查身體健康證明書，檢查遊客身上每一個口袋。

第八章 月收入只能買三斤豬肉 125

世界上沒有一個國家的首都，會像平壤那樣寧靜得「無聲無息」。
朝鮮實行配給制，包括住房和部分糧食、副食品。

第九章 我的採訪差點兒告吹 139

每一個朝鮮人都是爲金日成而活，爲金正日而活。
太陽節那天，去錦繡山紀念宮，剛離開金日成遺體，全程採訪差點被取消。

第十章 金日成花與金正日花 149

金日成花是印尼植物學者經三十多年培育並由總統蘇加諾命名。
金正日花由日本園藝學家加茂元照經二十多年培育並命名的。

第十一章 大同江啤酒寫入朝鮮廣告史 163

四十年前平壤就有地鐵，是世界最深的地鐵系統。
手機不再是「奢侈品」，用户已達一百五十萬户。

第十二章 「鏗鏘玫瑰」女交警 181

沒有色彩的平壤，最有色彩的無疑是女交警了。
女交警工作辛苦，待遇卻得到國家特別照顧。

第十三章 「招牌」女主播 187

一天在朝鮮，便一天不知道外界有沒有發生什麼驚天動地的大事。
朝鮮的重大新聞都由央視女主播李春姬主持。

第十四章　這七個月，女人必須穿裙子　197

平壤政府曾有規定，每年四至十月，婦女出門必須穿裙子，因爲金日成說過，女子穿裙最能體現美。

第十五章　羊角島賭場和世上最大爛尾樓　211

朝鮮當局是玩弄數字高手，諸多政治建築物的數字隱含特殊意義。主體思想塔身有七十節，象徵金日成七十壽辰。

第十六章　《阿里郎》演唱朝鮮政治語言　225

十萬人團體操演出，世上絕無僅有，唯有集權國家才能創造這樣的奇蹟，被載入金氏世界紀錄。

第十七章　出國留學觀察外面世界　233

朝鮮學生的刻苦聞名世界。到香港學習的這批朝鮮官員珍惜來港學習機會，週末仍在閱讀。

第十八章　金日成之死內情　243

一九九四年入夏，八十二歲的金日成，接待到訪的美國前任總統卡特，他忙碌而又興奮，一整晚風塵僕僕。

第十九章　金正日神祕的地下通道　253

金正日辦公室位於平壤市中區，從辦公室坐電梯到地下百米，順地下通道，步行十五分鐘可抵達官邸。

第二十章　金正男、金正哲接班希望落空　267

金正男出席支持在朝鮮國內的資本主義團體集會，推崇中國式改革，觸怒了父親。

第二十一章 金正日為金正恩接班護航 277
金正恩在會場鼓掌的動作完全照搬父親和爺爺的鼓掌方式，他的髮型也已改爲金日成髮型，被稱爲「雄心壯志」髮型。

第二十二章 患病的金正日一年內三次訪華 289
病中的金正日在一年內三次訪華，是他感知國際環境變遷，要尋求中國經濟合作。這是此行重中之重。

第二十三章 從金正日時代到金正恩時代 299
世上唯一的「八〇後」元首，最年輕的社會主義國家領袖，二戰以來最年輕的國家執政者。

第二十四章 歌劇《紅樓夢》與《梁祝》 311
金正日愛好收藏電影拷貝和影視劇碟片，他擁有一座龐大的「電影資料庫」。

第二十五章 板門店，活生生的冷戰博物館 323
殘酷的戰爭歷史、嚴峻的政治現實，南北韓割裂的痛苦，和商業旅遊交織。

附 錄 朝鮮檔案 337

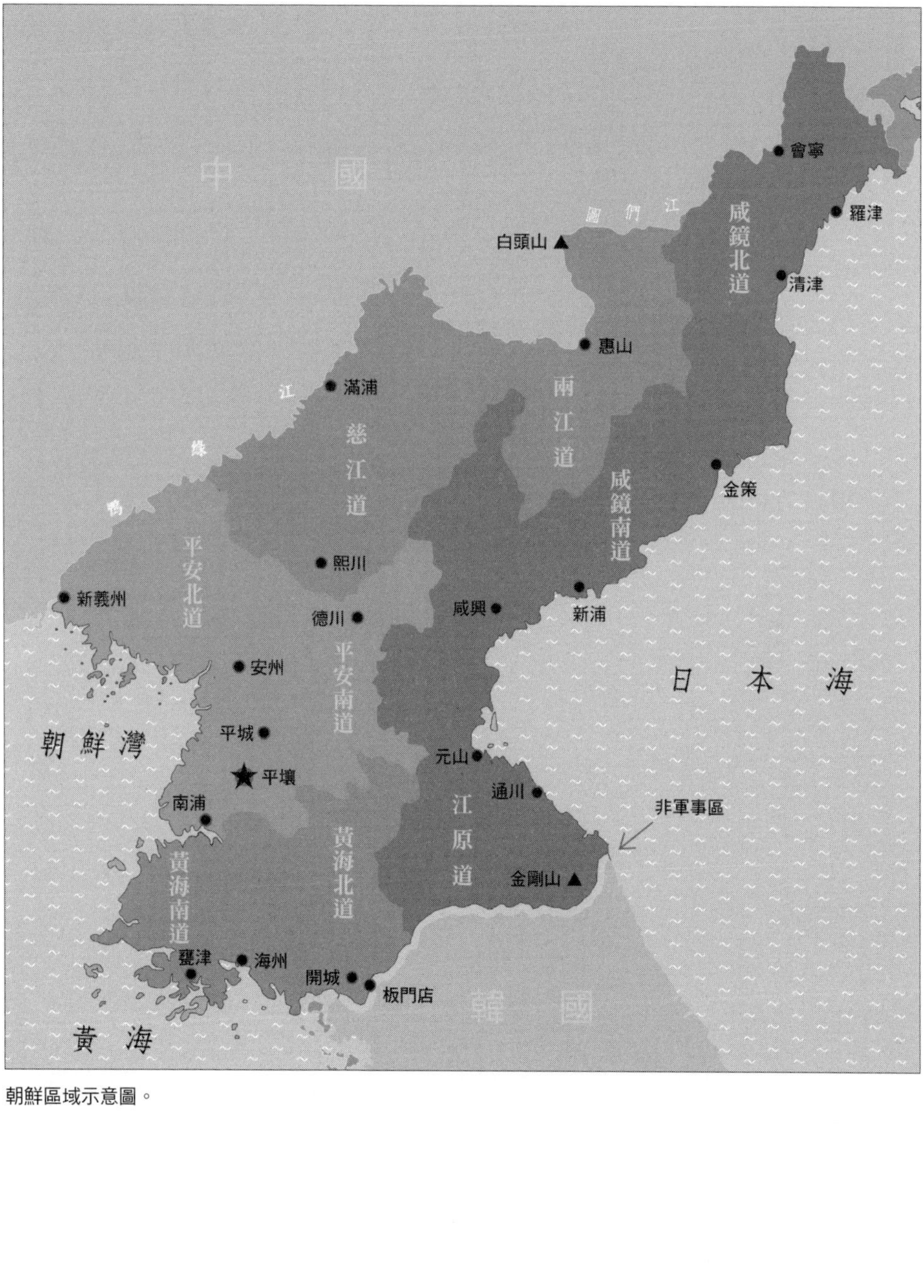
中國
圖們江
會寧
羅津
白頭山
咸鏡北道
清津
惠山
滿浦
兩江道
慈江道
鴨綠江
金策
咸鏡南道
平安北道
熙川
新義州
德川
咸興
新浦
平安南道
安州
日本海
朝鮮灣
平城
平壤
元山
通川
非軍事區
南浦
江原道
黃海北道
黃海南道
金剛山
甕津
海州
開城
板門店
韓國
黃海

朝鮮區域示意圖。

序言

朝鮮是個「謎」。

這個謎所隱含的密碼，全世界都力圖破譯；密碼背後藏匿的亮點和暗點，更令人好奇而試圖解讀。

外界總以奇異目光，審視朝鮮這片神祕土地。

真是「冰炭不同室，粉墨不同槖」。

美國媒體認為，朝鮮共和國是「支持恐怖主義的邪惡軸心」；香港媒體認為，朝鮮是世界上「最封閉的國家」；朝鮮媒體認為，自己國民生活在「最幸福的國家」；中國媒體就有不同視角，有說它「貧窮落後」，有說它「毅力非凡」，也有說它是當今世界所剩不多的鐵幕國家。

朝鮮全稱：朝鮮民主主義人民共和國。當今世界是什麼年代了，弔詭的是，最不民主最不共和最無視人民的朝鮮，都叫「民主主義人民共和國」了，連金正日在世時都要假造樣板民意以擁戴自重，世界上還有哪個國家的領袖，會說自己不需要「民主」，不需要「人民」民意？這世界就是如此被「妖魔」了。

外面的世界妖魔化朝鮮，朝鮮也妖魔化外面的世界。朝鮮被外界扭曲，外界也被朝鮮扭曲。就像中國政治和軍事不透明，外面的世界總是以有色眼光揣度中國，比中國更封閉的朝鮮，外界的種種流言，人們總是信以為真。

說一個日本記者收買朝鮮叛逃特工造假的事。

日本這個插著「太陽旗」、唱著〈君之代〉的國家，諸多媒體的涉朝新聞，自擺烏龍已不足為奇。二〇〇六年十月，《富士日刊》曾「預測」，朝鮮經歷大饑荒後陷入崩潰，日本媒體還曾報導「朝鮮軍隊變節」、「朝鮮流行反金正日手冊」等一系列假新聞。

按理說，日本人是最注重「依據」而一板一眼的民族。在日本，我看到過一部中學教科書的輔助讀物《數據書》，講述世界各國各種數據。在中國那一節，竟赫然寫道：「馬一千零一十九萬匹，豬四萬六千八百零六頭，雞三十億隻……」這數據，中國人連想都沒想到過，更不知這數據能從哪兒獲得，日本人卻可以拿到手，更堂堂正正寫進教科書的輔本，可見日本人對情報資訊的重視。不過，大凡涉朝新聞，日本媒體卻常有「造假」行為。叛逃到韓國的原朝鮮特工安明進，就和日本媒體聯手演出了一場造假大戲。

朝鮮問題，是日本電視觀眾最為關注的國際題材之一。日本觀眾對安明進並不陌生，在日本電視上，他經常露臉，講述一些他在朝鮮的「傳奇經歷」。他透露，上世紀八〇年代末，他在朝鮮一所間諜學校受訓，有一名日本女子在該校教日語。據他所知，該女子十多歲時，在日本新潟海邊遭綁架。

根據安明進的描述，日本媒體「推斷」，安明進所說的那女子，就是十多年前失蹤的橫田惠。

日方邀請安明進出席國會聽證會，他的證言更令人瞠目結舌：「一九八九年至一九九一年，我曾經見過包括橫田惠在內的十五名日本被綁架人質。」日本媒體將安明進的講述，作為朝鮮綁架日本人的「鐵證」大肆宣傳。但沒過多久，安明進因販毒被韓國警方拘捕。他供認說，他的那些關於日本人被綁架人質的「證言」，純屬子虛烏有，由於每次日本記者採訪，都會給他「資訊費」，他才會不斷說謊，不斷撈錢。正是：受人一飯，聽人使喚。

日本媒體愛在涉朝新聞上「做手腳」，主要還是市場經濟利益。日本報刊封面上只要刊登金正日的照片，銷量就顯著上升。喜好登載小道消息的《富士日刊》、《現代日刊》等傳媒，隔三差五就會刊登有關朝鮮政局的消息，這些消息大都未經核實，也無從核實。日本人的閱讀習慣，也助長了媒體的造假風氣。日本人喜歡聽「祕聞」，特別是與日本人有關聯的朝鮮「內情」。

再舉一例。關於「天安號事件」的。

二〇一〇年三月二十六日晚間，載著韓國海軍一百零四人的「天安號」護衛艦，在黃海海域白翎島和大青島之間巡邏時，受襲沉入海底，沉船導致四十六名艦上官兵死亡。是誰襲擊了這艘「天安號」？翌日，日本和韓國媒體，在情況未明的迷局中，爭相指認是朝鮮所為，不過，我當時就在香港媒體撰文指出，日、韓媒體沒有拿出任何可信的證據。

五月二十日，美國、澳大利亞、英國、瑞典等多國專家組成的軍民跨國調查小組的報告認為，護衛艦「天安號」是遭朝鮮鮭魚級潛艇發射魚雷擊沉，朝鮮艦艇祕密滲透韓國水域。三月二十六日晚八時二十二分許，韓國「天安號」警戒艦如常巡邏到白翎島以南水域時，遭襲擊沉沒，這裡是朝、韓多次發生衝突的「北方限界線」。從事故地點撈出的魚雷殘骸，與朝鮮製魚雷吻合，並明確指出，戰艦沉沒「沒有其他可能的解釋」。

北韓自然否認捲入韓國沉船事件，稱這是「轉移視線的愚蠢伎倆」。日本當局則表示，強烈支持南韓，指北韓的行動「令人難以允許，將與南韓、美國等各國緊密合作」。當時，中國沒有明確表態，僅呼籲各方「冷靜、克制、妥善處理有關問題，避免局勢緊張升級」。

一年多後的二〇一一年九月，作為《統一新聞》的資深軍事分析師，韓國統一研究所所長韓浩錫，經細緻調查，發表了自己的獨立調查結論，這或許能撥開人們心中疑雲。韓浩錫發現，在當時的「關鍵決心・禿鷲」演習中，美、韓舉行規模龐大的聯合反潛訓練，美國私下邀請以色列派出一艘海豚級潛艇參演，但它參演的資訊沒有公開。至於「天安號」，也是確定參演的艦艇之一。正因如此，才讓其貿然進入平時受限制的水域。二〇一〇年三月二十六日，以色列潛艇撞到白翎島以南蓮蓬岩附近的暗礁，艇底出現大洞。以色列潛艇只得上浮，並向參演美軍發出求救信號，孰料，它在上浮過程中爆炸，並從韓國海軍 KNTDS 系統顯示幕上消失。

韓浩錫認為，如果「天安號」確定被魚雷擊沉的話，那應該是以色列潛艇在爆炸後散落的魚雷所致。以軍潛艇素來保持全副武裝狀態，隨艇攜帶十四枚待發魚雷。韓國地質研究院也在三月二十六日晚監測到兩次因巨大爆炸引發的地震波，第一次爆炸就發生在是晚八時許，第二次爆炸發生在二十分鐘後，這一結論完全證明在「天安號」沉沒前，確曾發生過一次爆炸。韓浩錫認為，從韓國國防部遲遲不敢公開的「天安號」與第二艦隊司令部的通話記錄，以及倖存者證言來看，應該就是為了掩蓋發生於「天安號」沉沒前的以色列潛艇失事事件。

不管韓浩錫的分析、判斷如何，至少「天安號」遭遇襲擊事件的真相還是個謎，仍有諸多謎團未解。但日韓媒體在「天安號」事件發生翌日，便武斷將矛頭直指朝鮮。這正是長長久久以來那種習慣性思維導向的結果。

不能否認，涉假是新聞來源的問題。日本與朝鮮隔絕，很難獲得有關朝鮮的第一手資訊。日本媒體主要透過兩個渠道挖新聞，一是在韓國，一是在中朝邊境。獲得一些資訊的蛛絲馬跡後，日本媒體不會去查證，也無從查證，於是用想像和推論，將其編成一個完整的「故事」。最後，日本媒體的「色彩」注定會在涉朝資訊上栽跟頭。《產經新聞》等媒體只相信朝鮮的負面資訊是真實的。帶著這種對朝鮮的偏見作報導，不走偏都難。

韓國，是朝鮮新聞的最大泡製地，真真假假，捕風捉影，似是而非，隨時可聞。二〇一一年一月，東北亞上空陰晴未定，南北韓關係特別敏感。此際，又一條驚人消息發表。翌日，全球主流媒體榫裡不知卯裡，不明真相，判斷失誤，紛紛轉載，成了全球一大話題。

一月十五日，韓國《朝鮮日報》記者姜哲煥、安勇炫報導說，「記者十四日獲悉，中國軍隊已進駐位於咸鏡北道的朝鮮經濟特區羅先特別市。中國軍隊駐紮朝鮮，是十七年來，即一九九四年十二月，中國軍隊從板門店軍事停戰委員會撤離後首次。」報導引述韓國青瓦台一位官員當天的話：「據我所知，中國為保護在羅先投建的港口設施，與朝鮮就派駐少數軍隊一事作了協商。中國軍隊駐紮朝鮮，不是因為政治和軍事原因，而是為了保護設施和在當地的中國人。」

消息說：「駐紮朝鮮的中國軍隊規模尚未清楚。但有分析認為，之前就有人提出了北韓發生劇變時中國軍隊介入的可能性，因此中國軍隊駐紮羅先非比尋常。朝鮮一直打著『自主』和『主體』旗幟，要求韓方『讓美軍撤離韓國』」，「在中朝邊境一直有人目擊中國軍隊的身影。消息人士說：『去年十二月十五日深夜，五十多輛中國裝甲車和戰車，從中國三合渡過圖們江（韓國稱豆滿江）進入北韓會寧』，「當時三合居民被裝甲車發出的轟鳴聲驚醒。會寧和羅先特區的直線距離只有五十公里。此外，在同一時間，有人在中國丹東目睹軍用吉普車進入新義州。該消息人士說：『中國裝甲車可能用來鎮壓騷亂，吉普車用來管制脫北者』。」

這一報導還說，韓國外交通商部國際安保大使南柱洪表示：「中國最擔心的是，朝鮮劇變時，大批脫北者流入中國，導致東北三省陷入混亂。以派軍駐紮羅先為契機，有事時中國有可能以保護本國國民為由，派遣大量兵力干預韓半島問題。」

事後證實，這又是一條假新聞。消息中所有描述純屬子虛烏有。擾攘一陣後，中國軍隊進駐朝鮮的消息，再也不見傳媒炒作了。

妖魔化朝鮮的，不只是韓國、日本，在中國，也有相當一批人。

時下，網上流傳頗廣的一篇文章說，看了朝鮮「法定節假日」，極為震驚。二〇一一年節假日二十三個，其中只有五個是在字眼上與金家名字沒關聯的，如，人民軍創建紀念日、國慶日、光復節等，其餘十八個，都與金氏祖孫三代的生日或忌日有關。所謂二十三個節假日如下：

二月十六日（一九四二、二、十六）金正日誕辰紀念日。

四月十三日（一九九二、四、十三）金日成被授予元帥稱號紀念日。

四月十五日（一九一二、四、十五）金日成誕辰紀念日。

四月二十日（一九九二、四、二十）金正日被推選為國防委員長紀念日。

四月二十一日（一八九二、四、二十一）金正日的奶奶康磐石誕辰紀念日。

四月二十五日（一九三二、四、二十五）朝鮮人民軍創建紀念日。

五月五日（一九三六、五、五）金日成創建祖國光復會紀念日。

六月五日（一九二六、六、五）金正日的爺爺金亨植（一譯金亨稷）逝世紀念日。

六月十九日（一九六四、六、十九）金正日開始從事朝鮮勞動黨中央委員會工作紀念日。
七月八日（一九九四、七、八）金日成逝世紀念日。
七月十日（一八九四、七、十）金正日的爺爺金亨植誕辰紀念日。
七月二十七日（一九五三、七、二十七）朝鮮祖國解放戰爭勝利紀念日。
七月三十一日（一九三二、七、三十一）金正日的奶奶康磐石逝世紀念日。
八月十五日（一九四五、八、十五）朝鮮光復節。
八月二十五日（一九六〇、八、二十五）金正日先軍革命領導開始紀念日。
九月九日（一九四八、九、九）朝鮮國慶日。
九月二十二日（一九四九、九、二十二）金正日的母親金正淑逝世紀念日。
十月八日（一九九七、十、八）金正日當選朝鮮勞動黨總書記紀念日。
十月十日（一九四五、十、十）金日成當選朝鮮勞動黨總書記紀念日。
十月十七日（一九二六、十、十七）金日成組建打到帝國主義同盟紀念日。
十二月二十四日（一九九一、十二、二十四）金正日當選朝鮮人民軍最高司令官紀念日。
十二月二十四日（一九一七、十二、二十四）金正日母親金正淑誕辰紀念日。
十二月二十七日朝鮮民主主義人民共和國憲法節。

於是，署名「陳祖芬」的網民讀後開罵道：「在整個人類歷史，把一個家族的生日、忌日作為整個國家的節假日，而且沒有任何其他歷史文化名人等的紀念日，這在人類歷史上也許是空前絕後」，「號稱共和國的朝鮮，竟然將金正日的母親、奶奶的生日、忌日也列為法定節假日。這無恥得理直氣壯，無恥得氣壯山河」，「這樣一個雜碎政權，對內瘋狂愚民、極端暴力，無所不用其極則是情理之事了。這樣一個政權的存在，對整個現代文明社會都是一個巨大的諷刺，是對國際道義、普世價值的一遍又一遍的掌摑」。文章在網上被四處轉貼，但願署名「陳祖芬」的此君，不是那位北京著名女作家。

初看這篇〈朝鮮法定節假日〉，就發現了問題。元旦呢？朝鮮民間最看重的中秋節、端午節又哪兒去了？依我所知，朝鮮的法定節假日應該是：

一月一日元旦。

一月八日金正恩生日。

二月十六日金正日生日。

農曆正月初一，農曆新年。

農曆正月十五，小正月，即元宵節。

四月十五日金日成生日，太陽節。

四月二十五日建軍節。

五月一日勞動節。

農曆五月初五端午節。

七月二十七日解放戰爭勝利節。

八月十五日光復節。

九月九日國慶日。

農曆八月十五，中秋節。

十月十日朝鮮勞動黨建黨節。

十二月二十七日憲法節。

國定節假日，一共十五個，其中與金氏三代有關的才三個，無關的有十二個。原來的帖子上，不僅遺漏了標準的國定節假日，比如農曆的四個完全沒有，更添加了不少私貨，將一些紀念日混雜在國定節假日中，給人凡是與金氏家人有關就是國定節假日的感覺。網民們竟然不作思考，完全信服，紛紛轉帖，再隨意罵幾句，掀起妖魔化浪潮。

朝鮮有句俗語，和中國一樣：百聞不如一見。

半島上的這個國家，人們稱之為「遙遠的朝鮮」。朝鮮遙遠嗎？轉動一下地球儀，中國四周十五個鄰國，沒有一個國家的首都距離北京那麼近。「雄糾糾、氣昂昂，跨過鴨綠江」，中國人十分熟悉這句歌詞。對中國五六十歲以上的那一代人來說，無論是地理上，還是心理上，朝鮮是最近的一個國家。取名「援朝」的中國人就有十萬之眾。倒退三十年，在還年輕的時候，朝鮮電影曾主領著中國電影院的放映，深深感動了一代中國人。影片的故事，影片的歌曲，讓中國的一代人如痴如醉，或淚濕衣襟，或懸念頻生。

老電影老歌，是一種記憶。一個人要經歷許多的事，理解許多的痛，走過許多的路，承受許多的愛和恨才算長大了，因此記憶複雜。

朝鮮電影歌曲，如今依然打動中國人心。從歲月的倒影裡，從老歌的記憶裡，尋找自己。為紀念中、朝建交六十周年，二〇〇九年九月四日和五日，朝鮮電影樂團在北京世紀劇場演出，幾千人的劇場，座無虛席，可見朝鮮電影歌曲的感召力，諸多人慕名而來。中國民眾熟悉的電影《鮮花盛開的村莊》、《摘蘋果的時候》、《金姬和銀姬的命運》、《南江村的婦女》、《一個護士的故事》、《賣花姑娘》……一幅幅感人的電影畫面，一次次打動著全場觀眾的心。

四月十五日為紀念金日成誕辰的太陽節，是朝鮮最隆重的法定節日。

這次演出，朝鮮電影樂團共演奏和演唱二十九首歌曲，除了禮儀性的鼓掌外，觀眾隨著熟悉的電影和歌曲節拍發出陣陣掌聲，朝鮮演員當唱起一首歌的第一句，就引發熱烈掌聲，特別是演唱《賣花姑娘》的開頭曲和結尾曲，贏得觀眾幾十次的熱烈掌聲和歡呼聲。

「小小姑娘，清早起床，提著花籃上市場。走過大街，穿過小巷，賣花賣花聲聲唱……」三十多年前，朝鮮電影《賣花姑娘》上映時，在全中國引起強烈反響，無數人感動落淚。當《賣花姑娘》的旋律再度響起，看過多遍的中老年觀眾，甚至八〇、九〇後的年輕人，都再次沉浸在影片跌宕起伏的故事中。

上世紀六〇年代，中蘇關係破裂，蘇聯文化離中國人漸行漸遠，朝鮮、阿爾巴尼亞等社會主義國家的文化藝術，來到中國人身邊。當年中國，文藝貧乏，現實迷惘，歲月蹉跎。社會上流傳一個順口溜——

越南電影「飛機大炮」，
朝鮮電影「哭哭笑笑」，
阿爾巴尼亞電影「莫名其妙」，
羅馬尼亞電影「摟摟抱抱」，
中國電影「新聞簡報」。

朝鮮電影伴隨中國成千上萬下鄉知青、工人農民和戰士們的青春年華和情感世界。當時，很多知青、青年農民，或步行，或乘坐農用拖拉機，三三兩兩結伴到鄰近生產大隊的曬穀場、鄉鎮會堂欣賞這些電影。這些電影記錄了他們青春和淚水的痕跡。故事中主人公的遭遇，影片的時代背景，深深喚起中國觀眾的喜怒哀樂、對現實和未來的美好嚮往。

藝術往往是對時光的挽留，哪怕這種挽留，注定和其他形式的挽留一樣，是徒勞無力的。山，依靠著我們的肩膀，一夢千載；河，透過我們的指縫，繼續在流。人們一遍又一遍捕撈的永遠是自己的影子，放跑了什麼，又留住了什麼？這種挽留本身，比它所挽留的事物更有價值。它洩露了一個人對生命，對自我所持的態度。

說起上世紀七〇年代電影，朝鮮電影是中國國民最重要的記憶。那時，中國引進的「大片」全部來自社會主義國家，以朝鮮電影引進的規模最為龐大，共三十多部。正如朝鮮電影《賣花姑娘》中花妮的扮演者洪英姬所說：「朝鮮人民和中國人民有著共同的歷史遭遇和情感世界，憑藉著花妮的內心世界和台詞，贏得兩國人民的眼淚和共鳴。」這足以讓人深思。人類世界和情感世界，有著共同的分母，這是朝鮮電影歌曲在今天仍能打動中國人內心的真諦所在。

電影《賣花姑娘》中「花妮」的飾演者洪英姬的劇照，曾兩次被放到了朝鮮的流通紙幣上，第一次出現在一九七六年版一元紙幣的背面圖案中。第二次則出現在一九九二年版一元紙幣的正面圖案中。「花妮」成了全球第一個被印上貨幣的演藝界女子。二〇〇九年十月四日，中國國務院總理溫家寶出訪朝鮮，在平壤順安國際機場，「賣花姑娘」女主角洪英姬穿著綠色的傳統服裝，獻花給溫家寶。朝方特意請洪英姬給溫家寶獻花，就是因為她在中國和朝鮮家喻戶曉，象徵中朝友誼。

二〇〇九年九月十一日，朝鮮電影週在北京百老匯新世紀影院拉開帷幕。五部代表不同時代朝鮮電影最高水準的《賣花姑娘》、《桔梗花》、《十二小時》、《女生日記》、《我所見到的國家》在電影週上放映。開幕式上，觀眾在大銀幕上率先重溫感動幾代人的經典電影《賣花姑娘》。

讓人感到驚喜的是，扮演花妮的演員洪英姬來到現場。這位當年的「賣花姑娘」回憶了拍攝電影的點點滴滴，當年只有十八歲的她，還是一名大學生。片長一百二十一分鐘的《賣花姑娘》改編自金日成在抗日戰爭時期創作的一部歌劇。

電影《賣花姑娘》的原唱者崔三淑已經年逾六十歲，在朝鮮人盡皆知。四十年前，她是平壤紡織工廠的女工，後來透過層層選拔，擔任《賣花姑娘》的主唱。四十年後，她唱出的這首風靡一時的經典老歌〈賣花姑娘〉，依舊和當年一模一樣。據說，彩排時，這個團裡最大的腕兒不搞特殊，走台演唱，一絲不苟。接觸過她的人都說，如果你不認識她，她就是一個朝鮮大媽，太沒架子了。

在北京的這場演出中，除了一首首耐人回味的歌曲，當晚在現場最感動的一幕，要數兩位「賣花姑娘」洪英姬和崔三淑的「重逢」。她倆在影片中的演出，讓觀眾感受到賣花姑娘的不幸以及對命運的抗爭。近四十年的風霜歲月，「賣花姑娘」的動人之處沒有消逝，洪英姬美麗依舊，崔三淑嗓音依舊。當兩人的目光閃爍著那種喜極而泣的感動時，現場中國人無不受感染。

西方人很難理解今天中國人的這種情緒。追索過去的時光，無論它現出怎樣的顏色，都是珍貴的。躺在今天的床榻上，對待已逝去的日子，人已無法對它重新作出選擇。只因它，如那流雲、露珠，如那蛛網、塵埃，組成了我們生命的一部分。不必去做那些急功近利的評價，浮躁的欣喜，抑或悲哀，不過僅僅抓住一些皮毛而已。歲月賜予人的，往往比人感受到的豐富得多，它最大賜予，便是使人不斷提高這種感受能力。

二〇〇九年九月朝鮮電影樂團在中國十地巡演。封閉的朝鮮，令朝鮮電影樂團五十一年沒有走出國門。這次他們來華演出也是一波三折。二〇〇五年是中國電影誕生一百周年，慶典的策劃人想趁此機會，邀請為很多電影配樂的朝鮮電影樂團來華演出。

朝鮮平壤大同江江心羊角島，朝鮮電影樂團在這裡靜靜地屹立了五十一年。在朝鮮，電影樂團的知名度頗高，樂團只有十四個合唱演員，但唱出的是五十人合唱團的效果，那些四重奏、五重

大同江，羊角島（見左上角）位在江心上。

奏，層次分明，令中國音樂家難以置信。不僅僅是因為它擁有十多個獲得過國家藝術最高獎項「金日成獎」的人民藝術家，還因其創作出了四十多萬首電影、電視片、紀錄片的配樂。朝鮮百姓尤為喜歡電影音樂。為了能滿足人民的業餘文化生活，朝鮮電影樂團的演出，一般安排在下午五點，每場演出幾乎都爆滿，樂團不以贏利為主要目的，票價很便宜。

朝鮮電影樂團團長張明日對我說：「我們喜歡將溫情、美妙及細膩的旋律融合一起，極具民族特色的浪漫。朝鮮音樂的特色是在徹頭徹尾的民族特性中詮釋社會主義內容。」

二〇〇五年，中方最先試著跟朝鮮的藝術教育協會聯繫，這是朝鮮少數幾個擁有對外演出資格的官方機構。但對方的回覆令人失望：「我們沒有準備好。」此後，中朝的關係時鬆時緊，邀請來華演出的事就擱下了。

二〇〇八年，北京奧運火炬在二十一個城市傳遞中遭到一些抵制，唯獨在朝鮮全程暢通。十多萬朝鮮人身著民族服飾，手捧鮮花，載歌載舞，夾道迎接。當晚，時任中國駐朝鮮大使劉曉明，宴請了一些在朝的中國人。舉杯相慶時，劉曉明說：「看來，朝鮮是中國靠得住的朋友。」這個劉曉明，就是現在的中國駐英國大使。二〇一二年一月，他接受BBC2（英國廣播公司電視二台）訪問時，說了一句讓人訝異的「雷人雋語」：不能把中國稱為共產黨國家。

二〇〇八年，國家副主席習近平訪問朝鮮，宣布二〇〇九年為「中朝友好年」。在中朝建交六十年之際，「友好年」為演出構想提供了強大的政治背景。二〇〇八年九月，中方再次將演出提案，遞交給朝鮮電影進出口總公司。而後，提案被轉到朝鮮國家電影委員會。這個機構二〇〇九年剛剛成立，它誕生於金正日「我們要製作一百部電影」的號召下。朝鮮國家電影委員會專門負責管理有關電影的一切事務。中方的提案，成了這個新機構的第一個外事項目。很快，朝方批准演出。

從二〇〇九年三月中朝正式簽訂演出合同始，朝鮮在國際上爆出很多政治和外交新聞，中國演出市場又很微妙，訪華演出始終充滿變數。直到九月訪華演出才圓夢。

今天的中國人了解朝鮮，不能不提到上海世博會的朝鮮館。這是朝鮮首度參加世界博覽會。二〇一〇年十月三十一日，上海世博會閉幕，朝鮮館館長李成雲告訴我，一百八十四天展會期間，約六百五十萬人次的遊客參觀了朝鮮館，最多的一天是十月十六日，達七萬人次。

在上海世博園，由中國資助建立的朝鮮館，是個缺少亮點的獨立展館。遠遠看去，外牆的裝飾圖案，以藍天白雲為背景，用千里馬銅像等圖案作裝飾，一面碩大的朝鮮國旗懸掛著，此外沒有什麼可奪人眼球。不過，走近看，館舍建築是集朝鮮民族特色與現代美感於一身，特別是細節處，展館的斗拱和雲柱、綠瓦棕色門，體現了朝鮮的傳統建築風格。一些熱門場館，參觀者需要排隊幾個小時，朝鮮館卻是始終不用排隊的場館之一，參觀者更是年齡偏大的「懷舊」一族，除了華人，多是韓國人和日本人。這個國家的神祕，倒也吸引了一些遊人入館參觀。

有年輕人說：「朝鮮展館不看也罷，反正也是花中國的援助款應付了事的東西。」「人們到世博會是休閒消遣的，有誰會到朝鮮館接受騙人的說教。」

朝鮮館的主題是「繁榮的平壤，建立在大同江文化基礎上」。館內最醒目的是平壤地標：一座四・五公尺高的「主體思想塔」模型，背後牆上是巨幅平壤市區照片。五台電視反覆播放著一九五〇年以來朝鮮的建設成就。館內，一條蜿蜒曲折的河流從展廳地面流過，象徵著源源不斷的大同江，跨過「江水」的石橋小巧精緻。這座平壤市的標誌性建築，引起了幾乎所有遊客的興趣，紛紛與主體思想塔模型合影。貧窮的朝鮮國，致使朝鮮館裡裡外外都很簡樸，不見奢華，不見高科技，是三十年前中國辦展館的翻版。朝鮮館展廳出口處專設紀念品櫃

平壤地標「主體思想塔」。塔前立有工人、農民及知識分子三人塑像，高舉由錘子、鐮刀和毛筆組成的朝鮮勞動黨黨徽作前進狀。

檯，提供朝鮮特色語碟、朝鮮風景畫冊、明信片和郵票出售。很多遊客都會選一套郵票作紀念，各種朝鮮郵票是中朝兩國交往歷史的縮影。

朝鮮郵政部門發行了一張有關上海世博會的小型張郵票，以紀念上海世博會的召開。這一小型張郵票的正面，以朝鮮首都平壤和中國上海為背景，並寫有朝文、中文和英文的「紀念中國二〇一〇年上海世界博覽會」字樣。在參展的一百八十九個國家中，為上海世博會專門發行郵票，朝鮮是不多的幾個國家之一。

步入朝鮮館，常常可以看見櫃檯裡一位中年人，忙著給遊客蓋朝鮮館的紀念戳，圍聚的遊人再多，他從不嫌煩，有人請他給寫幾個朝鮮字留念，他也會耐心地滿足遊客要求。他就是朝鮮館館長李成雲。館長親自為遊客服務，其他展館似乎不多見，這或許是朝鮮館的一個特色。

朝鮮館的另一特色，就是館內近出口處，張貼著一幅大型廣告：平壤高麗飯店，位於上海閔行區黃樺路的總店、以及浦東新區松林路段分店，地址、電話，還特別標明：從平壤高麗飯店來的優秀料理師與服務員，為你提供優質服務。這類廣告在其他展館幾乎不見。很少見廣告的國度，在世博會上卻「明目張膽」張貼廣告，讓人啼笑皆非。

韓國麗水是二〇一二年專業類世博會舉辦城市。韓國會邀請朝鮮參加麗水世博會嗎？麗水市市長吳炫燮對我說：「據我所知，中央組委會有計畫邀請朝鮮。我期待透過此次機會，能解決南北不暢的關係，開展舒暢的經濟文化交流。」

朝鮮並不遙遠。時至今日，往昔朝鮮的情景，依然被許多人懷念著。回憶，於中年人是奢侈，於老年人是補償。然而，現在的中國年輕人，恐怕已無法想像過去的那段歲月。隨著這些年的變化，對於中國的大多數人來說，今天的朝鮮是陌生的。

當下世界，朝鮮的一舉一動常常令外界驚愕而成為世界性話題。中國人再度對這個國家充滿好奇。人們腦海中對朝鮮的印象卻是零星的：金日成廣場上領袖無上的權威，檢閱儀式上整齊劃一的步伐，街頭百姓色調單一而式樣簡潔的裝束，國民胸前標誌性的領袖像章……在世界正以一日千里的速度發生劇變時，這個金達萊盛放的國度，正漸漸被揭開神祕面紗。

朝鮮處處是謎。解碼不容易。總有些密碼，不是「你知我不知」，就是「我知你不知」；不是「你知我也知」，就是「你我都不知」。它們或者已經成了不是祕密的祕密，或者已經失去了本身所代表的涵義，或者永遠不會被破譯，或者一旦被破譯後，會引發一場國際政治地震。

這三十年來，中國突飛猛進，遠遠拋離了朝鮮。朝鮮的消息、朝鮮的聲音、朝鮮的畫面，在中國愈來愈少。想不到的是，自從與韓國建交十多年來，中國人眼裡多了三星電器、大韓航空、跆拳道、韓國料理，還有令哈韓族一度風靡的韓劇。中國人的目光，越過半島靠近的那半個部分，而落在遠處的那半個部分。

朝鮮似乎遙遠了。

其實，遠近只是一種感覺。你忽視它時，它就不存在了。

十多年來，我六赴朝鮮。第一次是一九九六年七月，接著是二〇〇一年八月、二〇〇二年九月，當時都不是以記者身分進入，而是以黑龍江、遼寧投資考察或隨團旅遊身分入境的。二〇〇五年四月是第四次，而後的幾年又去了二次，最後一次是二〇〇九年十月，國務院總理溫家寶出訪朝鮮期間。

這第四次是應朝鮮政府邀請，首次以香港記者身分，踏上這片「與世隔絕」的十二萬平方公里的神祕土地。據朝鮮官方人士說，以傳媒身分受邀請相當罕有，而香港、台灣傳媒在這之前則肯定沒有先例。據一位操辦邀請的人士說，朝方透過北京、上海和香港多個機構，對記者的「歷史和今日表現」作了半年的嚴格審查，最後由內閣批准。

本書綜合了六次赴朝見聞，試圖告訴你一個或許你還不知道的朝鮮。

第一章 從丹東出境

遼寧省的丹東市，小街上居民幾乎都有親友在朝鮮。

遙遠的朝鮮不再遙遠，心理距離開始拉近了。

其實，拉近了距離，也並非一定是好事。閒暇的時候，我就喜歡靜靜地看天。天沒有表情。只因為天地高遠，能讓自己浮躁的心，平實了恬靜了而後美麗了。有時，離得愈近的事物，醜陋便總是愈明顯的。看天，不過是領略一種距離之美。

二〇〇八年九月，中國和朝鮮雙方各自宣布，朝鮮成為中國公民組團出境旅遊目的地。中國人對赴朝旅遊興趣頗大。其實，中國公民赴朝旅遊早就存在了，但僅僅限於與朝鮮接壤的邊境省分的邊境城市，如遼寧省丹東市，有赴新義州一日遊，有赴朝三日遊、五日遊、七日遊，也有赴平壤、板門店、妙香山四日遊等。朝鮮開放為中國公民組團出境遊目的地後，各省市都能組團朝鮮遊，由於各省市情況不同，旅遊價格一般在四千元人民幣上下。

相對於其他出境遊而言，四五天行程四千元的價格並不算太高。

丹東國旅綜合業務中心經理周宇，曾多次帶遊客赴朝。據他介紹，赴朝旅遊沒有季節上的淡季和熱季之分，只要朝鮮方允許，不愁沒有中國遊客，一切取決於朝鮮官方的對外態度。目前赴朝鮮旅遊的散客，大多是中老年人，他們多半對朝鮮懷有一種情結。不過，相對於其他出境遊，朝鮮的景點名勝較少，住宿條件也略差些。在指定商店和下榻的飯店裡，都可使用人民幣購物。

出訪朝鮮可從北京或瀋陽坐飛機抵達平壤，我大多是從遼寧省的丹東市出發，越過鴨綠江而從新義州入境的。這樣的行走，更容易多看一些平壤以外的真實朝鮮。

丹東是朝鮮最大的對華貿易窗台，中朝貿易七成以上的物資經由丹東海關進出，丹東國際公路口岸，是溝通中國與朝鮮半島最大的陸路口岸，也是中國對朝鮮口岸唯一可通行第三國籍人員的口岸，近三十個國家的首腦曾從這裡過境。江口，從丹東到對岸朝鮮新義州，陸路運輸口岸的唯一通道是鴨綠江上鐵路公路兩用大橋。

中國從朝鮮進口的主要是無煙煤和鋼材。據遼寧省丹東市大東港海關透露，二〇〇九年上半年，朝鮮和中國的貿易量為七十一・八萬噸、貿易額為九千六百一十七・六萬美元，與二〇〇八年同期比較，分別增加了百分之四百八十一・九和百分之二百六十八・四。中國從朝鮮進口貨物為七十・一萬噸、貿易額為六千七百一十六萬美元，比去年同期分別增加了百分之四百七十八和百分之三百零六・一；中國對朝鮮的出口貨物為一・七萬噸、貿易額為二千九百零一・六萬美元，分別增加了百分之五百五十和百分之二百零六。據吉林海關統計，琿春各口岸對朝貿易額為九千零二十三萬美元，其中進口一千六百八十四萬美元，出口七千三百三十九萬美元，同比分別增長百分之五十五・二、百分之四十八・二和百分之五十六・八。可見，遭國際孤立的朝鮮，與中國貿易不降反升。

不過，令人意外的是，丹東國際公路口岸沒有候檢聯檢大樓，即使曝曬或下雪，人人露天候檢。口岸區沒有廁所，人車混雜，沿用上世紀五〇年代遺留下來的一條長五十公尺、寬八公尺的通道，每天五六百輛邊境貿易車輛往返大橋，無處候檢，不得不無序地停留在沿江大街上。丹東市人民代表多次呼籲改造口岸，終因這些年東北亞形勢複雜多變，當局不願撥款修建。

我有多年沒去丹東口岸了，如今已新建了聯檢樓。

在邊陲小城丹東一側的鴨綠江畔，是綿延的沿江長廊，綠樹、草坪、花壇，江風陣陣，美得舒心，只是這裡僅有一岸的城市景色，對岸卻是荒野，那便是朝鮮。

一江之隔，儼然是兩個世界。一瞬間，彷彿穿越一條時光隧道。散淡的夕陽下，朝鮮一方，山坡光禿禿的，偶見斜坡上一塊不大的麥地，像是補丁，破陋的農舍疏疏落落，荒涼得讓人有點落寞。丹東那一邊，不是蒼蒼莽莽的樹林，就是高聳的水泥大樓、彩旗飄揚的沿江廣場。

江邊，一對母女正側坐，俯首洗著什麼，顯得寧靜而祥和，彷彿一部放映著的「黑白電影」。在丹東的江畔，花二元人民幣就可透過望遠鏡觀望對岸；花十元人民幣，則可坐遊船靠近對岸。朝鮮那邊農民的耕作，軍人持槍巡邏，休息時打排球，江邊光著屁股的小孩在水中嬉戲，婦女忙著洗衣，男人們則坐在土堆上抽菸而望著對岸出神……畫面盡收眼底。只是江對岸的房屋、土地，以及人們的穿著打扮，更多呈現的是黑、白、灰色，那邊人們的生活是那麼的真切。

一江之隔的兩岸差異，丹東居民已見怪不怪，他們會用一種平和的語氣，講出很多令外來遊客訝異的傳說和故事。這個總被「核試」、「導彈」、「饑荒」、「偷渡」等字眼籠罩著的對岸鄰國，外界越來越多地從中國邊境一側獲取它的影像。當東北亞國際政治角力進行得如火如荼時，這裡的百姓生活卻依然寧靜。

一次，坐在遊船上暢行鴨綠江，導遊的手向朝鮮方擺了擺，說：「那裡的情況就像上世紀六、七〇年代的中國，凡是對改革開放不滿的人，就應該送他們去朝鮮看看。」船上回望丹東一側，高樓、綠地、五彩的廣告牌，著裝鮮豔的人們，構成一幅彩色圖案。

江口，從丹東到對岸新義州，陸路運輸口岸的唯一通道是鴨綠江大橋。

鴨綠江，滿載了多少中國人民志願軍的血淚。當時兩岸由一座公路橋（即下橋，今稱斷橋，又稱端橋，一九〇九年動工，一九一一年建成）和一座鐵路橋（即上橋，今稱中朝友誼橋，一九四三年建成）溝通。六十年前的十月，志願軍抗美援朝，就是義無反顧從這兩座大橋上跨過去的。十月十九日黃昏，彭德懷將軍究竟從哪座橋過江的？史學家和軍事學家至今都無法確認。

永遠的大橋。這裡的故事，只能讓歲月來講述。

中朝兩國分界就在上橋，即中朝友誼橋的大橋中間。大橋十二孔，全長九百四十六公尺，中方橋長五百七十公尺。朝方六孔是平弦連續橋梁，中方六孔是吊弦連續橋梁式複線鐵路橋。大橋的中國這一段，橋身黑得發亮，而朝鮮那一段，卻灰土破舊。這四聯十二孔鋼橋梁，身上布滿六十年前戰爭留下的彈孔。

這上橋是一九三七年四月日本修建安奉複線鐵路時，由當時的日本汽車株式會社和日本建設株式會社，聯合在下橋的上游一百公尺處，按三百年安全使用期設計修建的，於一九四三年四月通車。大橋通車後，成為日本掠奪中國資源的主要通道。抗戰勝利後，大橋由當時的蘇聯紅軍接管。一九四七年六月，蘇軍撤離朝鮮時，將江橋分別移交給中朝兩國政府共同管理。大橋原是雙線鐵路橋，可同時行駛上下行一對列車，邊上的下橋，即公路橋被美軍飛機炸毀後，這上橋，即鐵路橋，於一九五一年一月改複線為單線，拆除的鐵路部

左邊是鐵路橋，今稱中朝友誼橋。右是公路橋，即鴨綠江斷橋。

分修建為公路，該橋成為兩用橋，一側是鐵路橋，一側是公路橋。上橋當時公路橋面鋪設木板，一九七七年換鋪水泥板。

中朝友誼橋上汽車通道一側，限載五噸以下汽車通行，由於汽車道路面寬僅三公尺，只能單向通車，每天上午和下午，雙方關口各放行一小時，中方放一小時，而後朝方放一小時。火車通過時，兩岸汽車只能停駛避險，即使如此，橋上多次發生火車與汽車相擦事件，汽車墜入橋下。

那座下橋，即公路橋，原橋長九百四十二公尺，十二孔，一九四三年由鐵路橋改為公路橋，橋之間是大車道，兩邊是行人路。朝鮮戰爭期間，美軍為切斷中共志願軍兵力和物質後援，調集大部分空中力量，實施轟炸封鎖。僅一九五〇年十一月八日至二十一日，美軍出動轟炸機六百餘架次，展開地毯式轟炸，鴨綠江沿岸一片火海，下橋攔腰炸斷，朝方一側八孔全部沉入江中，僅留下光禿禿幾個橋墩。朝鮮那一段由此不見蹤影。戰爭結束後，朝鮮一側拆除了大橋殘骸，空留下江中的幾個橋墩，而中國的這一段，則原封不動保留了這四孔殘橋，一九九三年六月斷橋修復後對外開放，供人憑弔，成了觀光景點。橋身漆成淺藍色，意在不忘戰爭，祈盼和平。

六十年時光，它依然如故。

這座大橋中國的一側能完好保留，有著深遠的歷史背景。朝鮮戰爭時，侵朝美軍總司令麥克阿瑟是美國有名的「常勝將軍」，他在戰爭初期，被一時的勝利沖昏頭腦，不把中國和朝鮮放在眼裡，狂妄揚言要在感恩節前把戰線推到鴨綠江邊。而美國政府注意到中國政府的一再抗議和嚴重警告，擔心如果繼續空襲中國將會迫使中國捲入這場戰爭。因此，美國空軍在轟炸鴨綠江大橋時，不得不嚴格地把握中朝界線，只轟炸朝鮮一側，而不敢轟炸中國一側。鴨綠江「斷橋」的存在，展示了新中國在國際上舉足輕重的地位。

一九九〇年十月二十五日，中朝兩國政府將上橋命名為「中朝友誼橋」，朝方一端為「朝中友誼橋」。遊人站在橋上，可觀賞寶山懸虹、碧水玉樹、鴨江帆影、鐵橋彈洞等著名景點。二〇〇〇年十月，在紀念志願軍抗美援朝作戰五十周年時，時任中共中央政治局委員、中央軍委副主席、國防部長遲浩田為下橋題詞「鴨綠江斷橋」。

丹東是中國最大的邊境城市，這裡銀杏成蔭，杜鵑滿城，素有「北國江南」之稱。連接中朝兩國的鴨綠江大橋，承載兩國的貨物貿易和人員交流，是目前中國通往朝鮮最繁忙的陸路通道。隨歲月洗禮，大橋漸顯老態，難以適應兩國貿易往來的增長，貨車常常在上大橋前，排著長龍等待進入朝鮮。建設中朝鴨綠江公路大橋，早被丹東市作為連接朝鮮、實現對朝路港區一體化的樞紐工程，爭取成為國家援外項目帶戰略性的重大工程。

江風習習，從丹東市興丹大街北側往前走，水色青綠的鴨綠江橫貫眼前。平靜的江面上，一條正在修建的棧橋似長虹臥波，由江岸一天天前伸入江。這臨時橋式設施呈排架結構物，橋墩、橋台、鋼梁，兩架大吊車在運作。這裡就是興建中朝鴨綠江界河公路大橋工地。

一江之隔，左邊是高樓林立的丹東，右為朝鮮新義州。

二〇〇九年是中朝建交六十周年和中朝友好年。十月四日，溫家寶總理訪朝，雙方就興建中朝鴨綠江界河公路大橋磋商，決定正式啟動大橋建設相關工作。這一消息旋即成為眾多國內外媒體的頭版新聞，同時也給丹東人帶來極大振奮。二〇一〇年二月二十五日，中朝兩國政府代表簽署《中國和朝鮮關於共同建設管理和維護鴨綠江界河公路大橋的協定》，確定建立一座鴨綠江界河公路大橋。

中朝鴨綠江界河公路大橋及接線，是中國連接朝鮮的重要通道，是構建東京—首爾—平壤—北京—莫斯科—倫敦歐亞國際大通道的重要組成部分。這一項目，起於丹東至大連高速公路丹東西互通立交，經集賢工業園區、康齒靈牙膏廠，順興丹大街進入中方側口岸，在興丹大街北側穿鴨綠江大道，之後跨越鴨綠江到達朝鮮側，終點位於朝鮮三橋川北側的長西，全長近十三公里，其中中朝鴨綠江界河公路大橋長約三千零三十公尺。從規劃圖看，大橋採用斜拉索形式，頗具現代主義設計精髓，氣勢相當磅礴。

大橋採用四車道一級公路標準，主橋為雙塔雙面鋼箱梁斜拉橋，主跨六百三十六公尺。由遼寧省丹東市交通局建設的這一項目，總投資約二十二億元人民幣，全由中方承擔，朝鮮一側施工材料全部由丹東運去。大橋由中交第二航務工程局施工，工期三年。

鴨綠江是中國與朝鮮的界河。鴨綠江發源於長白山南麓，流經吉林省的長白縣、白山和集安市，遼寧省的寬甸縣、丹東市、東港市，最後注入黃海。鴨綠江全長七百九十五公里。據《漢書・地理誌》記載：鴨綠江古時曾叫馬訾水、益州江、虛江、目愛江、崖江。據《新唐書》及《通典》記載：鴨綠江一名源於當時居住江岸上的人，看到江上野鴨成群，江水又呈碧綠色，像鴨頭絨毛綠色一樣好看，故將此江命名為鴨綠江並一直延續至今。

在我眼中，鴨綠江是條細膩的江，鴛鴦島、月亮島、珍珠島、獐島……一個個小島像銀子般散落江中，風情無限。登上小小的月亮島，從橋上可看到落潮後的江灘，忽然冒出無數小鳥，或蹣跚學步，或左顧右盼。據說，鴨綠江口的濱海濕地，每年至少會有三十多種五十萬隻鳥，從紐西蘭、

鴨綠江上朝鮮破船。

新義州的岸邊。

從斷橋上眺望對岸新義州。

澳大利亞等地飛往西伯利亞，這裡是鳥們北飛的最後一站停歇地。

雖說鴨綠江是界河，但沒有明顯分界，沒有中界線。入夏，很多丹東年輕人下江游泳，只要不上對岸，就不算踩界。一次，我坐丹東的遊船在鴨綠江游弋，都快到對岸了，朝鮮方一艘破舊的小鐵船，在我們船隻身後，即與丹東沿岸中間駛過，破船上的朝鮮人朝我們揮手，我們遊船上的遊客也紛紛向他們吶喊，交融一片，誰都不算越界。

丹東，中國海岸線最北端的邊陲港口城市。

丹東本不該出名，無論是雄霸天下的秦始皇，還是世之梟雄曹操，東巡到秦皇島便不再向前。顯然，他們都把遼東視為不毛之地。

按理，蠻荒之地顯然不該有什麼文化，但上天似乎注定要讓丹東這座遼東小城，在歷史上擔起某種角色，甲午海戰、朝鮮戰爭讓丹東這兩個字在厚重的歷史典籍中閃光，緊緊牽扯住人們的目光。

朝鮮一感冒，丹東打噴嚏。丹東的城市改造和經濟發展，很大程度上受制於朝鮮局勢，終因這些年東北亞形勢複雜多變，國家不願在此大規模投資，外商內商也不敢放膽參與建設。不過，這一情景正在改變。

在丹東臨江的高樓，可以眺望屬於朝鮮的威化島。威化島與丹東隔鴨綠江相望，與丹東市曙光路隔江面對，面積三十多平方公里，是鴨綠江中最大的島嶼，島上居民甚少，以農耕為主。從丹東驅車南下半個多小時，臨近鴨綠江入海口，便看到黃金坪島，植被茂密，土地肥沃，住戶極少。

黃金坪島十六平方公里，鴨綠江上第二大島，緊挨丹東浪頭鎮，土地肥沃，是朝鮮新義州區域代表性糧倉地帶。黃金坪島嚴格說，只是半島，與丹東安民鎮陸地相連，中間僅隔著兩道鐵絲網。

丹東街上盡是朝鮮文。公共場所或是餐館等地都有情報人員潛伏聚集。

鴨綠江下游的威化島和黃金坪島，雖屬朝鮮領地，卻是丹東人站在鴨綠江畔，憑眼目就能清晰眺望到的「外國」，用丹東當地人的俗話描述，「站著撒尿也能射到對岸」。

二〇一一年六月八日，默默無聞的威化島、黃金坪島，吸引了全世界目光。中朝雙方高層在黃金坪島舉行儀式，朝方將黃金坪島出租給中國五十年，可延長五十年，供中國用於建立中朝經濟貿易區，當時儀式所用的鮮花盆栽仍整齊排列在地上。傳聞多年的朝鮮「租島外交」終於成真。這裡出現高樓林立、人流如織的景觀，不會只是遙遠的想像了。目前，黃金坪島的「三通一平」已經開始，中國前期已投入資金一千多萬元人民幣，資金來源主要是遼寧省財政。

將威化島、黃金坪島租給中國，以自由貿易區的形式，從根本上提升中朝邊境的開放度，朝鮮對此醞釀多年。二〇一〇年十二月由朝鮮合營投資委員會和中國商務部在北京締結《合作發展黃金坪島的諒解備忘錄（MOU）》，確定中朝黃金坪島項目，備忘錄指出，朝鮮向中方租借黃金坪島並轉讓開發權。二〇一一年五月二十八日至二十九日，金正日妹夫、勞動黨行政部部長張成澤出訪丹東，簽署「五十年加五十年」的租借協定。

不過，項目啟動開工儀式卻一拖再拖，原因是這一突破性項目，尚未經朝鮮最高人民會議常任委員會批准。直到六月六日，朝鮮最高人民會議舉行常任委員會會議，才批准「黃金坪島和威化島經濟區的開發計畫」。六月八日，中朝「黃金坪・威化島經濟地帶（特區）中朝共同開發共同管理項目開工儀式」舉行，不算隆重，不見奢華，不事張揚，沒有邀請諸多媒體渲染，在一陣鞭炮聲和鑼鼓聲中低調舉行，不過，此舉依然引起全球注目。

從朝鮮外務省獲悉，朝鮮意圖將兩個島建成「自由貿易區」，發展成為集貿易、流通、輕工業園區、旅遊、金融等為一體的經濟特區。朝鮮此舉意圖先擴大中朝雙邊貿易，以解決當下食品短缺問題，而後取得突破，開拓國際交往和國際貿易。目前黃金坪島、威化島的合作開發均歸口丹東邊境經濟合作區（丹東臨港產業園區）管理，合作區還單獨設立了「兩島」開發辦公室，具體負責合作開發。

與朝鮮合作的事，從來不會一帆風順。黃金坪島、威化島項目，一路走去，少不了疲憊，少不了坎坷。我在想，一個國家在前進的時候，往往比停滯不前時，面對著更多難題，更多挑戰。因為，她開始清醒了。

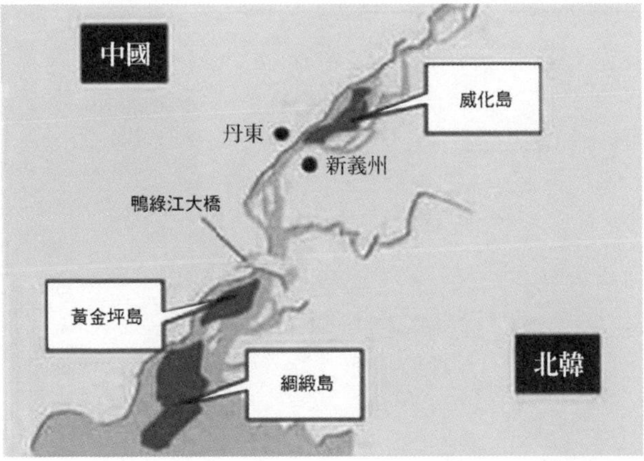

黃金坪島、威化島示意圖。

第二章

從新義州入境

來往新義州與丹東的火車上。

入鄉隨俗，是到朝鮮旅遊者必須遵守的一個規矩：不要隨便議論政治，更不要對朝鮮的領袖說三道四，不說不利於中朝友誼的話，不做不利於中朝友好的舉動。在朝鮮旅遊會遇到一些特殊規定，如不得隨便照相，坐車時不准朝車窗外攝影，考察參觀時只能朝指定的方向舉起照相機，不准拍百姓，拍領袖像時不能只拍下半身作背景。

朝鮮人總是想把自己最美好的一面，展現在外國遊客面前。其實，人不都這樣嗎？這正是缺乏自信，也缺乏自尊。自信而又自尊的民族，才能引起別人的尊重。過於看重自己的人，便是不叫人喜歡的人。一個人可悲的不是有缺陷，而是不知道自己的缺陷；一個民族可悲的不是有差距，而是不知道有差距。過於看重別人的評價，是一種人身依附。

從丹東入境朝鮮，在丹東口岸出入境檢查處，赫然豎著這樣一塊牌子，上書：「嚴禁攜帶具有通訊功能的電腦、手機、短波收音機等電子產品入境。」最初兩次去朝鮮，出發前都被中朝雙方有關人員一再告知，不准攜帶攝影機和手機入朝鮮境內，不准帶外國印刷品，特別是涉及朝鮮領袖和政府、社會的印刷品，不要穿戴和攜帶有明顯美國商標的物品入境，比如不要穿印有ＵＳＡ字樣的服飾，不要帶韓國的口香糖。他們聲稱，「當地人對這些東西都非常反感」，「赴朝旅遊必須尊重當地的風俗習慣，對朝鮮領導人，對政治、經濟、社會情況，不要隨意發表評論」。在朝鮮國土，不准許個人獨自活動，不許私自與朝方民眾聊天和私授物品，只能參觀指定景點，夜晚不能外出，必須在指定酒店住宿……赴朝旅遊規矩頗多。

別看朝鮮反美情緒強烈，對美元（當時歐元尚未問世）卻情有獨鍾。一般商店只能以朝幣購物，外匯商店只能以美元支付，僅有少數外匯商品可用人民幣結算，帶人民幣入朝鮮，不能超過六千元。

入朝考察或旅遊，由朝鮮三方面人士陪同，導遊、司機和隨團醫生。這些導遊和醫生，一般都是國家安全情報部門人士，或兼有國家安全情報工作性質的人員。醫生大多能聽懂中、英、俄語，但從不聲張，顯得低調神祕，往往佯裝看別處，實際上卻在聽遊客交談。遊客用中文說到興奮時，醫生在側會下意識地露出微笑，顯然也聽懂了。每次一個考察團或旅遊團行程結束，導遊都要寫有關遊客的情況彙報。

朝鮮旅遊業不時興小費，也不用送什麼太高檔的紀念品，朝鮮人不敢收，如果遊客非要有所表示，可以在與朝鮮人單獨在一起時，送他一支外國筆、一塊手帕、一包菸，有兩個朝鮮人在一起的時候，千萬別送。

不過，我後面幾次去朝鮮，已經沒那麼多的禁忌了。我帶去的電腦，朝方邊境人員也沒有要我打開，檢查儲存的文件內容。帶了手機入境朝鮮，其實也無法使用，不過，在新義州這一邊，只要靠近鴨綠江，靠近丹東，大多能收到中國電訊的信號。

新義州，與遼寧省丹東市隔著鴨綠江遙遙相對，市區離江口四十公里。它是朝鮮西北邊境城市。

進入新義州的路線有兩條，一是經平壤乘坐平義線鐵路或者機動車輛進入；一是由遼寧省丹東經鴨綠江大橋進入。中國人要去新義州，當然沒必要選擇前一路線。

中國人，特別是香港人，其實對新義州並不生疏，香港人對時事熱點的追蹤，熱得快冷得也快，再健忘的香港人，或許還記得那個中國人楊斌，香港一家上市公司「歐亞農業」主席，他差點當上新義州特區行政長官。那是二〇〇二年的事了。

新義州分南北新義州，北新義州是老市區，是新特區的主要組成部分。特區建立後，政府機關率先遷出，位於北新義州的平安北道人民委員會（道政府）遷往南新義州，而後是新義州人民委員會（市政府）、平安北道人民保安省（地方警察廳）、新義州人民保安省（市警察廳）等。新義州的居民，包括南北新義州和其他地區共六十萬人。只有二十多萬人留在北新義州（特區），他們是「歷史上沒有汙點和成分好的人」，其中，大部分是當地輕重工業的工人，成為特區開發所需的基本人力。而有「政治汙點」的人和老弱病殘者全部遷往南新義州。在外國人面前，朝鮮人都不會在公開場合表達對政府的不滿，不過，當時我從新義州人的表情和話語中，隱隱感覺到居民對大遷移的憂慮和疑惑。

記得，十多年前第一次踏上朝鮮土地，就是從新義州入境的。出了海關，一塊巨大的白色標語牌迎面聳立著，上面用紅色朝文大字書寫。當時我就問隨同翻譯：這標語上的朝文是不是「朝鮮歡迎你」？翻譯嚴肅地說：「不，上面寫的是『主體思想萬歲』。」我愣了一下：明白了，在朝鮮，不能用「現代」思維看待眼前的事，必須以上世紀六〇年代中國人的思維思考。

政治生活裡，多少順理成章的本能式的思維方式，組成厚厚的大氣層，令人不能宏觀、微觀地看清事物。每當一個事物順理成章地擺在面前時，人能不能把它掉過來看看，倒過去想想？

走進新義州的土地，彷彿踏上時光機，返回四十年前的中國。有中國遊客說，到了朝鮮，才知道中國的胖子多，飯店多，網吧多，超市多，商品多，連狗也多。我曾聽一位香港導演如是說：朝鮮這片土地，對拍攝懷舊題材的電影人而言，極其難得。怎麼理解？他說，朝鮮沒有經歷現代化蹂躪，要找一個「歷史原貌」的風景，朝鮮比比皆是。想拍攝上世紀六〇年代的中國，可在朝鮮各地隨時取景；拍攝七〇年代冷戰間諜片，朝鮮完全能取代俄羅斯。

不過，如今種種跡象表明，朝鮮正在轉變。朝鮮新的經濟發展計畫，也在改善人民的實際生

金日成像章

活。自由市場售賣糧食開始出現了，貿易市場已經存在，農民通常將自己農田裡生產的作物，拿到市場上出售。這片土地，正發生外人所不知的變化。

在朝鮮，人人佩戴金日成像章，假如觀察仔細，會發現這像章並不劃一，有長方形，有方形，還有圓形的。據說這是有講究的，勞動黨員戴長方形的，金日成社會主義青年同盟（含五百萬青年和三百萬少年團員）戴方形的，普通群眾則戴圓形的。記憶中，這是朝鮮一位接待人員說的，我沒有作考證。另一次訪朝，一位接待人員又說，領袖像章有三類，一是勞動黨黨員佩戴的帶黨旗的「金日成像章」；二是普通朝鮮人佩戴的「金日成像章」；三是外國遊客可佩戴的「朝鮮國旗像章」。究竟如何，各有說法，也沒認真研究過。

目前朝鮮依然沒有通常意義的「流行」歌曲這一說，他們流行的是歌頌朝鮮勞動黨和他們的領袖金日成、金正日、金正恩的歌，廣播電視播出的幾乎就是這些歌曲，如〈保衛祖國之歌〉、〈金正日將軍之歌〉、〈正日峰的雷聲〉，當然也有一些輕快的歌曲〈城市姑娘出嫁了〉、〈口哨〉等節奏歡快的曲目，不過，並不太多。

當下，在朝鮮社會最流行的歌曲，當數〈突破最尖端〉。這首歌是當年金正日指令下創作的。歌詞唱道：「不管什麼，只要下定決心……先軍時代機械工業的自豪，朝鮮式的CNC技術……」CNC指的是什麼？外人聽了懵然，總是一臉疑惑。

CNC，朝鮮時下流行語，本意指電腦數控機床技術，如今是朝鮮高科技代名詞。從二〇〇九年起，由千里馬製鐵聯合企業、金策製鐵聯合企業、成津鋼鐵聯合企業等大型重點企業開始，朝鮮全國的工廠企業都在向實現CNC化進軍。上世紀五、六〇年代的中國，這種運動並不少見。在大同江果樹農場、平壤春季國家商品展示會上，都能看到CNC技術的應用。

金正日在世時的最後幾年，相當重視CNC技術。朝鮮《勞動新聞》曾連載長文〈將軍與CNC〉，描述金正日多年來在不同場合關於CNC的談話。一次，走進朝鮮國家圖書館，即人民大學習堂，在漢語短訓班上，看到來自各行各業五百多名學員正在學中文。他們有各自的工作，有的還是家庭婦女，經五個月短期學習，已能獨立翻譯中文資料，作初級中文對話。邊上的學堂，正講授遠程教學和網路授課的相關科技講座，已經講過的課題有：信息產業時代尖端科技的發展趨勢、第四代移動通訊的發展前途、大規模水電站大壩建設的發展趨勢……在朝鮮接觸年輕人，他們對外面世界的科學技術興趣頗濃。在平壤，朝鮮官員常常會問你，有沒有聽過CNC歌曲？會不會唱CNC歌曲？

朝鮮有一首歌頌CNC的歌，歌名是〈飛躍的速度，CNC之風〉，歌詞道：先軍千里馬飛躍的土地上，每天都傳來突破尖端的新消息……欣賞大型團體操表演，會看到「CNC是主題工業的威力」的字樣；就連幼兒園的孩子，也會唱〈我愛CNC〉的歌曲。

流行語是一種符號。流行語是社會隱含這時代的某一現象，透過流行語可看出這個社會人們的一種現實文化，符號即事件，符號即態度，一個濃縮了事件和態度的詞彙，代表了一種思想的萌芽。上世紀五、六〇年代的朝鮮，無論科技還是國力，都不輸給中國，遺憾的是，走向封閉的朝鮮，離世界越來越遠。

近年，朝鮮的時髦青年愛唱中國的歌曲，如北京奧運主題歌〈我和你〉。朝鮮人喜歡的中國男歌星是周華健，朝鮮人分不清大陸、台灣，只是認為周華健就是中國的，儘管他有點過氣了，但他的〈朋友〉依然是朝鮮人喜歡唱的歌曲之一；朝鮮人喜歡的中國女歌星是鄧麗君，朝鮮人也視這位台灣人為中國的，朝鮮人家喻戶曉的是她的〈月亮代表我的心〉。

中國有為妓女樹碑立傳的《蘇三》、《杜十娘》，也有《辛亥革命》裡的小鳳仙。朝鮮有個《春香傳》，寫的是李朝中葉南原府藝妓月梅的女兒春香和李夢龍的愛情故事。不同的是，中國赤裸裸地直接讓妓女成為被歌頌的主旋律，朝鮮猶抱琵琶半遮面，春香不賣淫，她的媽媽才是妓女。

前不久，朝鮮中央電視台播出了一部新攝製的電視連續劇《桂月香》。這部電視劇製作精良、服裝布景到位、畫面效果頗佳，從製作上看絲毫不遜色於韓國同類型的歷史劇。也是朝鮮自金日成開國以來，首部以妓女作為正面形象的藝術作品。

《桂月香》描述的是平壤名妓桂月香的傳奇故事，演繹自朝鮮李朝小說《壬辰錄》中壬辰之亂抗倭的著名人物。一五九二年，日本人占領平壤城。歌妓桂月香殺死一名日本副將後被俘虜。敵軍將領垂涎她的美貌，於是將她留在身邊。桂月香假意侍候他。在一次宴席上，她設法將該將領灌醉，然後派人同平壤城防禦使金應瑞將軍取得聯繫。金應瑞率軍趕來，將日軍將領殺死，桂月香卻犧牲了……

《壬辰錄》取材於一五九二至一五九八年日本侵略朝鮮的壬辰戰爭。作者不詳。約創作於十七世紀上半葉，是在戰後出現的大量《倡義錄》和民間傳說的基礎上寫成的。這部宣揚愛國主義的小說，在朝鮮文學史上占有重要地位。日本統治朝鮮時期，城裡鄉下都有很多人偷偷閱讀，日本殖民當局曾將它列為禁書。

朝鮮官方為頌揚桂月香，曾將桂月香位於現平壤牡丹峰區的故鄉，更名為月香洞，並將牡丹峰區一食品商店命名為月香洞食品店。

金正日生前指導的電視劇《桂月香》在朝鮮開播後，收視率極佳。朝鮮人，男女老少一到時間就守在電視機前等候播放。有人說，「不得不承認朝鮮版的舞台劇《紅樓夢》、《梁山伯與祝英台》比中國拍得還牛逼，紅色藝術天才，天下只有一個男、一個女，幾百年才出一回。女的是中國的江青，樣板戲的藝術造詣沒人能比，男的就是金正日，論拍戲，他真是個奇蹟。」

朝鮮歷史上還有一位名妓，即黃真伊。韓國電影《黃真伊》根據朝鮮作家洪錫中的同名小說改編的。小說二〇〇二年獲得萬海文學獎，成為首次獲得此獎的朝鮮作品。投資九十五億韓圓拍攝的這部影片，由韓國導演張允炫執導，宋慧喬、劉智泰、柳承龍等出演。這部影片曾在朝鮮的金剛山取景。二〇〇七年五月二十八日，導演和主要演員宋慧喬等人，帶著影片，由陸路越過軍事分界線，前往朝鮮境內的金剛山，在文化會館舉辦試映會，為當時拍攝提供過幫助的朝鮮當地人放映這部電影。韓國電影在朝鮮舉辦試映會，這是繼影片《阿里郎》、《安重根》之後的第三次，當時一度成為南北韓的熱門話題。

韓國電影《黃真伊》宣傳海報。

說起影視劇，這些年，朝鮮引進了不少中國主旋律和名作電視劇，有《西遊記》、《戈壁母親》、《任長霞》等，二〇一〇年十月，聽剛從平壤回到哈爾濱的朋友說，中國的《潛伏》是當時朝鮮最火的電視連續劇，為了紀念中國人民志願軍入朝作戰六十周年，連平時不播外國影視劇的朝鮮中央台平壤台，也每日播出兩集《潛伏》，而以前這樣的進口片只能在國際台萬壽台播出。不過朝鮮播出的《潛伏》的結局，與中國播的不一樣，朝鮮版《潛伏》沒有男主角按組織要求與「晚秋」結婚的情節。現在的朝鮮人了解中國，大多是透過朝鮮電視台播放的中國影視劇。浙江作家麥家的電視劇《暗算》，也在朝鮮熱播，朝鮮朋友說，《暗算》播放，再度出現當年中國電視劇《渴望》熱播時，平壤等城市萬人空巷的情景。

朝鮮人似乎對驚險片情有獨鍾，當年的中國就引進朝鮮的《無名英雄》，每週一集播出時，北京、上海、南京、廣州也可用「萬人空巷」描述。

在新義州統軍亭附近的飯店用餐時，透過翻譯與服務員小姐聊天。說起朝鮮的歌舞，她說了兩條金正日的語錄：「青年人的工作場所要有歌舞，有歌舞的工作場所才有革新」，「離開歌舞的生活和青春，等於沒有花，也沒有花香。」

朝鮮的一些常在舞台和電視上露面的歌手，如金光淑、李粉姬等，可謂家喻戶曉，頗受百姓喜愛，特別是年輕人。不過，沒有所謂的「追星族」，也沒有「偶像」和「歌星」的說法。

當下，被譽為「朝鮮最美女兵」的金玉姬，是朝鮮「網路紅人」。二〇一〇年，她十九歲，黃海南道人，人民軍藝術團舞蹈演員，中尉軍銜。軍藝畢業，性感時尚，多才多藝。她是朝鮮知名軍花，能歌擅舞，紅遍亞洲網路。朝鮮人都能歌擅舞，金正日也酷愛文藝。在金正日先軍政治治國方略下，先軍文化備受推崇。人民軍藝術團成了朝鮮眾多藝術團中的明珠。在這顆明珠裡還有一象牙塔，裡面全是百裡挑一的美女、才女。她們與外界是完全隔離的，主要任務是給高官們演出。

還有一位朝鮮人民公認的美女大學生，就是鄭美香。在朝鮮，每逢盛大慶典活動的歌舞人群中，或者重大體育比賽的啦啦隊裡，她總是出現在領舞的中心位置，據說，朝鮮人民的領袖金正日生前對她「屢看不厭」，只要看到她，他臉上總會露出人們難得看見的微笑。

說起美女啦啦隊，它是個「特殊群體」，風靡國際賽場而令世界矚目。早在二〇〇三年，韓國舉辦的第二十二屆世界大學生運動會上，由三百名荳蔻年華的美女組成的朝鮮啦啦隊，曾大出風頭，以至於很多排隊買票的韓國人並非為看比賽，而是想一睹朝鮮美女風采。時年二十一歲的啦啦隊長徐希素說：「我也想和南邊的人交談，說說我們的生活，其實，我們的夢想跟他們一樣。」她說，「他們總不理解我們，覺得常常不合情理，這些誤解使南北的統一更難實現。」北京奧運，這支啦啦隊的身影出沒於奧運會的舉重、摔跤、射擊和足球等項目的賽場。她們身穿紅衣頭戴紅色棒球帽，手揮朝鮮小國旗。此次來中國的啦啦隊員共有一百六十六人。

在西方人眼中，朝鮮有四大「國寶級」美女。除了金玉姬、鄭美香，還有李正蘭和趙明愛。

李正蘭是朝鮮版歌劇《紅樓夢》中林黛玉的扮演者。這位血海歌劇團演員，在朝鮮享有盛譽。朝鮮為選出《紅樓夢》中的「金陵十二釵」，曾在全國公開海選，最終投票選出，整個排演過程，金正日具體指導，對李正蘭特別讚賞。

朝鮮美女啦啦隊。

趙明愛畢業於平壤音樂舞蹈大學，朝鮮萬壽台舞蹈團舞蹈演員。她麗質超群，被金正日封為南北朝鮮的「統一之花」而備受矚目。這位朝鮮藝術節「萬人迷」，曾在韓國演出，給韓國人留下難忘印象。為此，金正日還特准趙明愛為韓國三星手機的新廣告模特兒，這也是朝鮮演員首次現身韓國產品廣告。

近年，隨著中國商人在朝鮮服飾領域投資加大，中國先進的服裝生產流水線、新潮的款式設計和成熟的染色工藝，給朝鮮人穿著帶來變化。朝鮮人穿衣款式漸漸時髦，面料也慢慢講究了。朝鮮年輕人愛戴墨鏡、穿西裝，夾克是男人的著裝首選，女士則喜歡化妝、穿高跟鞋，以裙裝為主，不過，超短裙至今仍被禁止。早就風靡世界各地的卡拉ＯＫ、跳舞毯、電子遊戲，在朝鮮的娛樂場所相當罕見，只是在供外國遊客下榻的酒店才有。高爾夫球場和賭場在平壤各有一家，當然與當地百姓無緣。這一切，或許不用很久就會改變。

在朝鮮，民眾的髮型都有規定，但隨著「韓流」殺入，青少年為追逐潮流而不惜破禁，有女生留起披肩長髮，有男生讓頭髮留長，蓋過耳朵，更有女子留起性感齊耳的冶豔短髮。在平壤有錢一

國寶美女鄭美香。

美女舞蹈員趙明愛。

族光顧的常光街或樂園百貨商店，總會看到幾個這樣打扮的男女青年。韓國女藝人宋慧喬的披肩髮型，深受朝鮮女性喜愛。不過，當局認為「不夠端莊」、「敗壞風紀」，下令取締並禁止。被朝鮮當局「髮禁」的不僅是各式披肩髮，還有被稱為男不男而女不女的所謂「冶豔短髮」。

朝鮮勞動黨機關報《勞動新聞》發表社評，指出男性應留短髮，女性應束起長髮，「保持頭髮整潔、樸素，對於在朝鮮樹立健康生活方式的精神風貌非常重要」。在金正日要求下，朝鮮的團中央，即青年同盟中央委員會，曾發起這一清除精神汙染的運動。金正日把這幾類髮型，統統叫做破壞社會主義整潔和穩定的「外國髮型」。

據朝鮮青年同盟中央委員會一位官員說，一次，金正日看到一名女售貨員的「外國」髮型，便問身邊的隨從官員：「她真是我們社會主義朝鮮的婦女嗎？為什麼她放棄我們自己的傳統美，選擇模仿外國資本主義的壞習慣？」

目前，朝鮮這股「受資本主義影響的『韓流』」，並未成為風靡全國的社會風氣，而只是局限於平壤、南浦、平城、元山等大城市，還僅僅是一些高幹子弟或有錢人的專利。儘管當局極力對抗「韓流」及西方「敵對勢力」的精神汙染，警方多番採取打擊「蓄髮黨」行動，一旦發現衣著、髮式不合乎規例者，就會罰款一千朝元。問題是「蓄髮黨」大多是有權有錢階層子弟，警方執法時顧慮頗多，因此，這一行動往往是雷聲大而雨點小。

早在五年前，平壤電視台曾播出一部五集電視專題片，主題是：讓我們整理自己的頭髮，以符合社會主義生活模式。在節目裡，官方向民眾展示了多款朝鮮社會主義的推薦髮型，包括寸頭、小平頭、光頭、分頭等，髮的長度只能在一公分至五公分之間。官方的宣傳片聲稱剃短髮是基於「衛生和健康」，並強調留長髮對智力造成的不良影響，包括「長頭髮會消耗大量營養，從而奪走大腦能」。

曾經在朝鮮《勞動新聞》上讀到一篇文章，聲稱金正日的標誌性套裝，「因其偉大而在世界範圍內流行」，他那「不張揚的套裝已抓牢人們的想像力，成為一種全球時尚」，金正日套裝全球流行的原因，是「將軍威嚴的形象給世界人民留下深刻印象」。金正日工作時經常穿著這種「謙遜不誇張的服裝」，「一句話，作為偉人，他的形象太顯著了」。這篇文章引用法國一位時尚界專家的話說，「全球時尚跟隨著金正日的風格。金正日的穿衣方式正在全世界迅速流行，在世界歷史上史無前例」。金正日的流行套裝，包括束腰的通體拉鏈上衣和與之相配套的褲子，通常為藍灰色，由卡其布製成。

不明白，金正日的服裝怎麼就成了「全球時尚」，怎麼就在「世界流行」了？

在新義州，我去過一所本部幼兒園。

去之前，接待方事先告訴我，要準備一些糖果和糕餅，或者筆、橡皮擦等文具之類的「禮品」，送給幼兒園的孩子們。五、六十個三至六歲的孩子，演出了一小時的節目，歌舞、鑼鼓、獨唱、合唱。孩子們演出很認真，歌舞水準也不差。演出時可以隨意攝影，演出完，孩子們接過外國賓客帶去的糖果糕點和學習用品，一臉笑容，似乎很滿足。不過，賓客卻被朝鮮方人員告之：不准攝影。我猜想，朝鮮人不希望誤導世人：朝鮮的孩子在索要外國人的糖果。這是個倔強的民族。

看到孩子們拿到小禮品時的喜悅，我在想：朝鮮的教育是完全免費的，這些孩子拿到這些廉價的筆之類的文具，顯得心滿意足。免費到鉛筆都缺，可見，他們的免費是很小很小的蛋糕基礎上的免費。

在平壤，我在青少年宮觀看過一場少先隊員的文藝演出，水準之高，難以想像。孩子們唱跳敲彈樣樣精通，似乎個個身懷絕技。這些孩子的身材長相乖巧伶俐，相當可愛。翻譯告訴我，他們是千挑萬選才有幸進入這樣的演出團體的，家庭背景的政治審查都相當嚴格，全由國家栽培。政府再窮，這筆投資絕對不會縮減，這些孩子長大後，都是代表朝鮮的歌唱家、舞蹈家。

在新義州，我們離開本部幼兒園時，幾十個孩子，恭恭敬敬地站在幼兒園門口，招牌式的揮手，不自然的微笑，七、八個孩子隨同老師送我們到汽車門前。

透過車窗玻璃，凝視著這些原本天真無邪的小臉，無緣無故地，我想起鴨綠江邊淡藍的雛菊花，密密匝匝地生長著，羞羞怯怯地迎風搖曳，純真透明得像空氣一樣。若干年後，他們長大了，那時會如何評價他們父輩的生活？孩子的世界裡，有許多大人們看不透的東西。

第三章

名存實亡的經濟特區

入境朝鮮沿途的住宅景觀。

朝鮮的大饑荒還是上世紀的事情，從二〇〇五年起，沒有大天災的話，朝鮮糧食生產可以自給自足。二〇〇六年朝鮮人均年糧食消耗量二百五十公斤，有人會質疑這個資料的準確性，不過，如果告訴你這是聯合國糧農組織的報告，應該還是可信的吧。

在平壤周圍分布著七個大型農場，除了應季蔬菜外，朝鮮從二〇〇二年起開始有蔬菜大棚，反季蔬菜悄悄上了平壤市民餐桌。不過，因連年化肥短缺，各種蔬菜的「個頭」普遍比中國所見的同類產品要小，似乎「營養不良」。

朝鮮人愛吃烤肉。中共前總書記江澤民曾於二〇〇一年訪朝時，參觀過鴕鳥養殖場，如今那裡產出的鴕鳥肉，成為平壤各大餐廳的新寵。朝鮮的水產品豐富，但不少中高檔水產品都出口國外以賺取外匯。平日，市場出售的主要有明太魚、魷魚、海蝦，以及各種河魚和貝類產品等。朝鮮的水產品沒有汙染，味道也因此特別鮮美。

經歷多年糧食短缺後，朝鮮在二〇〇五年終於糧食豐收，令糧食短缺有所緩解。二〇〇五年初，朝鮮政府把農業作為「主攻戰線」，動員全國一切力量解決糧食問題。春耕和秋收季節，政府又發起兩次「全民插秧總動員」和「全民收割總動員」，數百萬非農勞力和百萬軍隊下鄉支農。朝鮮二〇〇五年糧食產量接近五百萬噸，二千四百萬人的口糧問題可望初步解決。

二〇〇五年八月朝鮮政府表示，從二〇〇六年一月一日起，不再接受世界糧食計畫署等國際救援機構的糧食援助。

二〇〇五年十月一日，朝鮮再度全面恢復糧食配給制度，重新對全國糧食實行統購統銷，為了鼓勵農民把糧食賣給國家，大幅提高糧食收購價格。這一年顯示，朝鮮有能力解決自己的吃飯問題。

遺憾的是，這些年來，幾乎年年有天災，國民經濟相當脆弱的朝鮮，經不住任何再小的天災折磨。朝鮮糧食豐收只是二〇〇五年短暫一瞬，翌年受災嚴重，至今糧荒依舊。糧食是農人的命。有了充足的糧食就是好命，這是農人的哲學。

二〇〇九年夏天。我在北京見過聯合國世界糧食計畫署（WFP）駐朝鮮代表托爾本・杜。他說，「朝鮮正處在一場新的糧荒中」。根據世界糧食計畫署二〇〇八年的研究報告，預計約有八百七十萬朝鮮人口需要食物援助，占總人口的三分之一以上。托爾本・杜說，「現在的情況很糟，很多人都在餓肚子。」他說，由於對朝捐助資金臨近枯竭，朝鮮對該機構採取新限制措施，因此，世界糧食計畫署已調低對朝援助預期。原本目標是為六百二十萬朝鮮人口提供食物援助，現只能降到二百二十七萬。

托爾本・杜說：「自二〇〇九年五月朝鮮第二次地下核試後，世界糧食計畫署再沒收到任何對朝捐助。」按原計畫，世界糧食計畫署預期將從各捐助國收到五億美元的捐助款，而目前實際收到的只達預期的百分之十五。

從二〇〇八年至二〇〇九年一月，美國透過非政府組織向朝鮮提供了十六・九萬噸食品，二〇〇九年三月中旬，美國暫停對朝鮮的食品援助，美國聲稱「沒有意願」向朝鮮提供包括燃料在內的經濟援助，除非朝鮮同意回歸朝核問題六方會談（北韓、南韓、中國、美國、日本、俄羅斯）。不過，八月中旬，四名朝鮮政府官員祕密訪問美國。據我所知，這是朝鮮核試後，歐巴馬政府首次允許朝鮮官方人士訪問美國。這些朝鮮人士是以朝美民間交流協會（KAPES）代表團的名義訪美五天，雙方討論重啟對朝糧食援助等問題。

二〇〇五年，我又一次來到新義州。新義州是朝鮮六大城市之一。這裡就是平安北道，滿目所見，依然蕭條和貧困。新義州除了市中心，大部分都不是柏油馬路，入夜，與前兩次來所看到的依然一樣，大街幾乎都一片漆黑。

雖然新義州已宣布為特區，但還沒有什麼大的變化。所謂新義州「特區首長」楊斌，二〇〇三年被中國判刑十八年，此時在獄中已服刑三年。特區卻依然存在。在新義州金日成紀念館，會說中文的女講解員李素妍對我說；「對政府改善經濟的決心，百姓早已感覺到了。我們的生活正在轉變，社會正在進步。」

「你們知道這裡設為經濟特區的事嗎？」我問。

「新義州人當然都知道，大家都希望早點開放。」她說。

「特區是怎麼回事，你能說說嗎？」

她甜甜地微笑著，搖了搖頭。

「特區行政長官是誰？」

她不好意思地又搖了搖頭，顯得有點羞澀。

在新義州，幾乎人人都知道設特區的事，但幾乎誰都說不明白特區究竟是怎麼回事。

新義州市政府負責宣傳的洪吉南曾對我說：「我們能同任何國家合作，新義州歡迎外國人投資，包括歡迎美國企業家前來新義州。」

其實，「新義州」不僅是朝鮮人，也是外人關注的一個「關鍵詞」。新義州列為特區，瞬間吸引了世人目光。這之前，「新義州」這地名在地球的哪個角落，能說準確的外國人少之又少。

新義州人口約五十萬，地處朝鮮西北部的鴨綠江畔，與中國遼寧省丹東市隔江相望，是朝鮮最大邊境貿易城市。二〇〇二年九月，朝鮮決定設立新義州特別行政區，同時委員會通過了新義州特別行政區基本法。根據這項法律，新義州特別行政區將建成集國際性金融、貿易、商業、工業、尖端科學、娛樂和旅遊功能為一體，長期擁有國家賦予的立法權、行政權和司法權等政治制度和市場經濟制度的特區。

當年，新義州特區首任行政長官是荷蘭籍華人楊斌，時任歐亞農業首席執行長，後因詐騙和受賄被中共當局拘捕，於是新義州特別行政區的計畫遭擱淺。直到二〇一一年，位於新義州的黃金坪島經濟區項目再次啟動。

當年楊斌在新義州特區成立後，頒布的特首第一道行政命令，就是宣布外國人只要持有效證件，二〇〇二年九月三十日起，便可免簽證進入特區，被視為「朝鮮長期來嚴限外國人入境和接觸當地人的一大突破」。不過，丹東邊防公安局一負責人當時就對我說：「從遼寧進入新義州，必經丹東跨過鴨綠江。我們根本就沒收到過上級任何新的通知，一切仍按原來的要求辦。要在丹東出國，還需要簽證。」當時我就在香港的《亞洲週刊》上寫了報導。事實也證明，當時的「特首」楊斌，簡直是「胡來」。

說起朝鮮經濟特區，也折騰了二十年了。

朝鮮先後有四大經濟特區，大都由韓國人投資而發揮過作用。最響亮的當數被譽為「金三角」的羅先特區，二十年來至今也沒能建成當初誇下的海口：「第二個新加坡」。朝鮮借鑑中國經驗，建立經濟特區最早始於一九九二年，在處於中、朝、俄邊境的羅津—先鋒地區，設立稱為「羅津—先鋒自由經濟貿易地帶」的經濟特區，後改名為羅先特區，即前不久中朝三十億美元合作計畫所投資的地方。

羅先直轄市位於朝鮮半島東北端羅津灣、造山灣沿岸，地處朝鮮北部圖們江下游地區，羅先地區七百四十六平方公里，不到二十萬人，由羅津市和毗鄰的先鋒市兩個縣級市合併而成，原隸屬於咸鏡北道，二〇〇〇年八月改為羅先直轄市，由中央直接管轄，有「朝鮮的深圳」之稱。

一次，我去羅津港，巴士途經一座火力發電廠和毗鄰的先鋒港。火力發電廠座落在山坡上，規模不小，但似乎有點陳舊的感覺。我在巴士上，可看到發電廠全貌。先鋒港三面環山，一面向海，是天然不凍避風港。不一會兒，巴士就進入羅先市。羅津港總面積三十八萬平方公尺，有三個碼頭，十個泊位，貨物年吞吐能力三百萬噸，可停靠二萬噸級的船舶。經清淤和設備改造後，最大停泊噸位達五萬噸。待建的四號碼頭，設計年吞吐量為三百萬噸以上。羅津港的鐵路和公路與朝鮮內地相連，港區的寬軌鐵路直達俄羅斯哈桑地區，單軌鐵路與中國圖們市接軌，公路與中國琿春的圈河口岸、沙坨子口岸相通。羅津港是中國東北地區「借港出海」的最佳口岸。這一帶，除羅津港外，還有先鋒港和雄尚港，這三個港口都是常年不凍港，同屬朝鮮政府批准的經濟貿易港。

在這一地區，朝鮮曾取消糧食配給制度，提高工資，是自由市場合法化的試點。按朝鮮當局最初規劃，羅先特區的建設目標，是利用天然不凍港和有利位置，建成新加坡那樣的「現代的綜合的國際交流中心城市」，願景是到二〇一〇年擴大港口吞吐能力到億噸以上，人口達一百萬人，「實現諸領域服務的高度化和現代化」。

然而，除去早期招商引資還算順利外，例如建立了幾個較

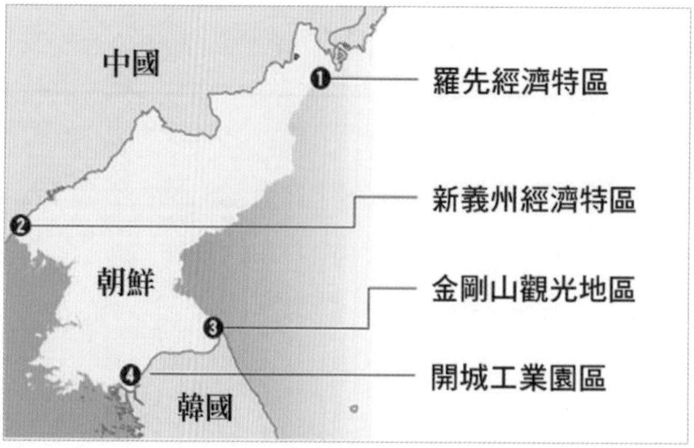

朝鮮政府規劃的四大經濟特區。

高檔次的酒店，羅先特區的建設不久後就歸於沉寂，尤其是二〇〇四年中國方面不允許本國人去當地賭場賭博，以及朝鮮核試傳聞頻傳之後，特區發展事實上處於停滯狀態。

夢想是彩色的。夢卻是黑白的。夢不是都能圓的。

二〇〇〇年六月金正日與韓國總統金大中在平壤會面，南北簽訂合作協定後，在與韓國接壤的位置，朝鮮又開發新特區。在名勝金剛山，一九九八年第一艘來自韓國的旅遊船開啟了破冰之旅。二〇〇二年十一月，朝鮮設立「金剛山觀光地區」，由韓國大企業開發，招攬韓國遊客。除賓館、滑道、高爾夫球場、溜冰場、滑雪場等設施建設外，朝鮮曾考慮允許韓方轎車直接進入觀光，並在二〇一〇年之前，把旅遊區範圍向北擴大到平壤、白頭山、妙香山等地。不過，金剛山觀光旅遊持續近十年之後，在旅客總人次即將突破二百萬之際，二〇〇八年，一名韓國女遊客因誤入旅遊區附近的軍事禁區，被朝鮮哨兵開槍打死，首爾當局隨即中斷該旅遊項目。

開城市位於朝韓軍事分界線以北二十公里，人口三十萬，曾是朝鮮史上名城。一九九八年已故韓國現代集團總會長鄭周永，與朝鮮方面接觸，希望在開城地區建立西海岸工業園區。在金正日與金大中會面後，開城工業園迅速推進。二〇〇二年十一月，朝鮮決定設立「開城工業地區」，並通過《開城工業地區法》，主要內容與新義州特區類似，保障優惠經濟政策五十年不變。

開城工業地區主權屬於朝鮮，由朝鮮和韓國共同管理，雙方合作遵循共同為此所簽署的一系列協議。中長期目標是把開城地區建成集高技術、金融業、商貿、旅遊業和國際都市服務功能為一體的綜合型經濟特區。據朝鮮當局公布的計畫，開城工業園第一年要入駐三百家企業，僱傭二・六萬人，年產值二十億美元。到第七年，要有二千家企業，十四・九萬僱員，產值要達一百四十五億美元。

然而，事與願違，由於朝、韓關係反覆，開城工業園不死不活。該工業園二〇〇三年動工開發，二〇〇四年下半年有十五家韓國企業入駐，十二月韓國利文阿特公司設立的企業率先投產。韓國現代峨山公司和韓國土地公社作為主開發商，享有朝鮮制定的有關特殊政策開發。工業園區第一階段開發計畫，自二〇〇四年至二〇〇六年實施，開發面積為三・四平方公里，可供三百家韓國企業投資設廠。不過，二〇〇五年正式開園的第一年，產值僅為一千四百九十一萬美元，二〇一〇年也才三・二三億美元，建園至今，總產值還不到原先規劃第一年的產值，僱員總數僅五萬人左右。更慘的是，朝韓關係一再緊張，韓資韓人紛紛被迫撤走。

韓國中小纖維、紡織和服裝企業，在韓國因高工資、高土地使用費和僱人困難等問題，令企業經營成本高，而開城的各種費用比韓國低廉很多，甚至比中國更低廉。以中國天津與開城作比較：天津工人平均月工資一百八十美元，是開城工人月工資的四倍；從開城至韓國的物流費用，是天津至韓國的一半；從天津生產返銷韓國的產品，韓國徵收百分之十三的關稅，而開城進韓國的產品免徵關稅。總體評估，開城的產品綜合成本，只相當於天津產品的百分之四十。不過，開城工業園生產的產品只能銷往韓國，不能在朝鮮境內銷售，如由韓國再轉出口，周轉的費用也就大幅度上升。

總體而言，朝鮮設立的這些經濟特區都不算成功，有些早已擱淺，對朝鮮經濟的拉動作用極其有限。最新資料顯示，朝鮮人均收入水準，僅為韓國的百分之五左右，屬於當今世界最不發達的一類國家。

中國設立經濟特區，目的是為改革開放尋找經驗，而後在全國鋪展，原來的特區也逐漸失去本來意義。但在朝鮮，設立經濟特區的目的卻不是改革開放。朝鮮「脫北者」叛逃高官黃長燁，曾向金正日建議關注羅先特區，但金正日卻回應說，「那個地方什麼時候能取得實效？不過是為了賺取一些外匯罷了。」黃長燁認為，設立開城工業園區的目的不是改革開放，而是賺取美元，從而達到軍事上的目的。因此，可以說，朝鮮既想賺美元，又想防止「黃色風潮」（資本主義）流入，所以一直推進所謂的「蚊帳式開放」模式。所謂經濟特區，實質是「蚊帳」而已。

坦誠地說，朝鮮曾一度呈現改革的萌芽。經歷上世紀九〇年代中後期「苦難行軍」後，朝鮮當局意識到變化的重要性，於是二〇〇二年擬定「7·1措施」，推行經濟變革。所謂「7·1措施」主要內容包括：工資及物價要符合現實狀況，匯率上漲，分階段減少分配制，逐步減少由政府包辦一切的社會保障，擴大企業自主權，引進獎勵制等市場經濟要素。「7·1措施」推行三年，對改善朝鮮經濟和提高百姓生活水平，成效顯著，在體制內形成一定規模的改革勢力。不過，由於體制出現不穩定，外部環境惡化，二〇〇六年起重又恢復保守政策，導致改革止步，甚至出現倒退而重返計畫經濟現象。

再說回新義州，路上最耀眼的仍然是軍人，個個精神，即使獨行，也是挺直腰板。據朝鮮白茂貿易公司的一位人士說，在朝鮮，軍人至少有一百萬，即二十個朝鮮人中就有一個軍人。軍人的聲望很高，年輕人都嚮往參軍，女孩婚嫁，大都把軍人作為首選對象。政府在極為有限的條件下，仍給予軍人最高的榮譽和最好的待遇，在糧食供應、交通、住宿、退伍後就業，甚至理髮、飯館用餐、影院購票等生活上都給予特殊照顧。

在街頭，三十多歲的小販李梅香的雪糕車前，擠滿了買雪糕的市民，她喜上眉梢：「人們手頭的錢多了，我賣得愈多，也就賺得愈多。」儘管這只是一個小商販的話，背後卻道出，這個國家由保守封閉經濟向市場經濟轉型所帶來的些許變化，今天的朝鮮人有機會多勞多得了。近年來，在城市街頭已能看到一些「個體戶」，他們有的在三輪車上支起一個賣小吃的小攤，或賣些香菸、糖果，小巷裡也有修鞋或賣農產品的小店面。

新義州自由貿易市場已出現多時。在夜晚黑暗的胡同裡，四五十個婦女點著蠟燭，籃子裡是中國產的香菸、餅乾和一些食物，有人走過，她們就會吆喝叫賣。早晨，河邊道上熙熙攘攘，擺著糧食和蔬菜的木製攤位和手推車。這在以往是難以想像的。

在丹東，可隨時聽聞邊境貿易的小故事。從上世紀八、九〇年代起，朝鮮已悄悄誕生一批「邊境富人」。中朝邊貿主要是以物易物，有不少更是「背包貿易」，雙方約好時間、地點，在某一截偏僻的鐵絲網兩側，你扔過來一包水產，我丟過去一包白麵，然後騎上摩托車一溜煙不見了。類似的「江上交易」也時時可見。他們透過與中國東北三省的邊貿賺錢，以礦產、木材換中國的糧食、生活百貨，日子過得相當富裕。在朝鮮，他們謹慎得出奇，不敢露富，透過在丹東的朝鮮族親友，將錢存入銀行。朝鮮沒有私有制，但處於地下的「第二經濟」已經出現。

確實，朝鮮先富起來的一部分人，多是從事中朝貿易的來華淘金者。在丹東從事貿易的朝鮮商人，登記註冊的有四、五百人，實際遠遠不止。那幾年，丹東的邊境貿易隊伍在擴大，一九九五年時，丹東只有二家公司從事對朝邊境貿易，現在發展到四百多家。朝鮮在中國的商貿公司一般稱為「會社」，以此作平台，從事貿易活動，這些貿

中朝邊境鐵絲網（對面是朝鮮）告示：禁止向境外投擲物品。

易會社全屬於朝鮮政府的。目前在中國的朝鮮會社，上規模的有五十多家，多集中在北京、瀋陽、丹東、大連、威海和上海。勝利會社是朝鮮最大的外貿會社，在中國駐點很多。朝鮮商人在澳門、台灣也相當活躍。

記得第一次踏上朝鮮國土，在新義州，翻譯問我，中國人和朝鮮人很難分辨吧。我當時回答說，要區別並不難，不說穿著，朝鮮人一不苟言笑，二胸口永遠戴著金日成或金正日像章。金日成像章由組織頒發，每個朝鮮成年人必須佩戴，以此表達對領袖的崇敬。每一枚都有編號，不能轉贈。今天的朝鮮人，像章依然掛著，但女人的莞爾，男人的憨厚一笑，已隨處可見。

距離第一次去新義州，將近十五年了，新義州始終變化不大。二〇一一年七月，新義州郊區的農田上，可見一群群明顯不是農民的朝鮮人在忙碌著。此時的朝鮮，全國上下的各行各業，都響應政府號召，到農村田間地頭，支援農忙工作。經過平壤郊區的路上，一群群人穿著下田幹活的衣服，拿著各式農具，走向田間。遠望田間，三三兩兩的人正忙碌著。這在香港人、台灣人眼裡，是匪夷所思的事，但在中國大陸人看來，只要記憶沒有掏空，對此便很好理解。三十多年前，在中國大陸，城裡人，各行各業下農村支援農活，是相當正常的事。如今，聽朝鮮人常常說類似的話：農事，是只要吃飯的人都要關心的，這是政府動員的全民性大事。

經歷了上世紀九〇年代後期經濟上的「艱苦行軍」、「強行軍」，當下的朝鮮，關鍵依然是解決二千四百多萬人口的糧食問題。金正日活著時說過：「過去，領袖（指他父親金日成）常常教導我們，要讓人民過上吃米飯、喝肉湯、穿綢緞、住瓦房的日子，我們還沒有實現領袖的這一遺訓。我一定要堅決貫徹領袖遺訓，在最短時間內解決人民生活的問題，讓我國人民過上不羨慕別人的日子。」

朝鮮農村住宅與田園風光。

「吃米飯、喝肉湯、穿綢緞、住瓦房」的日子，是人生存最基本的條件，連金正日都坦承「沒有實現」。朝鮮人民能不羨慕別國人民的生活嗎？

二〇一〇年夏，朝鮮北方的洪水，令全國糧食奇缺。十月二十六日，朝鮮與韓國紅十字會在開城會談，朝鮮向韓國提出要求，援助五十萬噸大米和三十萬噸化肥。十月二十九日，運載著五千噸大米的基里巴斯太平洋島國籍貨船抵達中國遼寧丹東港，三百萬個碗裝即食麵，也經東方明珠國際班輪運抵丹東，它們分別從韓國的群山和仁川啟航。這是韓國國家紅十字會援助朝鮮的。這批援助糧食在丹東稍作停留後，從陸路口岸出境運往朝鮮。我從丹東市政府了解到，丹東港邊防和海關以及檢驗檢疫多部門紛紛開闢綠色通道，以便糧食盡早順利入境朝鮮。援助物資中的一萬噸水泥於二十九日啟運。

二〇一〇年二月，朝鮮基本解除對市場監控，允許所有商品交易。當局的這一措施，是為了平息二〇〇九年十二月失敗的貨幣改革，引發民眾對當局的不滿和憤怒。市場監控嚴厲的兩江道、咸鏡道等地，自二月一日起，完全解除了市場監控，大米價格一度上漲到一公斤四百朝元。貨幣改革令通貨膨脹加劇。糧食價格暴漲，工資又無法正常發放，因此加劇了饑餓現象。市場一度放寬，只是為度過糧食危機而採取的臨時性措施。

一年後，二〇一一年入夏，在朝鮮內閣機關報《民主朝鮮》上讀到一篇文章，如此描述當前的經濟建設態勢：朝鮮正為社會主義強盛大國建設勝利奮勇向前，帝國主義卻對朝鮮制裁和封鎖。近年來，由於異常氣候現象和嚴重自然災害，世界範圍內糧食出現減產，由於部分西方國家用糧食大規模生產生物燃料，導致糧食危機加重。在這樣的條件下，朝鮮堅持社會主義有力推動「強盛大國」建設的途徑之一，就是緊緊抓住農業革命方針，用自己的力量，圓滿解決糧食問題，要把在農業生產中掀起變革，視為高度發展朝鮮式社會主義優越性、打開「強盛大國」之門的關鍵環節。

說得都很漂亮。要「用自己的力量，圓滿解決糧食問題」？一個國家，不是靠言說，而是靠行動，來改變自己的形象的。

第四章

最孤立的經濟體
悄悄開了一點門

香港商人錢浩民和他的同事，在平壤當局給他的一塊地上。

金正日執政後每次訪華，給人留下的印象，是對中國的發展，對各種高新技術興趣濃厚，盛讚改革開放。但他從未在朝鮮真正推進過改革開放，當局曾一度啟動市場經濟的一些措施，用金正日的提法是「改善」而非「改革」。要在主體思想、先軍政治的前提下，談改革開放無疑是不可能的，維穩難題和統治體系，成了必須跨越的障礙。

二〇一〇年金正日兩次訪華，一次是五月，一次是八月。就在這一年，一個陌生的朝鮮族人名「朴哲洙」進入世人視野。五十一歲的朝鮮旅華僑胞朴哲洙，二〇一〇年三月十日在平壤成立的朝鮮國家開發銀行出任副理事長，這位朝鮮族企業家，被人們視為擺脫經濟日益惡化困境的「朝鮮金融外援」。

朴哲洙畢業於中國延邊大學，並獲得北京對外經濟貿易大學碩士學位。國家開發銀行是朝鮮第一家政策性和商業性相結合的國家銀行。之前的兩個月，即一月二十日，總部設在平壤的朝鮮大豐國際投資集團舉行第一次董事會。據我所知，與會的七名董事會成員中，只有常任副董事長兼總裁朴哲洙一人沒有佩戴金日成像章。在朝鮮，要區分是朝鮮公民還是外國人，其實很簡單，就看左胸是否佩戴金日成像章。

朝鮮大豐國際投資集團是朝鮮融資窗口，是負責國家開發銀行吸引外資的經濟聯合體。身為大豐國際投資集團常任副董事長兼總裁的朴哲洙，早在二〇〇六年九月就在中國成立大豐集團，他出任董事長。據悉，二〇〇七年大豐曾簽署中國唐山鋼鐵公司與北韓製鐵所的建設合作。大豐向朝鮮出售中國汽油，這批汽油供給朝鮮當局核心部門和軍方，在商務運作過程中，朴哲洙與平壤高層漸漸熟稔，編織了一張關係網，深得朝鮮高官信任。朴哲洙曾參與二〇〇八年二月紐約愛樂樂團在平壤的演出斡旋，一手促成二〇〇九年十月朝鮮統戰部長金養健與韓國勞動部長官任太熙在新加坡祕密會晤。

由於朴哲洙是朝鮮族人，他在韓國政商界也有廣泛人脈。據在北京的一位韓國外交官說，二〇〇九年下半年，朝鮮始終為尋求對韓國對話管道而無處著手時，朴哲洙發揮了作用。

平壤選擇朴哲洙擔當重任，是希望朴哲洙透過中國與韓國的關係網，吸引中國和韓國資金對朝鮮投資。

二〇一〇年一月二十日，朝鮮大豐國際投資集團董事會第一次會議在平壤羊角島酒店舉行。會議傳達了金正日《關於保障朝鮮大豐國際投資集團運營》的命令，以及國防委員會關於設立國家開發銀行和朝鮮大豐國際投資集團協調委員會的決定。會議選舉朝鮮亞太和平委員會委員長、負責朝鮮對韓政策的統一戰線部長金養健為集團董事長。董事會由分別來自朝鮮國防委員會、內閣、財政省、朝鮮亞太和平委員會和朝鮮大豐國際投資集團的七名人士組成，除金養健外，還有朝鮮國防委員長金正日的妹夫、國防委員張成澤等多位朝鮮實權派人物。會議討論並通過了投資集團的章程草案、二〇一〇年工作計畫和財政預算案。

總部設在平壤的大豐國際投資集團，與國家財政區分開，主力推動「經濟基礎建設十年計畫」。集團作為朝鮮的對外經濟合作機構，主要向朝鮮國家開發銀行提供投資和融資。朝鮮國家開發銀行將建立現代的金融規範和體系，可同國際金融機構和國際商業銀行進行交易，並根據國家政策開展投資業務。這樣的結構是為了在吸引外資、進出口、法律、社會基礎設施投資方面，提供類似中國的「一站式」服務。

朝鮮為開展國際金融交易而成立了國家開發銀行。這是一家股份制銀行，由朝鮮政府出資九成，朝鮮大豐國際投資集團出資一成，註冊資金為一百億美元，將在兩年內到位。國家開發銀行為有限責任制，今後二成股份可出售。朝鮮在金融領域的新政策將陸續出台。二〇一〇年三月十日在平壤羊角島酒店舉行國家開發銀行第一次理事會。

理事會上傳達了國防委員會《關於設立國家開發銀行》的決定，任命「國防委員會代表」全日春為理事長，選舉旅華僑胞朴哲洙為副理事長。六十九歲的全日春是國防委員長金正日的南山高級中學同學。據韓國一位外交官告訴我，全日春前不久被任命為「勞動黨第三十九號室長」，負責管理朝鮮國防委員長金正日的執政資金及個人資金。「三十九號室」旗下擁有朝鮮主要金融機構和百多家企業。

據朝鮮官方稱，「國家開發銀行具有能夠同國際金融機構和國際商業銀行交易的現代化金融規範和體系，根據國家政策，它將是負責對重大項目的投資業務以及行使商業銀行機能的綜合金融機構」。這是為吸引外資而設立的具有資本主義式理事會制度的商業銀行。在理事會上，討論通過了國家開發銀行的規約、運作方案，以及專家委員會規約等。國家開發銀行將進軍國際金融市場，在經營上具完全獨立性，實行自負盈虧。

引起人們注意的是，前不久羅先特別市晉級後，朝鮮當局已修改羅津先鋒貿易地區法，以保障投資者在羅先經濟特區的活動，由此，這一地區的對外完全開放的可能性被正式擺上桌面。新修改的羅先地區法，最顯眼的新增條目為第八條：「海外朝鮮同胞的經濟貿易活動」，在原有條目中雖已承諾保障外國投資者的經貿活動，此次又明示「也允許居住在共和國領土之外的朝鮮同胞開展經貿活動」，包括吸收中國朝鮮族、在日同胞資本以及韓國資本的投資。這對朝鮮旅華僑胞朴哲洙在朝鮮的經濟活動無疑有了「文字」上的保障。

平壤當局聘任朴哲洙擔此重任，是否意味著朝鮮在經濟體制改革上邁出重要一步，這還有待觀察，朴哲洙能否打破過往折騰的定局而取得預期效果，目前尚是未知數。不過，中國和韓國對於朝鮮族人朴哲洙多少都會表現出更容易理解和接納。

朴哲洙獲委重任，令人想起二〇〇二年九月，荷蘭籍中國富豪楊斌獲委任朝鮮新義州特別行政區最高行政長官，新義州特別行政區，這所謂要建成「新香港」，不到半月就夭折了；也讓人想起二〇〇五年一月，香港國際產業發展有限公司董事長錢浩民獲委任唯一的朝鮮「招商代表」，他在朝鮮的招商進程也步履維艱。

二〇〇五年入夏，涼爽的鴨綠江風令人神怡。七月五日香港國際產業發展有限公司董事長錢浩民跨過鴨綠江，來到朝鮮新義州考察碼頭，看看能否改建成煤碼頭，將朝鮮的煤運往中國。

半年前的一月十四日，朝鮮與錢浩民簽訂了《關於共同生產和進出口合作合同》。合同表明：朝鮮民主主義人民共和國特別批准，把平安北道龍登、龍門煤礦，平安南道的永大、天成、南德、高原煤礦，金策製鐵廠，茂山鐵礦，南興青年化學廠，海州再生原料加工廠，以及其他項目的生產和進出口權給予香港國際和朝鮮國際合作雙方。兩天後，朝鮮分管經濟的副總理盧斗哲，在平壤議會大廈會見了錢浩民，以政府名義特委任錢浩民為第一個「招商代表」，全盤負責對外招商工作。這引起了世界各地傳媒的關注，紛紛追蹤他的舉動。當時，他拒絕了朝鮮以外所有媒體的採訪，僅接受了我的專訪。

錢浩民與朝鮮方簽署「合同書」後，於三月和四月組織了近三十名專家和商家，分兩批前往朝鮮考察。香港國際除了項目本身的投資外，會逐步加大對交通、運輸、電力、通訊等方面的配套項目改造投資。四月太陽節那次去朝鮮，作為對朝鮮首期投資的一部分，錢浩民帶去了十七車皮麵粉和二十四部集群對講機、智能傳信系統，並送給朝鮮價值二十萬元人民幣的熱帶水果香蕉、鳳梨。

水果絕大部分都送往朝鮮各礦區，給礦區孩子。朝鮮主要六大礦區，三萬二千名職工，有學生八千人，許多礦區孩子從來沒見過香蕉，他們出生時，美國就對朝鮮經濟封鎖。錢浩民對我說：「太陽節是朝鮮人民最隆重的節日，一個外商來到朝鮮投資，就要尊重朝鮮人民的意願，要學會理解朝鮮人民的選擇。」

朝鮮勞動黨組織部、朝鮮國家貿易省最近通報所有對華貿易商社，自二〇〇五年四月十二日起，停止從中國進口水果和水產品。理由是金正日獲悉，二〇〇五年春節期間，朝鮮各貿易商社從中國進口了三千多噸水果和朝鮮沒有的水產品後，給貿易省下達指令：朝鮮人民生活困難，口糧都不夠，百姓吃不飽，不要再從中國進口這些昂貴產品。朝鮮各貿易商社立即停止進口水果和水產品，改而進口糧食，已提前訂購的水果也被退貨。

錢浩民說：「朝鮮的商機，不在於政治，而在於民生，我更看重民生，朝鮮人民需要經濟發展。香港國際會先推動朝鮮的採礦業，而後帶動其他產業，特別是農業。其實，朝鮮的農業原本基礎不錯，目前只是受到國際大環境的影響，沒有良種，缺少肥料，匱乏農藥。」

香港國際與直屬朝鮮內閣的朝鮮國際產業開發股份公司（朝鮮國際）是合作夥伴。時任朝鮮國際總社長金光哲對我說：「朝鮮目前的經濟狀況確實依然困難，但並非是外人所想像的那樣經濟會崩潰，這些年來我國正在作一系列經濟改革。許多外國朋友對此還不了解，不敢放手投資。」這位部長級官員伸出左手，摞起衣袖，右手指著左手腕的手表，對記者說：「這是金日成主席一九七二年送給我的，戴了三十多年。我們會遵循領袖的教導，展現我們的理想和抱負。」

手表的時針分針移動交疊，相信戴表人的心靈始終明晰，不過，表盤不可能經年無塵。這讓我當即想起當年毛澤東送芒果的歷史一頁。金光哲對我說了很多關於金日成的故事。

他接著說：「金正日將軍親自過問這一合作項目，我們一定要踏踏實實做好。中國人常常說，萬里長征要一步步走，好的開頭是成功的一半。」

當時，朝鮮經濟面臨最大的問題，是對外國投資者資金直接支付的信用問題，外國銀行基本結算受阻，這是外國投資者最大的困擾。錢浩民當時認為，這有望解決了。他說：「合同上說，你以設備投資礦山，與當局合作『增產增出』，增加產量，增加出口，當局優先償還你的投資，按合同分配利潤。如果沒有錢償還，就用實物，用增產的那部分礦藏支付。所謂『一統結算』，就是本礦產以外的投資，都可以用礦來結算。這一新決策令投資者結算得到保障。」

朝鮮國際已將合作後作為優先償還的第一車煤，於五月十五日用火車運往遼寧丹東，一個多月來已有三十車皮一千八百噸煤從朝鮮運往中國。這速度還是相當緩慢，原因是朝鮮運輸能力十分薄弱，煤的運輸頗費周折。香港國際與朝鮮國際正謀劃運輸問題。時年四十一歲的錢浩民說，外來投資看中的是朝鮮這座「金礦」，朝鮮也盼望外來投資者帶去創造財富的機會。不過，錢浩民的朝鮮願景，最終沒能夢圓。

錢浩民（右）與朝鮮國際總社長金光哲。

「沒有一個國家會拒絕財富。」這是時任朝鮮內閣經濟政策綜合部長李正煥，在大同江畔的平壤飯店對我說的。那天是二〇〇五年四月十八日，雖是太陽節休假，李正煥沒有休息，在各地考察，前一天晚上剛從農村趕回平壤。他說，二〇〇五年政府工作的重點是農業、採礦業和教育領域。

在描述當時朝鮮的嚴峻形勢時，他說，朝鮮人民「經受了任何動亂時期都未曾有過的嚴酷的生活困難」，「有時甚至作出令人心痛的犧牲」，那是「人類歷史上難尋先例的最艱巨考驗」。他說，時下的朝鮮已進入新的時期。不過，朝鮮依然面臨相當艱巨的困難時期，美國及其他的盟國對朝鮮繼續經濟封鎖，加上一些以往友好的社會主義國家近年對朝鮮援助中斷，朝鮮面對新形勢，需要做的工作很多，朝鮮正在改善，推行新經濟模式和新管理模式。

他說，近年來，歐洲、亞洲許多國家和地區紛紛前來朝鮮探路投資，尋求合作開發。他們自稱是來「搶占地盤」的。誰先來，誰先占領，誰先得益。總體上看，朝鮮確實有一些商社不講信譽，令外來投資者卻步，特別是與中國企業的交往中，這種事時有所聞。中國國務院總理溫家寶和朝鮮內閣總理朴鳳柱，二〇〇五年三月在北京簽訂了有關保護投資者利益的協定，朝鮮各經濟部門正抓緊盡快落實。

我從瀋陽鐵路局獲知，中國與朝鮮鐵路聯運，與其他口岸鐵路聯運相比，有其特殊性。對中方而言，長期處於既不能大進大出又不能不進不出的兩難境地。前者是因為朝鮮鐵路存在貨物積壓、中國

作者與朝鮮內閣經濟政策綜合部長李正煥（左）合影。

鐵路貨車被朝方損壞嚴重、朝方拖欠債務三大慣性問題，長期不得解決，迫使中國鐵路不得不採取控制運輸的措施，間斷性停裝和限裝貨物；後者是因為國家對朝鮮及半島的外交政策，使中國鐵路不能單純考慮企業自身經濟利益和國內運輸需要。

這些年來，中國鐵路貨車運往朝鮮，由於朝鮮車皮奇缺，卸了貨後常常被朝鮮方借故扣下使用，至二〇〇四年，中國二千多節車箱被留在朝鮮，其中運煤車廂二百六十多節。由此，瀋陽鐵路局不太願意發車前往朝鮮。不過，朝鮮鐵路部門官員改組，特別是內閣總理朴鳳柱上任後，在金正日的指令下，對這一問題已作出改善，一個時期以來朝方陸續歸還中方八百多節車廂。

要了解朝鮮經濟改善，不能不了解朴鳳柱。

這些年，凡朝鮮最高領袖金正日出訪和參加重大活動，陪伴左右的一群人中，總能找到朴鳳柱的身影。按朝鮮官場規則，能伴隨金正日左右，是至高無上的榮耀。獲這種殊榮，必定是人中俊傑，一人之下而萬人之上，且得到金正日認可。

二〇〇五年，朴鳳柱六十六歲。他善於吸取其他國家經濟改革的成功經驗，深知「他山之石，可以攻玉」的道理。他認為，要掌管好經濟發展，必須常常去經濟發展得好的國家「走一走，看一看」。二〇〇二年十月，時任化學工業部長的朴鳳柱去韓國考察，每到一地，他都仔細詢問，拿出筆不時作記錄。他說：「對韓國經濟的經驗，我只有一雙眼睛啊，真是看不過來。」

二〇〇四年四月，他結束訪問中國行程後，特地提出要求，抽出一個小時參觀北京農業示範村——房山區韓村河村。他在研究如何革除朝鮮國內經濟運行中的弊端時，總是依照朝鮮的國情，借助他國經驗，尋求經濟改革的突破。

在外間頗費心機地關注六方會談之際，二〇〇五年三月下旬，朴鳳柱率團訪華，代表團中多是經濟官員，六天的行程中，又以參觀中國的經濟發達城市和相關實體為主，這無疑對外界傳遞了朝鮮發展經濟戰略的全新信號。他一抵達北京，就參觀了座落在北京經濟開發區的諾基亞工廠、燕京啤酒廠等。從上海抵達瀋陽返回朝鮮前夕，他還抓緊參觀多家工業企業和農業科研院所。在二〇〇五年四月的內閣工作報告中，他一再強調要大力推動有助於引進先進技術的經濟合作。

朝鮮國內巨大的市場需求，顯然是驅使外國商人進入這片處女地的唯一誘因。儘管朝鮮的經濟發展還存在不少變數，但朝鮮無疑已成為亞洲僅存不多的「淘金機會」之一。就是這些看似不利的變數，在商人眼裡也會成為某種潛在的商機。朝鮮這些年一直在尋找經濟改革的出路，雖然時碰釘子，但依然尋尋覓覓，最近提出了新思維：經濟政策活性化。他們的思路是，要解決國家經濟處於停滯不前的狀態，一定要吸引外資，不能讓外國投資者卻步不前。

朝鮮打開國門，讓外來投資者尋找商機，儘管這扇門開得還不算大，但畢竟是打開了。只是因為朝鮮傳媒的自我封閉和外國傳媒的封鎖，這一剛剛開放的態勢並不為世人所知。在平壤，走進四星級、五星級酒店，你會驚異外國人之多，他們一半是旅遊者，一半是投資者。在四月十五日「太陽節」晚上金日成廣場上，竟然會看到來自近百國家和地區的數千外國人，與朝鮮民眾攜手載歌載舞。

二〇〇五年五月，從平壤市中心驅車向南，十五分鐘抵達平壤市樂浪區樂浪二洞，朝中大同江菸草合營會社就座落在此。

這家菸草合營會社，是朝鮮與中國第一家菸草合營會社，由中國延邊捲菸廠和朝鮮海洋貿易會社，於二〇〇〇年三月共同投資創辦，總投資額一百五十一萬美元，中方占百分之五十一，主要為菸草專用設備、配套器具和部分流動資金；朝方投資主要是廠房、倉庫、辦公室及部分流動資金，設計年產能力六萬箱，每箱五十條菸，主要產品有：「日出」牌、「端午」牌、「老虎」牌、「雪景」牌等六種不同檔次的品牌。老虎牌菸是高檔香菸，雪景牌菸是普通香菸，這些香菸主要供應朝鮮國內市場。

合營會社有八十名朝鮮員工，中方六人常駐：副社長一人，會計一人，技術人員四人。會社第一年，不時遇到難以預料的困難，產量僅有一千三百箱，處於虧損狀態；二〇〇二年，中朝雙方一再磨合下，產量達三・五萬箱，實現利潤七・八萬美元；二〇〇三年，產量有所下降，利潤隨之減少；二〇〇四年，會社推出「山躑躅」（一種花卉名）牌等新品，採取降低成本等措施，產量達五萬箱，價格競爭力增強；二〇〇五年，會社產量可望邁上新台階，達七萬箱。會社成立五年，納稅總計一百多萬歐元。

二〇〇五年，朝鮮首次批准設立外國法律公司，為在朝鮮的外國投資者服務。英國法律公司Hay, Kalb & Associates在平壤金日成廣場附近開設了法律事務所，法人代表邁可・海和在金日成大學攻讀法律專業的十二名職員組成。新加坡謝凱文律師樓也在朝鮮設立一家全外資的律師事務所，僱員包括二名新加坡人和二名朝鮮律師。謝凱文說，律師樓進軍朝鮮，是他們的一名客戶，即瑞士製藥公司在朝鮮開設了工廠，其他在新加坡的客戶也在探討投資朝鮮的

太陽節之夜在金日成廣場上，外國人也跟著朝鮮民眾一同載歌載舞。

可能性。

愛爾蘭主要石油公司阿米內斯科與朝鮮政府達成協議，幫助朝鮮開發石油，合同期為二十年。合同規定該公司將獲得對新開採的石油收取一定的專利費，在朝鮮境內任何地方都擁有勘探優先權等。

韓國京畿道和朝鮮在平壤郊外建立朝韓共同栽培水稻的示範農場。以往雖在個人層面上曾有過多次南北農業合作，但如此以省自治團體為主體建合作農場尚屬首次。京畿道已派出三名農業技術人員攜帶農場運營的各種設備，去當地播撒稻種。

俄羅斯濱海邊疆區與朝鮮在林業、開採業、加工業以及農業、捕魚業、貿易和運輸等領域展開了合作，在濱海邊疆區建立木材加工、魷魚捕撈、魚產品深加工聯合企業，在俄羅斯沿海地區建立海產品養殖聯合企業。朝鮮向俄羅斯公司提供用於向第三國出口商品的總面積二萬平方公尺的免稅倉庫。雙方還決定，發展造船和修船方面的合作，擴大朝鮮船舶設備和零配件向俄遠東地區出口。據說，朝鮮還有意參與濱海邊疆區的設施建設，在濱海邊疆區與朝鮮邊境地區建立汽車運輸交通。

朝鮮悄悄開了一點門，讓外人進去，剛有一點門就進入，就是商機。朝鮮已公布《金剛山觀光地區房地產規定》，外國人士可以在金剛山地區擁有土地以外的房地產並將其進行買賣、租賃以及繼承，此規定可解決一直以來成為韓國企業向金剛山投資的絆腳石，即財產權法律保障問題。

朝鮮經濟畢竟還是高度的計畫經濟，是世界上最孤立的經濟體之一，雖然朝鮮正在推行經濟改善，但對外來投資者而言，無疑充滿變數。新興市場必然存在風險，在高風險中謀求高利潤，永遠是挑戰者的一種選擇。

當年在丹東市政府任職的中國致公黨丹東市委祕書長石寧，他的家就在鴨綠江邊。他常去朝鮮考察，身在丹東，每天都有朝鮮的信息傳來。石寧是我二十多年朋友，在黑龍江的一次筆會上相識的。他曾兩次陪同我去朝鮮。在他心裡，始終覺得朝鮮並不「遙遠」。二〇〇五年，石寧四十八歲，我七月還在丹東見他，九月底他來香港，我公幹在北京，沒見到他，通了電話，半個月後，即十月七日，他卻突然病逝。二〇〇六年，他妻子鄒晶為他出版了文選，遼寧省殘疾人作家王占軍為文選作序〈一個人和這個世界——悼石寧〉。王占軍是我二十五年朋友，看到這本書時，我才知道他倆也是朋友，遺憾的是，石寧生前，我們都沒有觸碰這個話題：三個人竟然都是熟友。

石寧是中國社會科學院亞太所朝鮮問題特約研究員，也是專欄作家、攝影家、電視劇導演。他身患先天性心臟病（肺動脈狹窄），三十歲又因視網膜動脈栓塞，盲一目。他的口唇常年深紫色，呈現嚴重缺氧狀態，終日步履蹣跚，背影看上去令人心痛。他引港資入丹東，引港資進朝鮮，付出的努力與他忍受的痛苦成正比。

二〇〇五年七月，他對我說，丹東是中國大陸最大的邊境城市，雖然朝鮮半島冷戰陰影殘留，大國角逐激烈，各國關係複雜，未來不確定的因素很多，但中國和朝鮮邊境貿易額，占中國對朝貿易額的百分之七十，丹東邊貿進出口額，以每年百分之二十五的速度遞增。這十年來，進出口商品種類增多，大宗出口商品明顯增加。最初與朝鮮做貿易時，朝鮮方以進口糧油食品和日用消費品為主，最近幾年，水產品、家用電器、日用百貨、化工原材料、紡織面料，什麼都希望進口。據韓國貿易協會前不久公布的綜合貿易資訊顯示，二〇〇五年一月朝鮮與中國間的貿易額達到九千四百一十萬美元，較二

石寧

○○四年同月的四千二千七十五萬美元，增加了百分之一百二十。朝鮮的出口額及進口額，分別增長了百分之六十一和百分之一百六十八。

由於朝鮮這兩年經濟形勢的變化，人們的物質需求檔次在提高，品種在擴大，需求量也在增加，這就給丹東帶來了商機。十年前，北京當局對邊境地區給予小額貿易經營權，擁有這一經營權的企業，可享受國家給予的一系列優惠待遇。比如，做大貿易時，需要國家給的許可證和配額，會對涉及國計民生的物資產品，如糧食、成品油設限。國家對邊境貿易則開了一個口子，允許經營，進口產品時關稅減半。貿易方式也在不斷擴展，過去以易貨為主，現在是現匯貿易、轉口貿易、易貨貿易、海上貿易、邊境民間小額貿易並舉，還有拓展加工業的。

韓淑雲

時任丹東市對外貿易經濟合作局副局長韓淑雲，和石寧一樣，也常常去朝鮮。她的辦公室，就在鴨綠江邊，從位於五樓的窗口遠眺，對岸的風景就在眼前。她說她每天都能呼吸到來自朝鮮的氣息。四月中旬，她剛從平壤考察回到丹東，翌日便在她辦公室與她見面。

日前，她在朝鮮作了一次市場調查。遼寧省丹東有一家企業，覺得在中國生產婦女衛生棉已經飽和，想跨過鴨綠江，與朝鮮合辦一家婦女衛生棉生產工廠。朝鮮也有自己辦的衛生棉工廠，另有一家中國浙江人辦的生產衛生棉的合資廠。在朝鮮，衛生棉生產現狀如何，消費者需求如何？韓淑雲就帶著丹東這家企業去朝鮮作市場調查，去自由市場，去百貨商場。朝鮮本地生產的衛生棉七百朝幣一袋，買的人很少，而合資企業生產的是一千六百朝幣一袋，店櫃裡攤位上全賣光了，很搶手，人們寧多花錢，也要買好的，不願少花錢而買次的。可見，百姓的消費檔次在提高。

韓淑雲說，早些年與朝鮮方有過貿易交往的大都覺得，朝方信譽不好，缺乏誠信，貿易風險大，朝鮮商社行騙和個人欺詐的事時有所聞。有的商社來到丹東做生意，先付三至五成的訂金，要求丹東方面發百分之百的貨，貨抵達後一個月或三個月內，再把其餘貨款全部付清。丹東企業將貨品全發過去了，三個月後卻再也找不到朝方的人了。到二○○四年底，朝方欠丹東累計二千多萬美元，大都是一九九七年以前欠的，近年逐步還了些，還欠一千五百萬美元。如今，欠款的情況發生少多了，朝鮮也在嚴厲整頓和打擊不規範的貿易行為，二○○四年朝鮮有關機構作調整後，貿易省下屬的一些外貿公司，歸口到專業局所屬，還合併

平壤市中心的第一百貨。

成幾大貿易商社對外開展業務，這樣就便於管理。

朝鮮，曾一度成了溫州資金的尋夢地。朝鮮最大商場平壤第一百貨大樓已被溫州商人曾昌飆租賃，這位瀋陽中旭集團總裁、瀋陽溫州商會常務副會長，頗看好對朝鮮的投資，二〇〇四年秋天，中旭集團屬下的華隆商業廣場的上百溫州商戶，組團前往朝鮮考察。除歐洲、美洲、非洲、南亞外，東亞朝鮮成了溫州民間資金的又一搏殺地。

曾引起反響的曾昌飆承包平壤第一百貨大樓，租賃期為十年。平壤第一百貨位於市中心黃金地段，營業面積三‧六萬平方公尺，中旭集團擬投資五千萬元人民幣對整幢大樓改建，然後從中國大陸組織貨源在朝鮮批發和銷售。這一工程原定二〇〇四年年底竣工，但計畫延遲了，引起了輿論界的關注，曾昌飆的承包案究竟是真是假？是順利還是夭折？二〇〇四年四月十二日，我在瀋陽見到了他。

曾昌飆

問起他的租賃計畫，他說確實延遲了，預計這一工程會延遲到二〇〇五年年底實施，項目內容沒有變化。他對朝鮮的經濟合作，一如既往，有信心繼續下去，目標是最終在平壤建國際貿易中心，銷售只是最初階段，國際貿易中心是辦公場所，也是休閒娛樂的場所，為全球去朝鮮的各地商人，營造一個生活和工作的好環境。他不喜高調，不喜喧嚷，拒絕數十家中國、日本、韓國和西方國家傳媒的採訪。

談到計畫推遲的原因時，他說，原因是朝鮮發生禽流感，再說，六方會談發生很多變數，日本與南北韓、中國最近又發生一系列爭議。經濟只有在包括政治在內的健康環境中，才能良好發展。

曾昌飆認為，前不久朝鮮總理訪華，中朝雙方對許多問題作了協調，簽訂了關於促進和保護投資協定和環境合作協定。看得出，朝鮮領導人發展經濟的心情非常迫切。他說：「我們承包平壤第一百貨的消息透露後，在中國，包括溫州商人在內的一批商家，紛紛前去朝鮮，近百個溫州商人去朝鮮考察，他們都是我們集團在朝陽市開發的華隆商業廣場的客戶。這樣朝鮮的餐飲業、酒店業、娛樂業、旅遊業都會發展，國家的收入直線上升。一個國家如果這種機會都不抓住，是非常大的損失。」

他說：「如果朝鮮方面不講誠信，我們當然會放棄投資項目，商家是基於牟取利潤和保證經濟持續發展態勢才去投資的。在與朝方的接觸中，他們工作效率確實不高，總是顯得那麼散漫，但這是制度使然，只能一步步來。朝鮮經濟制度和外商投資環境能逐步完善，我們就能發展好一點、快一點。我們的作為不是建立在肥皂泡上的。」

曾昌飆的這一項目最終是否放棄，我沒有機會再追蹤。但至今沒有他的任何消息，是又一個肥皂泡嗎？

第五章 口號車、口號樹和標語牆

平壤街頭隨處可見宣傳畫。

今天的新義州，標語橫幅依然滿街都能看到。在火車站、公路站、航空站（沒想到，新義州還有個軍民兩用機場，不過，跑道僅一・二公里），還有大型建築，乃至大型公共場所、小型會議室，見到最多的是「偉大領袖金日成同志永遠和我們在一起」，此外依次是：「朝鮮勞動黨百戰百勝」、「主體思想光芒照亮世界」、「我們永遠愛戴金正日將軍」……

朝鮮，這是一個領袖居於中心地位的國家。金日成的主體思想統治著每一個角落。

已故的金日成在朝鮮人民心中享有崇高威望，被朝鮮人民尊稱為「慈父領袖」。每個朝鮮成年人都佩戴金日成主席像章，而且朝鮮人在提到金日成時都會用「偉大領袖」作為敬語。以前朝鮮到處都是「偉大領袖金日成同志萬歲」這樣的標語。一九九四年金日成去世，被認為是朝鮮人民最大的悲痛，整個朝鮮舉行了三年大國喪，並將金日成遺體安放在錦繡山紀念宮，供世人瞻仰。金日成在從事革命的歷程中，創立的以人為中心的哲學思想，即主體思想，被視為朝鮮社會主義建設的指導思想。

為了稱頌金日成創立的主體思想，朝鮮政府採用主體紀年，將金日成誕生那一年，即一九一二年定為主體元年，二〇一一年就是主體百年。一九九八年朝鮮新修訂的憲法中，稱金日成是社會主義朝鮮的始祖、朝鮮永久的國家主席。金日成去世後，又出現了「偉大領袖金日成同志永遠和我們在一起」的標語。

一九九七年，朝鮮政府決定將金日成誕生日四月十五日，命名為「太陽節」，作為朝鮮「最偉大」、「最隆重」的節日，稱頌金日成為「民族的太陽」。當今，街上很多標語都和「太陽」有關，例如「種子不管播在哪裡，總是向著太陽開花」、「談論沒有領袖的革命勝利，就像奢望沒有太陽的花一樣」、「我們領袖是扶持萬民的偉大的慈父，是萬民景仰的恩惠的太陽」。

領袖被神化了。有多少愚昧，就失卻多少自由。從這些標語中，能感受到朝鮮人民對領袖的熱愛和迷信。金日成去世後，他兒子金正日接班，這位朝鮮最高領導人，身任朝鮮勞動黨總書記、國防委員會委員長、朝鮮人民軍最高司令官。於是，新標語口號是：「二十一世紀的太陽金正日將軍萬歲」。

標語口號，是宣傳常用的一種方式。它用簡要文字，通俗易懂的語言，概括其主要內容，表達其特定的思想。標語口號直接作用於社會各階層。因此可以說，透明度高，接觸廣泛，影響深遠，明白易記。一條好的標語口號，是需要學問的，難怪在中國大陸，還有大學生將標語口號的研究寫成博士、碩士論文。因此，對標語口號的要求，無疑特別高，但在朝鮮所見的標語口號，盡是乾巴巴直述。

在朝鮮大城市，除了固定位置的標語，還設計了一種「流動口號車」，張貼的內容可以隨時更新。每當朝鮮舉行重要會議或是慶祝重要節日時，這些流動口號車就會在街上往來宣傳。

除了「口號車」，還有「口號樹」。目前在朝鮮已經發現一萬二千棵「口號樹」。這些樹是六十年前抗日游擊隊或地下黨活動人士留下的，樹幹上刻著「金日成將軍萬歲！」「朝鮮革命萬歲！」「打倒日本帝國主義！」等標語。在今天的朝鮮人眼裡，無疑是「革命的寶貴財富」。這些「標語樹」先後被發現和保存下來，成為朝鮮革命史的見證和當局政治思想教育的重要基礎。

「口號樹」遍布咸鏡北道、平安南道、慈江道等地。這些「口號樹」成了朝鮮革命史的文物，都一一重點保護，有的圍著防護線，有的則用玻璃牆罩著。

說一個與「口號樹」有關的真實故事。

北京，二〇〇五年十二月的一天，朝鮮普通女兵金英玉，走出中國醫學科學院整形外科醫院，從一月到十二月，她在此經歷了十一個月零十天的治療。這一切都源自八年前的一次大火。一九九八年三月，駐紮在朝鮮無才峰地區的人民軍某部，在撲滅山火和搶救「標語樹」時，有十七位戰士獻身，三位戰士被嚴重燒傷。

金正日獲悉後，授予這十七位戰士「共和國英雄」稱號，為他們建造了烈士紀念碑，並將烈士生前所在中隊命名為「盧仁德（十七位烈士中的一人）英雄中隊」。金正日還批示，把其中一個名為金鍾鎮的烈士的妻子提拔為軍官和部隊政工幹部，並將烈士的兩個兒子送到萬景台革命學院學習。在搶救「標語樹」中被嚴重燒傷卻奇蹟生存的三位戰士金英玉、金鍾傑、金寬斌，也受到國家級表彰，並先後在朝鮮醫院作了十多次手術治療。

二〇〇四年十二月，正在部隊視察的金正日，特意來到無才峰地區某部所在地。他先視察「標語樹」保存教育室，看望了在撲滅山火和搶救「標語樹」時被嚴重燒傷的講解員兼管理員金英玉、金鍾傑和金寬斌等人，察看了他們臉部和手上的燒傷疤痕。他當場指示，把人立即送往中國最好的整形整容醫院接受治療，「不惜代價、竭盡全力」。金正日說：「為了我的忠誠戰士，不管付出多少代價都是值得的。」他還提出自己要留下三位戰士的照片，以便在他們接受治療後作比較而察看治療效果。透過中國駐朝鮮大使館的安排，一個月後，朝鮮政府把金英玉等三人送到了中國醫學科學院整形外科醫院接受整形整容手術。

北京相當重視，中國醫學科學院整形外科醫院專門成立治療小組，調集最好的專家和設備。治療期間，朝鮮駐中國大使館的外交官及家屬，先後七十多次到醫院探望，金正日也多次詢問整形整容手術的進展。

金英玉在北京的豪華病房治療了近一年。中國醫生和護士都知道是金正日指令送她來治療的，他們不相信她是普通女兵，多次問她，你真是工人農民的孩子嗎？你真是普通戰士嗎？金英玉總是笑著回答說：「我是金正日將軍的女兒。」

當獲知金英玉要回國的消息，金正日要求中央官員去平壤順安機場迎接，並要求將金英玉治療後的容貌照片送去給他看。看著金英玉的照片，金正日一陣欣喜，連聲說：「真是奇蹟！真讓人高興！現在的金英玉比年輕時還漂亮！」

金英玉回國後給金正日寫了信，信中寫道：「在烈火中被燒傷的一個戰士，經過很長時間的治療恢復了原來的樣子，使我成為『先軍時代』最美麗的花朵，這都是金正日將軍的恩德，我永遠不會忘記金正日將軍對我們的關愛」，「我是堅守我們黨的寶貴財富『標語樹』的一名戰士。我也是一個軍官的妻子，我要向全國群眾和戰士講述金正日將軍對我們的關懷。」

宣傳口號直接作用於社會各階層。

從這個故事可見，「標語樹」在朝鮮人心目中的特殊地位。

口號標語最多見的當然是首都平壤了。二〇一一年六月，走在平壤街頭，隨處可見當局為鼓舞人心而懸掛的大標語，豎立的宣傳畫：「經濟是主攻戰線」，「發動突擊戰，提高人民生活水平」，「建設強盛大國」，「朝鮮說到做到」……此情此景，年齡稍大的中國人，大都有似曾相識的感覺。

在平壤市內，初來乍到，給人印象最深的，要數街頭到處懸掛的標語了。幾乎沒有廣告的朝鮮，大街小巷隨處都能看見醒目的大標語，特別是豎立在平壤街頭十字路口等交通要道，以及高層建築的頂層，因此顯得非常搶眼。走在街上，還常常會發現許多專門張貼標語的「標語牆」。它們時時提醒外國人，現在身處朝鮮的首都——平壤。

「黨下決心，我們就幹」，幾乎每個工廠企業都有這樣的標語。朝鮮是一個自主意識很強的國家，提出政治自主、經濟自立、軍事自衛的「三自」治國方針。朝鮮人民視「自主」為生命，堅持以自己的方式開展朝鮮社會主義建設。金日成曾說：「我們絕不合著別人的拍子跳舞。」為了表明自主意識，於是提出「按照我們自己的方式生活」的口號。

金日成逝世後，朝鮮人民陷入「無限悲痛」之中。此時，西方世界藉機顛覆朝鮮政權，對朝鮮政治打壓、經濟封鎖、軍事威脅，加上連年自然災害，從一九九五年起，朝鮮經濟面臨嚴重困境，出現什麼都缺的狀況，這個時期被稱為「艱難的行軍」，當時朝鮮提出「再艱難的路也要笑著走」的口號。

一九九五年以後朝鮮拉開「先軍政治」序幕，即一切以軍事為先，集中力量發展軍事。面臨西方勢力軍事威脅，為捍衛政權而採取的措施，至今，這一口號依然盛行。

二〇〇九年四月，朝鮮修改憲法，新憲法中去除了「共產主義」一詞，首次寫入「先軍政治」。這是在時隔十一年後首度修憲。新憲法同時使用「主體思想」和「先軍政治」的詞組。這意味著對金日成的「主體思想」和金正日的「先軍政治」一視同仁。

二〇〇八年九月九日，是朝鮮民主主義人民共和國建國六十周年，平壤街頭出現很多相關的宣傳口號：「以高昂的政治熱情和輝煌的勞動成果迎接共和國建國六十周年」，「回應新年聯合社論號召，迎接共和國建國六十周年」等。

雖然不識朝鮮文，但常常可以看到諸多標語中有「7・27」這樣的阿拉伯數字。七月二十七日是朝鮮停戰協定的簽訂日，朝鮮稱之為「戰勝日」，這一天朝鮮全國放假慶祝。朝鮮總是要藉「7・27」向全世界顯示自己的軍事力量。

二〇〇九年進入朝鮮，看到最多的標語，無疑是「一百五十天戰鬥」。

剛邁入二〇〇九年，朝鮮三大報紙發表聯合社論，表示要在新的一年「吹響建設強盛大國總進軍的號角，掀起新的革命大高潮」，力爭全面振興經濟是聯合社論的重要內容。由於美國、日本、韓國的經濟制裁封鎖和國際援助中斷，朝鮮糧食短缺問題凸顯。二〇〇九年四月二十日起，金正日主導了一場轟轟烈烈「人人爭當一百五十天戰鬥的勝利者」運動，以「全民全面決死戰」描述這場經濟建設運動。

「一百五十天戰鬥」是指動員朝鮮全國人民的力量，掀起生產高潮，促進經濟發展，為在二〇一二年實現「打開強盛大國之門」的戰略目標打下良好基礎。朝鮮從上世紀七〇年代起就曾發起過多次所謂「七十天戰鬥」、「一百天戰鬥」等經濟建設的「突擊戰」，以促進經濟發展。而此次發起的「一百五十天戰鬥」，則是這一方式的延續。「一百五十天戰鬥」於九月十六日結束。

宣傳畫，自左至右：金日成花、白頭山天池、金正日花。

五月七日，朝鮮勞動黨中央機關報《勞動新聞》發表題為〈用團結一致的威力在「一百五十天戰鬥」中創造輝煌業績！〉的社論，其後，朝鮮所有媒體對此展開全方位報導，朝鮮中央廣播電台、朝鮮中央電視台，每天定點播報「戰況」。那一陣，大街小巷出鏡率最高的標語「一百五十天戰鬥」，始終濃墨重彩。即便是平壤雜技團表演空中飛人時，也不忘揮舞有「一百五十」字樣的條幅。發起「一百五十天戰鬥」，是一場自救運動，鼓勵工廠、礦山、電廠和農場增加生產。

這段日子，晚上九點與在平壤工作的朋友通電話，他們往往都還沒有下班，這在從前是難以想像的。平壤朋友說，不管什麼行業，人人在「一百五十天戰鬥」，加班工作習以為常。用當局的話

市區各式標語牆林立。

說，在生產和建設中「創造了前所未有的奇蹟和革新」，數千家工廠企業提前完成了生產計畫，特別是煤炭、鋼鐵、機床、電力機車、電動機頻出亮點。各地在建的水電站，也加快施工速度。

六月三十日，朝鮮中央通訊社報導了金正日日前視察咸鏡南道的半導體材料工廠與國家科學院咸興分院。據記者統計，這是朝中社二〇〇九年上半年第七十七條有關金正日活動的報導，超過二〇〇六年的六十七條而創同期新高。二〇〇八年軍事相關視察報導占報導總量百分之五十一，二〇〇九年僅占百分之二十九，有關金正日視察各地指導經濟工作等活動的報導共五十三條，比例從二〇〇八年的百分之四十升至百分之七十。涉外方面的報導僅有二條。

二〇〇九年八月中下旬，身體一度患重病的金正日，幾乎每天有外出視察的消息披露，他視察了新建成的肉類加工品和水果商店「普通江商店」，視察平安南道北倉火力發電廠，視察2・8直洞青年煤礦，視察平安北道球場郡養魚場，視察剛擴建完工的「5月11日」冶煉廠。據統計，金正日自二〇〇八年十二月起至二〇〇九年八月，視察生產單位已多達一百多個，令關注金正日身體健康問題的外國媒體眼花繚亂。

一百五十天戰鬥宣傳畫。

這場發展經濟的重點是電力、煤炭、冶金等國民經濟基礎工業部門。「一百五十天戰鬥」自救運動，其中一個重要目標，就是全民總動員，提高糧食產量。作為「一百五十天戰鬥」的一環，朝鮮當局開始動員居民生產「草肥」。朝鮮當局指定七月二十日至八月三十日為「草肥」生產期，各工廠企業和地區洞事務所分別動員各自居民進行割草，「每個工廠都要派人員到指定的農村生產草肥，並領取確認書」。

所謂草肥生產，是指把夏天割下來的草儲備一兩年，讓其腐爛而成有機肥料。據悉，二〇〇九年朝鮮當局向居民下達草肥生產任務，十七歲以上成人每人一噸。諸多地區洞事務所要求人們七月二十日前完成三次鋤草，所有工廠都派專人去指定農村生產草肥，並領取確認書，市農村經營委員會組織「草肥生產常務」，對草肥生產開展檢查。據在北京的一位朝鮮外交官介紹，「在工廠上班的人以工廠為單位，到指定的農場生產草肥，由於離城市較遠，所派遣人員常常會住在那些農場；家屬則要到洞事務所指定的離城市較近的農場生產草肥，他們每天上下班似地往返於農場。」

朝鮮為解決肥料不足，改造酸性化土地，每年制定各種生產計畫發動市民參與。除草肥生產外，還動員市民參與燒土生產和腐植土生產。在每一噸腐植土裡，加入五十公斤氨水肥料腐蝕而製成有機肥料，或烘烤泥土製成肥料。此外，朝鮮還開展金日成指示的「挖十二底兒」運動。這一運動是為儲備肥料而進行的「挖豬舍」、「挖廁所」、「挖炕」及「挖垃圾場」等十二種勞動的統稱。

這期間，朝鮮人也開始在居民樓的陽台或廚房飼養豬、狗（並非寵物狗）、雞等家畜。人們飼養這些家畜，目的是為了賺點錢。賣一頭豬可以賺一年冬天的煤炭費用，家畜飼養在經濟活動中所占的比重很大。由於居民樓沒有庭院，只能在陽台或廚房飼養，這在朝鮮司空見慣。在居民樓飼養家畜，就得將家畜糞尿搬運到屋外的下水道丟棄。軍人養豬是一種義務。二〇〇四年平安南道開川「4・25訓練所」下屬部隊的軍人家屬，每年每戶必須向軍隊交納一百公斤豬肉。朝鮮學生也需要義務給國家和勞動黨上交自己飼養的兔子。

二〇〇九年九月二十五日，朝鮮《勞動新聞》刊登了朝鮮中央通訊社新聞公告，宣布以大力發展經濟為目標的「一百五十天戰鬥」取得「突出成果」。

公告說，「一百五十天戰鬥」的生產計畫總體超額完成百分之十二，其中工業生產部門產量比二〇〇八年同期增長一・二倍，煤炭產量增加一・五倍，鐵道運輸部門的運輸計畫超額完成百分之十八，林業部門的原木產量比二〇〇八年同期增加一・五倍，建材工業部門的水泥產量提高一・四倍。公告還說，朝鮮科學技術工作者用自己的力量和技術成功發射了「光明星二號」衛星，全國在「一百五十天戰鬥」期間，共完成九千餘個技術革新提案。

二〇〇九年看到較多的標語還有：

「我們社會主義祖國是金日成祖國，我們民族是金日成民族」；

「如果沒有英明的領袖領導，群眾就等於沒有大腦的肉體」；

「如果沒有卓越的領袖，人民就等於沒有父母的孤兒」；

「有領袖的福氣，必然會有人民的福氣」；

「主體思想是任何力量也打不破的百戰百勝的寶劍」……

古人說：後之視今，猶今之視昔。每當讀著這些標語，我馬上就會想到，這些不都是五、六〇年代中國標語口號的翻版嗎？在中國，今天的我們看過去，很傻很天真。在朝鮮，未來的後代看今天，同樣會覺得祖輩們很傻很天真。

第六章

吉林邊境——圖們、龍井、琿春和防川

吉林天池，中間白色是中國、朝鮮的分界線。

從丹東到朝鮮是一條陸路通道。從中國陸路去朝鮮旅遊，除了遼寧省丹東外，還有吉林省圖們市。二〇一一年十月八日，圖們市至朝鮮七寶山列車旅遊線路試行開通，這是中國與朝鮮兩國間首次開通鐵路列車旅遊線路。中國圖們——朝鮮南陽、清津、七寶山鐵路列車旅遊線路共設四站，一百一十名遊客組成的「圖們至朝鮮七寶山鐵路旅遊首發團」，八日由起點圖們市中朝國境橋步行過境再乘坐列車，途經南陽、清津兩地，最終到達七寶山，全程三天四夜，參團費用約一千九百元人民幣。

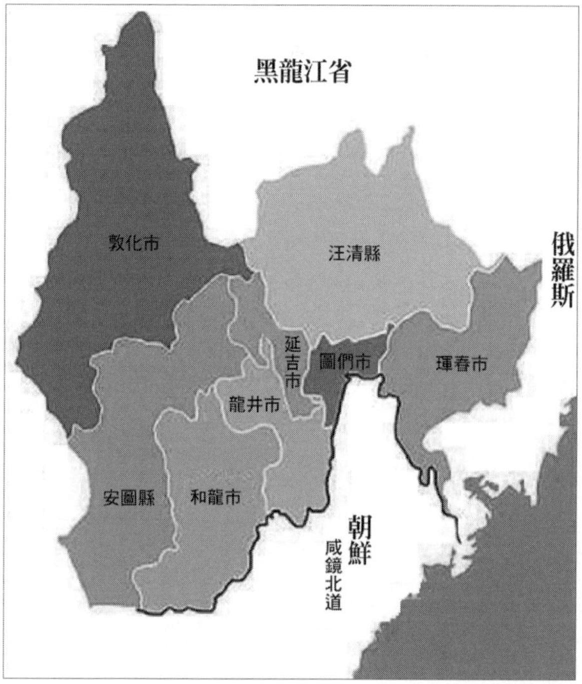

吉林省延邊朝鮮族自治州區域圖。

二〇一二年四月二十八日，這趟旅遊專列正式開通。中國遊客沿著中朝鐵路線從中國圖們口岸出境，步行十多分鐘，到達對岸的朝鮮南陽市，然後登上旅遊專列。在圖們市聯檢大廳，邊防檢查站在原有二個通道的基礎上，又增開四個通道，並安排人協助遊客填寫各種卡片、照顧小孩和提運行李物品。

圖們市與朝鮮隔圖們江相望，有公路和鐵路「雙通道」與朝鮮相連，跨境旅遊資源豐富。朝鮮七寶山位於咸鏡北道中部海岸，風景迷人。其實，這條旅遊線路開通，早在二年半前就由中朝雙方簽署合作協定，吉林省圖們市政府與朝鮮咸鏡北道旅遊局、圖們市圖們江國際旅行社與朝鮮咸鏡北道清津鐵路局聯手合作。圖們市政府與朝鮮咸鏡北道旅遊局簽署了《中朝雙方關於開通中國圖們——朝鮮南陽、清津、七寶山鐵路列車旅遊線路合作協定書》，中朝雙方開通的鐵路列車旅遊線路，由中朝兩家旅行社合作經營。朝方將設立事務所，處理在線路運營過程中存在的問題；圖們市圖們江國際旅行社與朝鮮咸鏡北道清津鐵路局簽署了列車旅遊線路合同書，明確中方提供車體的產權所有及朝方使用權、朝方保證旅遊專列的固定發車量。

雙方原計畫五月中下旬舉行觀光列車線路試運行開通儀式，卻遲遲沒有運行。二〇一一年初，圖們市政府一位官員對我說：「開通時間尚不明確。推遲開通是政府間的問題，原因非常複雜。」據我觀察，那兩年東北亞局勢動盪，朝鮮咸鏡北道是核子試驗場和導彈發射地點，從七寶山到曾經進行核子試驗的豐溪里的直線距離為三十五公里，到曾發射短程導彈的舞水端里的距離，約為二十公里。在國際形勢劍拔弩張氛圍下，朝鮮不可能允許觀光列車駛經這一敏感地區。直至二〇一一年十月，這一觀光列車才開始運行。

吉林省與朝鮮、俄羅斯山水相連，經濟互補性強，貿易往來密切。目前，吉林省有中朝邊境口岸十一個，公務通道一個，分別是圈河、沙坨子、圖們、開山屯、三合、南坪、古城里、臨江、長白、集安、老虎哨等口岸和雙目峰公務通道。

說到吉林，說到朝鮮，說到吉林與朝鮮的交界，就會想起長白山天池。吉林省長白山天池，又稱白頭山天池，坐落在吉林省東南部。長白山位於中、朝兩國邊界，氣勢恢宏，資源豐富，景色異常美麗。在遠古時期，長白山原是一座火山。十六世紀以來它又爆發了三次，當火山爆發噴射出大量熔岩之後，火山口處形成盆狀，時間一長，積水成湖，便成了現在的天池。而火山噴發出來的熔

吉林天池風景。

岩物質則堆積在火山口周圍，成了屹立在四周的十六座山峰，其中七座在朝鮮境內，九座在中國境內。這九座山峰各具特點，形成奇異景觀。

一九五三年，朝方要物色一塊富有傳奇色彩的革命傳統教育基地，金日成選中了中朝邊界上的白頭山天池。天池歸屬於中國，毛澤東接到金日成請求後慷慨應允，將天池的一半和薪島、綢緞島等幾個島嶼劃給了朝鮮。

當年，中朝依然在蜜月期。朝方派員去北京，提出分天池一角的要求，說天池是金日成革命事業發源地，希望中國能理解朝鮮人民感情等。北京這邊大手一揮，就切了天池的百分之五十三給了朝鮮，分水嶺東側的三座山峰也跟著一起送給了平壤。朝方接收後翌日，白頭峰便更名為「將軍峰」。中國慷慨一舉，被後人譏諷為「賣國」，不過，此舉卻成了朝鮮人民軍政治工作的有力槓桿，令軍隊能保持高昂士氣，增強了凝聚力。

按理說，天池保存了千年的心緒，天池是情人傾吐愛意的暖唇。但你走近她身邊，總有一種難以言說的痛楚，原本屬於你的她，有一半已屬於別人。

天池位於長白山火山錐體頂部，水面海拔高度為二千一百九十四公尺，是中國最高的火山口湖。它大體上呈橢圓形，南北長四·八五公里，東西寬三·三五公里，面積九·八二平方公里，周長十三·一公里。水的平均深度為二百零四公尺，最深處三百七十三公尺，是中國最深的湖泊，總蓄水量約達二十億立方公尺。天池的水從一個小缺口上溢出，流出約一千多公尺，從懸崖上往下瀉，就形成長白山大瀑布。大瀑布高達六十餘公尺，相當壯觀，距瀑布二百公尺遠可以聽到它的轟鳴聲。大瀑布流下的水匯入松花江，是松花江的一個源頭。

自古以來，人們對長白山天池的頂禮膜拜，並不是因為人們對長白山的崇仰。長白山威嚴如儀，統領東北亞，但如果沒有了山頂的天池，她能成為滋潤東北亞大地的母親一樣的大山嗎？沒了源頭就沒了河流，沒了河流就沒了生命。

吉林省集安國境大橋，是中朝兩國貿易往來的通道，國際列車每天往返一次，單程十三公里，是世界上最短的一趟國際列車。集安境內有集安、青石、老虎哨三個口岸，兩岸交流主要靠一天一次的火車和到距離市內四、五十公里的青石、老虎哨渡口擺渡。

集安與朝鮮的滿浦市隔鴨綠江相望，滿浦市占地一百二十公頃，人口一萬五千人，滿浦市有橡膠廠、白水泥廠、啤酒廠等。這裡的房屋都建在山坡上，一般都是白色，自古以來朝鮮人建房時喜歡選擇背風朝陽，依山傍水，環境幽雅的地方，在滿浦市的山上有一行醒目的標語，寫著：「全面貫徹金日成同志的遺訓」。

走在集安的鴨綠江邊，對岸實在太近了，近得有點想一步跨過去。對岸不遠處，有幾個朝鮮人坐著聊天，孩子們則在周圍跑來跑去。山頭上沒多少綠色，田裡莊稼顯得稀稀拉拉。集安人都知道，朝鮮那邊缺化肥，農作物產量不高。

集安邊防的一名軍官告訴我，對岸的形勢再風雲變幻，這裡邊民的生活心態一如往常，不會受影響，人人都習慣了朝鮮局勢的各種變化，再說，深信幾十年來的中朝友誼，不會發生什麼突發事件。

以往，中朝邊界線上是沒有鐵絲網的，兩邊百姓能隨意往來。有集安崔姓老人回憶說，二十年前，朝鮮過來的人還很多，只是從上世紀九〇年代開始，邊界線上陸續有了鐵絲網，這不完全與朝鮮局勢相關，只是提醒外來遊客不要越境。他說：「多少年了，兩邊的人都相安無事，什麼核試驗這類的話題上不了我們家的飯桌，這些複雜的東西，我們從來不會討論。」

不過，那位軍官承認，中國邊防還是採取了一些「內緊外鬆」的措施，主要是為了防範發生越境事件。朝鮮核試，領導人去世，朝鮮邊防就會階段性趨緊，軍人明顯增加了巡邏頻率，夜間巡邏會攜帶步槍，以前是不帶槍的，當然白天巡邏仍不帶武器，這主要是向中國方面示好。

在集安，中朝國境大橋橫跨鴨綠江，它曾是朝鮮戰爭中志願軍回國的凱旋門之一，現為集安景點。集安鴨綠江大橋，位於吉林省集安市區內東十五公里，長五百八十九・二三公尺、寬五公尺、高十六公尺，二十個橋孔，是一座鐵路橋。以第十一橋墩中心接軌線劃為中朝兩方各自維修分界線，其中中國三百二十四・二三公尺，朝鮮二百六十五公尺。集安鴨綠江國境鐵路大橋是日本侵略軍侵略中國東北後，出於擴大侵略和掠奪資源的需要，於一九三七年始建，一九三九年七月三十一日竣工，當年九月一日通車。一九五〇年十月十一日，中國人民志願軍一部從集安鴨綠江國境鐵路大橋最先祕密入朝。一軍、十六軍等四十二萬志願軍從集安口岸入朝作戰。在朝鮮戰爭中，美軍飛機狂轟濫炸，大橋始終巍然挺立，至今鋼梁上仍有殘洞痕跡，成為歷史見證。

在吉林，還有一座臨江鴨綠江大橋。臨江鴨綠江大橋位於吉林省臨江市區內，也是橫跨中朝兩國的國境橋。它同樣是一座歷史豐碑。當年，中國人民志願軍三十五萬人馬從這座橋上跨過鴨綠江。這座大橋始建於一九三五年。一九五〇年八月，美軍向鴨綠江大橋和附近的臨江火車站狂炸，大橋靠朝鮮的一端被炸毀，一九五五年五月，中朝雙方重新修復而暢通。

二〇〇九年九月八日，我從吉林省延邊朝鮮族自治州首府延吉市南下，途經龍井市，直抵三合鎮，登上五峰山。從望江亭俯視，山腳下，圖們江蜿蜒纏繞，國家一級陸路口岸三合口岸橋跨過圖們江。站在山上，鳥瞰朝鮮會寧市容貌。圖們江最窄的地方不過幾十公尺，對岸的會寧，被龍井人稱之為朝鮮「小香港」，是咸鏡北道第二大城市，是金日成夫人金正淑的出生地。咸鏡北道正是二〇〇九年五月朝鮮核爆的所在地。

據龍井市委辦公室副主任高來文介紹，八成龍井人都有親戚在朝鮮，朝鮮人每年最多一次獲當局批准拿到通行證來龍井，而龍井人要去朝鮮，所辦手續相對而言簡易多了，沒什麼

鐵路橋以第十一橋墩劃分界線，左邊鋪有洞眼的鋼板屬於朝鮮橋段，右邊鐵板是中國段。

位於集安口岸的鴨綠江大橋。近處中方軍人巡邏，遠處朝方。

限制。三合口岸距朝鮮清津港僅八十七公里，一小時路程，是經朝鮮進入日本海最理想通道。雙方邊貿以貨易貨和買賣的都有，不過近年來，朝鮮已經沒有什麼東西可以交換了，朝鮮的政策很不穩定，很難與之做生意。由於朝鮮半島近來風雲多變，龍井一帶的邊防線上，中方已將早前執勤的武警後撤至二線，而由解放軍進入邊境第一線。

延邊是中國唯一的朝鮮族自治州，有總長七百六十八．五公里的邊境線，延邊總人口二百一十八萬，其中朝鮮族人口八十二萬。延邊是中國、俄羅斯和朝鮮三國交界之地，琿春南部七、八十公里的防川，是三國交界的鼎足之地，可謂「雞鳴聞三國，犬吠驚三疆，花開香四鄰，笑語傳四方」。

龍井市地處長白山脈，隔圖們江與朝鮮咸鏡北道會寧市、穩城郡相望，中朝邊境線長一百四十三公里，全市人口中朝鮮族占百分之六十六。龍井市是中國境內朝鮮族居住最集中的城市。龍井市擁有三合、開山屯兩個國家級陸路開放口岸，可直接與朝鮮貿易，或經朝鮮與韓國、日本、俄羅斯做轉口貿易。在三合鎮，走過商鋪和民居，隨時能聽到朝鮮的歌曲。

步入九月，吉林省延邊朝鮮族自治州成了東北亞諸國關注的焦點。事緣九月四日是日本殖民政府和清政府簽訂《圖們江中韓界務條款》（又稱《間島條約》）一百周年的日子。九月初以來，韓國「國民運動本部」、收復間島運動本部、韓國間島學會等一些民間團體和政客再度提出所謂「間島問題」，主張《間島條約》無效，並要求政府收回「間島」，企圖染指中國領土。

「間島」位於圖們江北岸，最初是指中國吉林省延邊朝鮮族自治州的一處灘地，自古屬中國領土。但韓國一些團體認為「間島」是指圖們江以北，海蘭江以南的中國延邊朝鮮族聚居地區，包括延吉、琿春等四縣市。在歷史上，滿洲國曾在這一地區設立間島省。十九世紀六、七〇年代，中國

龍井市三合鎮，圖們江蜿蜒，對面山就是朝鮮。

清政府放寬了對朝鮮的邊禁，大批朝鮮平民渡過圖們江來到中國東北荒地開拓。朝鮮王國一開始要求清政府將這些人驅回朝鮮，但很快聲稱，這些人只是渡過了豆滿江（即圖們江），而沒有越過中朝界河土門江（指今天中國的海蘭江）。這就是歷史上「間島」之爭的源頭。吉林省社會科學院的學者說，清政府和朝鮮王國政府曾兩次勘界，雖未達結果，但中朝雙方達成共識：中朝兩國界河就是今天的圖們江，而且明確承認圖們江、土門江就是一條河，否認了「間島」問題的存在。可見，所謂「間島問題」早有定論。

二十世紀五〇年代，中國、蘇聯和朝鮮同屬社會主義陣營，五、六〇年代，中蘇關係逐步惡化，朝鮮在兩大鄰國間搖擺，六〇年代中期，中朝邊境爭端頻發，圖們江、鴨綠江江心島的劃分存在爭議。五〇年代末、六〇年代初，中國所謂「三年自然災害」期間，不少龍井人就是在黑夜淌過圖們江，前去朝鮮「淘金」的。

琿春地處東北亞腹地，三國相連，五國相通（包括蒙古、韓國），琿春的防川是中、俄、朝三國接壤處，圖們江穿境而去，十五公里外，日本海舉目在望。「雞鳴聞三國，犬吠驚三疆」，就在防川。由於圖們江下游是俄、朝界河，中國船隻無法直接從圖們江口入海，沒有了出海口，琿春的對外開放的通道斷了。這十五公里，就像中國的咽喉被人掐住了。

敬信鎮防川村，三十多戶人，總人口不到百人，都是朝鮮族人。它位於吉林最東邊的琿春市圖們江北岸，處中、朝、俄三國交界處。中俄邊界山崗上，有中國最東部的邊防哨所，號稱「東方第一哨」。前國家主席江澤民、前人大委員長李鵬都曾到此視察。龍虎石刻、望海閣、西砲台遺址、土字碑，都是這裡的旅遊景點。

圈河口岸，座落在圈河與圖們江匯合處，距圖們江入海口三十六公里，距朝鮮羅先市五十一公里。圈河國境橋，建成於一九三六年，總長五百公尺，十四孔鋼橋，中朝兩國各半，中方橋側略損，據說是二戰中蘇聯紅軍出兵東北時，被重型坦克所壓而成。對面是朝鮮元汀里國際口岸，這裡除了兩國邊民互市貿易外，也是中國進出朝鮮羅先自由經濟貿易區的唯一通道。年過貨六十萬噸，年過客六十萬人次。

歷史上的防川猶如一塊「飛地」，一直孤懸「海外」，防川與內地之間有兩處「地峽」，最窄的洋館坪段於一九五七年被圖們江水沖斷。當地百姓曾長期借走俄境入防川。一九八三年八月重新通車，防川才有了自己的大堤通道。這條洋館坪大堤被譽為「天下第一堤」，座落在敬信通往防川的公路上，長八百八十公尺，寬八公尺，用青石填江築成。大堤的左側是俄國領地，右側圖們江則屬朝鮮。

追溯歷史，第二次鴉片戰爭中，沙俄割去烏蘇里江以東四十萬平方公里土地（含防川之外十五公里）。這之前，吉林邊境直接面向日本海和黃海，第二次鴉片戰爭後，出海口就這麼失去了。不過，當時的《中俄北京條約》並未對中國的圖們江出海權有嚴格限制，條約署明，這一地帶「仍准中國人照常漁獵」，至今俄羅斯依然承認這一條約的有效性，而影響中國恢復行使出海權的最大障礙來自朝鮮。一九九二年中國與韓國建交，琿春當年的官員都有印象，那時候朝鮮就常常不配合中國了。

如果有出海口，吉林的貨物可直接進入日本海，大大縮短和韓國、日本，包括遠東地區的貿易距離。由此，琿春開放的壓力越來越大，中國一旦在這一問題上無法突破，就有可能喪失東北亞區域一體化進程的主導權。有個「出海口」，一直是吉林省的夢想。吉林省通化陸港建設項目，九月一日在長春簽約，二〇一〇年開建，翌年交付使用。

那天，與通化市市長助理鍾安堂聊天，他說：「有了這個陸港，相當於把遼寧省的丹東港『搬』到通化，依託丹東，吉林這個內陸城市也將『沿海』了。」通化市、丹東市、瀋陽鐵路局、丹東港集團、通鋼集團、長春海關六方代表一起，就通化陸港建設項目簽約，這意味著，丹東口岸功能向內陸延伸到通化，其對吉林省的影響可想而知。

鍾安堂說，「就是將丹東港集團除了海運之外的其他職能都搬到通化市，以後就不用跑去港口，貨物可以直接在通化完成報關、檢疫等手續，互利互惠。」丹東港區將與通化內陸港一體化管理，資源分享，同時以內陸港為依託，在通化建設保稅物流中心，實現倉儲、保稅物流和國際中轉等功能。測算顯示，總量一千五百萬噸的貨物，建好陸港後將比以前減少二百七十公里、七小時的出港時間。這一項目總投資達四・二億元人民幣。通化將成為帶動周邊的貨物中轉中心，其所轄五縣市及周邊延邊、白山等地的進出口貨物，都將通過通化陸港從丹東港進出。通化陸港建成後第一年吞吐量就可達三千萬噸。

朝鮮最大的貿易夥伴中國，從朝鮮進口的商品主要是無煙炭和鋼材。據吉林海關統計，琿春各口岸對朝貿易額為九千萬美元，其中進口一千六百八十四萬美元，出口七千三百三十九萬美元，同比分別增長百分之五十五、百分之四十八和百分之五十七。可見，遭國際孤立的朝鮮，與中國貿易不降反升。曾是朝鮮主要貿易夥伴的韓國和日本，對朝鮮的交易急趨萎縮。而世界金融危機爆發，中國仍然出現穩健的成長勢頭，對原材料的需要量持續增加。不過，從事中朝貿易的延邊商人普遍反映，自從五月朝鮮核試驗後，吉林十一個中朝口岸交通和人流量減少了一半，顯得有點冷清，中朝雙邊貿易從那幾個月開始出現萎縮。

近期，中、俄、朝邊境區域各國動作頻頻。二〇〇九年八月二十七日，普京批准在中俄邊境開賭場，預算七十五億盧布，一千二百張賭桌和五千部老虎機。這是俄羅斯《賭博法》頒布後，獲得批准的第一家大型賭場。賭場主要面向中國、日本等國遊客。這一賭場位於距離弗拉迪沃斯托克（即海參崴）機場二十公里的烏蘇里灣渡假區，賭場占地六百二十公頃，建成三至五個世界級娛樂中心，屆時有七千個酒店房間。美國、奧地利、澳門等投資者，已表示對賭場建設和經營有濃厚興趣。目前，海參崴是俄羅斯境內中國人最多的城市之一，距離吉林邊境頗近。

二〇〇九年八月十六日，投資額達一百億元人民幣的東北亞邊境貿易中心，在吉林省東南部琿春奠基，這一項目建成後將成為東北亞地區多邊國際貿易的核心區域，對加快圖們江區域國際合作起推動作用。

八月三十日，國務院批准了《以長（長春）吉（吉林）圖（圖們江）為開發開放先導區的中國圖們江區域合作開發規劃綱要》。長吉圖開發開放先導區，作為中國推動圖們江區域合作開發的重要載體，上升到國家戰略，將為加強東北亞區域合作提供新契機，也使延邊自治州乃至吉林省獲得重大發展機遇。

長吉圖是東北對外開放新門戶，先導區內建八大工程，第一步構建中日韓俄雙邊、多邊跨國自由貿易區；第二步建立圖們江區域國際自由貿易區。這一綱要明確了長吉圖開發開放先導區的四大戰略定位，即中國沿邊開發開放的重要區域、中國面向東北亞開放的重要門戶、東北亞經濟技術合作的重要平台。這一綱要的發展目標分為兩個階段，即到二〇一二年，琿春經濟總量翻兩番，人口達三十萬人，長吉圖區域經濟總量在現有基礎上翻一番；到二〇二〇年，中國圖們江區域對外開放水平實現重大突破，特色產業體系形成明顯競爭優勢，長吉圖區域實現經濟總量翻兩番以上，形成中國東北地區經濟發展的重要「增長極」。

時任吉林省長韓長賦，二〇〇九年九月九日接受我採訪時說，吉林邊境市縣與朝鮮相應邊境市郡之間，每年都互派團組互訪。《以長吉圖為開發開放先導區的中國圖們江區域合作開發規劃綱要》，剛獲得國務院批准，為吉林開展與朝、俄經貿交流合作帶來新的機遇。

他說，朝鮮是吉林省第四大貿易夥伴，二〇〇〇年雙方貿易額突破一億美元，二〇〇五年達三・五億美元，居大陸各省市對朝貿易的第二位，比上年增長百分之二十五，占全大陸對朝貿易總額的百分之二十二。二〇〇七年三・四億美元，占全大陸對朝

三合鎮朝鮮族民居。

貿易總額百分之十七，居全大陸第二位。二〇〇八年達七・七億美元，比上年增長一・二倍，占全大陸對朝貿易總額百分之二十八。自二〇〇四年以來，隨著朝鮮國家政策的調整，特別是允許中方企業投資其資源開發項目，吉林省對朝投資出現明顯增長。近期，吉林省企業對朝投資卻處於波動狀態。目前，吉林省在朝鮮已批准設立的境外企業三十一家，總投資九千七百七十七萬美元，其中中方投資額五千七百四十四萬美元，投資的行業主要有捲菸、製衣、礦藏資源開發、建材、人參製品加工、製藥、海產品養殖、釀酒等。

韓長賦說，吉林將以圖們江區域開發為載體，加強與朝鮮、俄羅斯共同深化重點領域務實合作，探索構建跨境貿易合作區，加快推進中俄之琿春、哈桑區域「路港關」和中朝之琿春、羅先區域「路港區」建設。

說是這麼說，但凡涉及朝鮮，合作的願景就難免充滿變數。

二〇一二年二月終於有了新消息。中國獲得朝鮮羅先特區四、五、六號碼頭五十年使用權，中朝兩國已於二〇一一年底就羅先地區合作簽署價值三十億美元的協議。根據協定，中國將建設連接中國圖們到羅先港的五十五公里鐵路，以及飛機場和火力發電廠、碼頭等設施的建設權和使用權。

中國一直想獲得在日本海的出海通道，此舉無疑是一大突破。中國將先在羅先港建設七萬噸級的四號碼頭，隨後推動可供客機和貨機降落的機場建設，之後再修建鐵路和五號、六號碼頭。目前，羅先港貨物總吞吐能力為四百萬噸，其中一號碼頭已經於二〇〇八年租借給中國，具備一百萬噸年吞吐能力，三號碼頭則租借給了俄羅斯。

羅先經濟貿易區包括羅津、先鋒、雄尚、豆滿江四個城鎮，與中國吉林省琿春市毗鄰。在吉林延邊朝鮮族自治州，每天可隨旅遊團前往。羅津、先鋒和雄尚三地均為常年不凍港口。羅津港的鐵路和公路與朝鮮內地相連，港區的寬軌鐵路直達俄羅斯哈桑區，單軌鐵路與中國圖們市接軌，公路與中國琿春的圈河口岸和沙坨子口岸相通。羅津港是中國東北地區物資實現「借港出海」的最佳口岸。

羅先特區碼頭租給中國，給長吉圖發展帶來希望。

第七章

去平壤的火車上

平壤火車站。

說說我第四次踏上朝鮮國土。那是二〇〇五年。

啟程前，在丹東聽遼寧省公安部門一位官員說，三月一日，丹東有關部門抓獲從朝鮮非法越境的孫永範。十二日在審訊中，孫說，朝鮮沒有言論自由，朝方規定三個人在一起說話，必須報告，有不滿，誰都不敢說。在朝鮮，你今天花一百元，明天花一千元，就會抓你，政府懷疑你的錢來歷不明。政府不斷向民眾宣傳說，全體人民要做好迎接戰爭的準備，國家的口號是「國民援護」，意思是人民援助軍隊，保護國家。孫永範一再要求，千萬別送他回國，一旦被送回朝鮮，肯定被槍斃。這個孫永範是否言過其實呢？

這一次我赴朝鮮，是明確以記者身分成行的，朝方人員告訴我，此行由內閣副總理批准邀請。

四月十四日，我乘坐二七次丹東至平壤國際列車，前往朝鮮。離開丹東入境朝鮮前，我主動留下了在中國使用的手機，和往年去朝鮮一樣，在朝鮮隨身攜帶手機，一旦被朝方獲知會被「沒收」。當年在朝鮮，本國百姓還不能使用手機，外國人能用，但必須在朝鮮購買手機（韓國產），上這一電訊網路的「入網費」是一千歐元。朝鮮也禁止外國旅遊者帶手機入境，如帶手機入境，將被暫時保管在海關，待旅遊結束後再領取。臨行前有關方面再三叮囑我，行李中是否有對朝鮮這個國家和人民不友善的文字和資料，必須留在丹東或自行銷毀。

軟臥車廂裡還算整潔，但走道和車廂裡擠滿了行李、水果箱和花籃。翌日四月十五日是「太陽節」，朝鮮人最隆重的節日，全國放假三天。在中國的、特別是在遼寧工作的朝鮮人，紛紛從丹東趕回朝鮮。那些花籃是帶回平壤獻給金日成像的。那些大包小包的行李，大多是吃的用的。

這樣的情景似曾相識，讓我想起上世紀七、八〇年代深圳羅湖口岸，人們從香港到內地，也是拖著大包扛著小包行李過境。吃的用的穿的港貨，在內地人眼中，都是稀奇貨。目睹此情此景，彷佛時光倒流。歷史在重複，不過，只是發生在他國。

列車原定九點三十五分開出，整整晚點一小時。等得心有點煩躁，但只能耐心等待，車廂過道上，聽一位丹東乘客說，列車啟動晚點是很正常的，正點啟動才令人訝異。

列車啟動，車輪與鐵軌摩擦的隆隆聲，幾十年前在中國坐火車就是這種聲音，今天的中國全是動車和高鐵了，那種聲音成了歷史的回憶。一過鴨綠江，就這樣走進了這個讓人既熟悉又陌生的國家。不再有丹東的高樓，不再有丹東的繁華，儘管兩岸是一樣的藍天，一樣的綠樹。不到十分鐘，便抵達朝鮮邊城新義州車站。

新義州房子，灰灰黑黑的。在新義州火車站，列車停了三個多小時，這等待，內心更煩躁。此際，先後有五批朝鮮方檢查人員進入車廂：先是檢查身分證件；接著檢查入境證；再是檢查身體健康證明書；再接著是檢查每一件行李的每一個角落；最後是檢查遊客身上每一個口袋。

檢查確實嚴謹，不過，五批檢查人員都彬彬有禮，態度和善。

在車廂裡，有兩個安檢人員看到我手上當天的遼寧《華商晨報》，有兩篇文章吸引了他們的眼球：〈韓前總統殺死情報部長？〉和〈美國「逼」韓向中國靠攏〉，顯然他倆都懂中文。其中一位安檢人員便坐在我下鋪的軟席上，揮揮手，示意我將車廂門關上。我微笑著點頭照辦。他躲在車廂裡著了迷似的讀著報紙。謹慎的我，再沒有與他交談。

這情景又令我想起上世紀六、七〇年代的中國人，偶然的機會看到一份來自香港和台灣的報紙，會珍惜地偷偷閱讀。

列車於下午一點四十五分（北京時間，朝鮮與北京時差一小時）在新義州停留了整整三個半小時，原先三節車廂的國際列車，在此又掛上七八節車廂，作為國內列車向平壤行進。列車途經龍川。這就是二〇〇四年曾引起全球關注的大爆炸現場，爆炸大坑已經平整，不到半年就蓋起百多幢新樓而煥然一新。這是一個集權的社會主義國家的力量：國家行為，所向披靡。在中國，這樣的情形也習以為常了，這不就是一種所謂的「中國模式」嗎？

新義州到平壤二百多公里的路，火車緩緩跑了五個半小時，還不如汽車的速度。這單軌鐵道，是京義線（韓國首爾至新義州）鐵路的一段。京義線全長四百九十九公里，是朝鮮半島歷史的見證者。一百年前日本為打贏那場日俄戰爭修築的。以後日本將朝鮮視為侵略中國的後方基地，京義鐵路又成為日軍的「供給線」。一九五一年京義線停止運營。二〇〇二年「京義線復原項目」啟動。翌年，南北韓舉行了京義線鐵路連接儀式，但至今沒有正式通車。不過，這一鐵路線長期缺少維修，列車載重限制，更不敢跑快。

列車途經龍川郡火車站。當年大爆炸現場，如今附近已蓋起數幢新樓。

去平壤的火車上沿途情景。

火車走得很慢，車窗外的風景緩緩向後移動。峰峰嶺嶺，濃濃鬱鬱。沒有了往年的旱災或水災，山頭上，植被保護得很好，田裡的綠色卻不濃。總體上，山清水秀，溪水清澈不見汙染。三五成群的白鷺在小河邊尋找食物，偶爾展翅高飛。一路上見到很多茅草搭蓋的小茅房，很想拿起手中的相機拍攝田園風光，但入境時早有關照：沿途不准拍照，否則會沒收相機。在這異國他鄉，只有聽話的孩子，沒有叛逆的兒童。路旁田頭，時見一堆一簇面帶菜色的人們，聚在那兒閒呆著。

火車偶爾經過一些小市鎮，不經提醒，不會想到那是城市。

就在我從丹東到平壤後的幾天，時任韓國統一部長官鄭東泳，宣布一項雄心勃勃的計畫：讓韓國人坐火車去欣賞二〇〇八年北京奧運會。京義線鐵路貫通、開發金剛山旅遊和建設開城工業園區，被韓國政府定為南北經濟合作的三大項目。據悉，韓國當時正向朝鮮提出貫通的各項方案。從首爾到平壤到新義州，再到中國丹東，如果這條鐵路貫通，意味著朝鮮半島南北關係取得突破性進展。此時是二〇〇五年。有關的路軌已經在二〇〇五年鋪設，而雙方原定在二〇〇六年試車，由於雙方在軍事保障的一些細節上沒能達成共識，試車計畫一度擱置。

兩年後朝韓舉行第五次南北將軍級軍事會談。五月十一日，朝韓雙方達成臨時協議書，有關十七日京義線和東海線列車試運行的軍事保障。試運行的京義線列車由韓方負責管理，東海線由朝方負責管理。京義線的韓國列車從汶山站出發，行走二十七・三公里，到達開城站後返回，東海線的朝鮮列車從金剛山站出發，行走二十五・五公里，到達韓方的猪津站後返回。

雙方透過磋商決定，將汶山站至開城站的鐵路區段和金剛山站至猪津站的鐵路區段，分別設定為京義線和東海線試運行區間，並規定兩列車於十七日上午十一時三十分，分別從汶山站和金剛山站出發後，於十二時二十分左右同時通過軍事分界線。二〇〇七年五月十七日，朝鮮與韓國的列車越過朝韓軍事分界線，即俗稱的三八線。這是朝韓間鐵路五十六年來第

去平壤火車上沿途情景。

一次實現通車。那天大批韓國民眾赴鐵路沿線旅遊，見證歷史性一刻。

試運行列車由一輛柴油機車和五節客車組成，政府高層官員、嘉賓和記者等朝韓雙方各一百人乘坐列車。

韓國曾於二〇〇二年暫時重新開放了一個位於韓朝交界處的火車站，並組織了數百個離散家庭成員，從首都首爾乘上火車到達這個名為「朵拉山」的車站。此次京義線鐵路韓方列車會在「朵拉山」車站停靠，因此吸引了眾多韓國遊客。

試運行引起全世界矚目。不過，不多久南北韓形勢突變，雙方的鐵路貫通和運行，最終沒有實施。當然，韓國人坐火車去北京看奧運的美夢，最終也成了美麗泡影。

這些只是插曲，繼續我從新義州到平壤的行程。在旅途中，目睹朝鮮一景一物，常常會想起我第一次入境朝鮮的人與事，當年也是坐火車，從丹東入境，走的就是這條道。

不算長的旅程，似乎很漫長，像車窗外原野蒼白的線條一般綿延不絕。

第八章

月收入只能買三斤豬肉

一九九六年首次去朝鮮，在平壤見到民眾蹲著挖野菜。

我第一次到平壤是十六年前，即一九九六年七月。那次我雖是香港記者，卻是跟中國遼寧省的一個考察團，變換身分才得以訪問朝鮮，當時如果以香港傳媒身分入境，根本就不可能獲准。我們住在平壤的西山，五十一層的西山飯店。那裡環境清幽，山林擁抱，遠離市中心。酒店大堂門前，根本就沒有出租車出入。入夜，遊客要獨自外出是根本不可能的。這正是朝鮮方面的刻意安排，切斷了外人與朝鮮人的私自接觸。

平壤，朝鮮首都，朝鮮最大的城市，是朝鮮的政治、文化、經濟中心。

據《三國史記》和《高麗史》所載，五千年前，朝鮮的始祖王檀君建立古朝鮮，便定都平壤，因此平壤號稱古都，聲稱五千年歷史，有記載的是一千五百年歷史。

一九四六年九月，平壤成為特別市。一九四八年九月九日，朝鮮民主主義人民共和國成立，定都平壤。

平壤依大同江而建，大同江橫穿平壤，平壤成了「大同江文化」的中心。

「平壤」，顧名思義，平坦大地之意，以「平沃的土壤」得名。平壤市區內有幾個起伏的小山丘，最高海拔二百多公尺。平壤面積為二千六百二十九平方公里，人口二百萬，下設十八區四郡，東、西、北三面丘陵起伏，東部有瑞氣山，西南有蒼光山，北部有錦繡山、牡丹峰，南部是平原。

平壤人有一種優越感。朝鮮全國保平壤，全力支援平壤，因此，平壤的城市建設和物資供應，遠遠超過其他城市。能在平壤生活的人，都有一種特別的「幸福感」。出身不好的人，不能住平壤；對朝鮮政局有微詞的人，不能住平壤；就連殘疾人也不能住平壤，以免有損首都的形象。

經常闖蕩世界的人，去過其他國家首都的人，肯定會驚異平壤的寧靜，可以說，世界上沒有一個國家的首都，會這樣沒有絲毫喧囂而「無聲無息」。

平壤最初給我的印象，彷彿停留在某個時代，與中國大陸相比，大約是上世紀六〇年代。夜晚十一點，平壤僅有的三家電視台便停止播出節目。這一晚播出的電視劇是中國的《渴望》，每週放一集，已經播放了快一年了。像西山這樣的星級涉外酒店，自來水是定時供應的，洗浴熱水更控制在晚上兩小時內。由於電力不足，燈光灰暗，有時還停電。市區一些酒店雖設有幾家卡拉ＯＫ廳等娛樂場所，但幾乎沒有當地人進出。

政府供當地市民購物的商店貨品單一而又低檔，外國遊客只能在指定的幾家涉外外匯商店（類似中國當年的友誼商店）購物，如今一律用歐元交易，商場也不抗拒美元，當然，人民幣是最通用的貨幣，原因很簡單，中國遊客最多，兩個國家又是近鄰，因此，人民幣的供應量最大。一次，我在商店買一枚價值二十四歐元的紀念品，服務員小姐找回我十元人民幣，當時平壤市面按一歐元兌十元人民幣。外國遊客在平壤購物確實不易。

在朝鮮，中國遊客無處兌換朝元，只能用人民幣購物，享受特殊的「貴賓待遇」。人民幣在此是非官方貨幣。外國遊客可到的地方，商品以歐元標價，付款時，售貨員會說如果付人民幣的價格。如果購物付歐元或美元，他們給你餘額零錢，會找人民幣，因為他們沒有歐元或美元的零錢。二〇〇九年，一元人民幣可換一百七十朝元。如果想了解朝鮮的物價，不妨看看下面的清單，已用人民幣換算而標價：一枚雞蛋三元，一瓶本地產的普通白酒十五元，一袋五百克的朝鮮泡菜七十元，一個用小布頭綴起來的手工籃子一百五十元，一個二十多克的野生熊膽八百多元，精裝版的《金日成傳略》（不足二十二頁）三十五元，一本印刷粗糙的《朝鮮旅遊》小冊子（二百頁）五十元。

遊客白天的活動受到嚴格控制，單獨行動不被允許，一旦有人離開指定的活動範圍一二十公

首都平壤市建立在大同江畔。

尺，「導遊」就會招呼你立即回來。

在西山飯店寬敞的大堂，有不少小商品攤位。在一個婆婆的工藝品攤位上，我無意中發現她竟然聽得懂我們幾個遊客以中文的談話。

「你吃晚飯了嗎？」我用中文問她。

「還沒有，要八點才回家吃。」

「怎麼這麼晚呢？」

「我們都是一天吃兩餐的。」

「能吃得飽嗎？」我剛問完，發現自己的問題出了底線，涉及敏感，於是我四周看了看，似乎沒事，於是又回過神，看著婆婆。我胡亂地挑選了兩樣小禮品，多付了一些錢給她。她一定要退回多付的錢。我把身上兩包口香糖和一盒中國香菸給了她，她收下了。

「哪能吃得飽？政府早先規定，大人一天每人七百克糧食，小孩則有四百克。去年洪水損失慘重，供應每人的糧食遞減，根本沒法按原先的標準供應了。」當時，朝鮮人每人每天的食糧，已由七百克減少到五百克，據說還會下調。

正在交談時，飯店一名女服務員匆匆走來，婆婆便不再出聲。當女服務員走遠時，婆婆又說話了：「除了糧食定量外，每人每月只能購買十顆雞蛋和一斤豬肉。」

我邀請她收攤後上酒店十八樓我的房間，她急忙搖頭擺手：「這是不允許的。」

那兩年，朝鮮人民的生活確實相當貧困。朝鮮是典型的社會主義計畫經濟國家，實行「住房免費」、「醫療免費」、「教育免費」，這是朝鮮人引以為傲的「社會主義優越性」。不過，這「三免費」近年困難重重。以醫療為例，由於國家財政困難，平民的醫療系統已瀕臨崩潰。這個國家的所謂免費醫療，依據人的不同等級，各地區醫療水準的優劣，有的人能得到較優質的醫療和藥物，有的人只能得到最初級的醫療服務。

朝鮮人的工資收入與物價，外人很少能明白。朝鮮人均月工資約為六千朝元，按二〇〇六年底匯率折算，約合三百元人民幣。在朝鮮工資最高的，是煤礦井下的工人，月工資可高達一至五萬朝元，官員的工資大體在中上線上，陪國外人士的導遊一個月可收入四千朝元左右。

朝鮮實行配給制，包括衣服、糧食、副食、住房等，朝鮮人都在等國家的分配，因為單靠收入根本不可能養活自己。但配給的數量是分對象等級的。比如衣服，工人一年發兩套工作服，一般幹部、技術人員每三年發一套西服的布料，中級幹部兩年發一套西服的布料，中、小學校的學生每隔二年，在金日成生日那天獲贈一套校服。其餘的如果要買，就只能憑工業品購物券了，那就得自己花錢。朝鮮二千四百萬人，政府先向黨、政、軍核心階層和企業工人等九百萬人，每人每天配給五百多克糧食。如果按二〇〇六年的物價算，人均月工資六千朝元，就只能買三斤豬肉。朝鮮的物價漲幅不小。二〇〇七年大米價格每公斤九百朝元，一年後竟然達二千朝元，豬肉每公斤五千朝元。平壤市內電車車票，由原來的十分漲至一朝元，地鐵票價漲至二朝元，松島海水浴場的門票，每張由原來的三朝元升至五十朝元。

一次，平壤當局給我的一組數字表明，朝鮮於一九九三年開始實行全民免費醫療。人均壽命也從「解放前」的三十六歲，增加到二〇〇九年的七十四歲，醫療覆蓋率高達百分之八十以上。信不信由讀者自己判斷。

二〇〇九年十二月，朝鮮當局發布了二〇〇八年所作的人口普查結果，稱其人口攀升至二千四百萬，上一次普查是在一九九三年，人口為二千一百二十萬。這次普查是在聯合國人口基金

平壤街頭一景。

會（United Nations Population Fund）指導下進行的，基金會派出了五支觀察員小組監督。朝鮮政府幾十年來一直拒絕公布有關自己的絕大多數資訊。因此，這次人口普查，讓外界極為難得地從統計學角度了解朝鮮。

普查顯示，朝鮮人口在這十五年期間，每年平均增長百分之零・八五，這段時期包括持續多年的大饑荒，外國援助機構分析師稱，饑荒導致一百至二百萬人死亡。普查顯示，朝鮮人口健康狀況下降。二〇〇八年嬰兒死亡率攀升至千分之十九・三，一九九三年為千分之十四・一，不過朝鮮的嬰兒死亡率仍遠低於世界平均水平，聯合國人口基金會二〇〇九年的報告稱世界平均嬰兒死亡率為千分之四十六。朝鮮人壽命縮短，平均壽命從一九九三年的七十二・七歲縮短至六十九・三歲。跟許多國家一樣，女性的壽命比男性長，差距大約為七年，世界平均水平為四・四年。普查顯示，朝鮮有五百九十萬戶家庭，平均每戶三・九人。

普通家庭住宅為五十至七十五平方公尺，大約百分之八十五的住宅有自來水，百分之五十五有抽水馬桶。

此次普查只能讓人略窺朝鮮經濟結構，即便如此，也頗有出人意料的地方。農業為提供最多就業機會的行業，從事農業的女性為一百九十萬人，高於男性的一百五十萬人。第二大行業是為政府或軍隊工作，就業人口為六十九・九萬。這項資料顯示，朝鮮軍隊規模並不像外界認為的那麼大。外界軍事分析師通常認為，朝鮮有百萬大軍，其中絕大多數為義務兵，被要求服役十年。數量居第三的就業行業為教育，繼而是機械製造、紡織和採煤。大約四萬人從事電腦、電子或光學產品製造。

在平壤市西區一帶草坡上，時常可以看到三三兩兩的老人，蹲著挖野菜，平壤電視台還播放教觀眾煮野菜的節目。但據當局官方解釋，有的野菜是日常佐膳食物，朝鮮人愛吃，挖野菜沒有什麼大驚小怪的。想想也是，今天的中國，野菜還是上等佳餚。不過，我心裡當然明白，饑餓中的朝鮮人，尚未到這般境界吧。

那一年七月下旬，接連幾天的暴雨襲擊了朝鮮西部和南部地區，首都平壤、平安北道、黃海南道、黃海北道和江原道都遭受水災，交通中斷，水壩潰塌，廠房被淹，稻田沖毀。這幾個地區是朝鮮的主要產糧區，可以預料，一九九六年穀物會再次歉收，朝鮮人的生活繼續惡化。

但自然災害的破壞，卻可能使這個封閉的國度，加快打開對外門戶。這一次，官方朝鮮中央通訊社打破慣例，報導了災情：「沒有先兆而突如其來的洪水，引致嚴重損毀，奪去了許多人的性命。自七月十五日以來，半島幾乎天天下雨，而接連幾天的豪雨，更引發了水災。」通訊社沒有詳述死亡和損毀數字。

我當時注意到，這消息僅限於向國外發布，朝鮮國內傳媒只報導部分地區降雨量的消息，呼籲人們加強戒備。新上任的朝鮮駐聯合國大使金亨寧說，朝鮮歡迎來自外國的人道援助，但對「有些人想藉此達成政治目的」感到遺憾。

據聯合國糧食計畫署估計，這次水災令數百人死亡，數百萬人受災。計畫署發表聲明說，它會擴大其在朝鮮的緊急糧食援助行動，這項二千五百九十萬美元的援助行動將持續到一九九七年春天。我在平壤時，國際援助饑荒糧食會主席山守，帶著大批藥物訪問平壤。他說，除非未來幾週天氣轉好，否則當地人民將面臨一場大悲劇。

據聯合國屬下的糧農組織評估，一九九五年夏季大水，朝鮮只產四百七十一萬噸糧食，缺糧一百七十萬噸，一九九六年最多只能生產五百至五百五十萬噸，朝鮮缺糧待援雖無可懷疑，但國際上有輿論擔心，平壤當局把外援挪為軍用。

黃海南道青丹郡的深坪里農場（朝鮮的「里」相當於中國的鄉），是朝鮮最大的糧食生產基地，是黃海南道先進生產的典型。它位於平壤南部大約二百公里處。二〇〇五年入秋，農場麥田、稻田、玉米田連成一片。農民們都在田裡幹著農活。入村，一座二三十公尺高的「永生塔」奪人眼球，塔的一面刻著：偉大領袖金日成同志永遠和我們在一起。在朝鮮任何一個小村莊，都必須建永生塔，中國人看到，總會想起當年農村豎起的毛澤東塑像，想起今天農村的燃著香火的小神廟。

在永生塔周圍方圓五百公尺的範圍裡，幾百間造型完全相同的灰色瓦房整齊排列。每間瓦房都相當整潔，房前院落有土牆圍著，每家在這塊小小的「自留地」種著玉米和蔬菜。這些瓦房都是政府統一蓋的，一戶一套，從農場黨委書記到普通農民，分配的住房沒有任何區別。

據負責農場生產工作的人民委員會委員長桂元鐵說，朝鮮各個農場都實行工分等級制。深坪里農場共有二千三百五十九人，其中勞動力一千六百五十人，農場有八百三十二公頃田地，每個勞動力人均七・五六畝。機械化程度低的農活，農民靠手工勞作，這麼多地，很不容易。朝鮮人民委員會按插秧、除草、收麥、耕地等工種，分設不同的作業班，班下設組，每組約十七至二十人。每個農民工作所得的工分等級，由分組長和從組裡選出的三名評分員共同評定，並按照所參與的工種和品質分為上、中、下三等級。因各工種的勞動強度不同，因此各工種所賦予的分值也略有區別。

桂元鐵說：「朝鮮是社會主義國家，即使壯勞力或許在勞動量上占有優勢，但工分等級直接關係到收成時口糧的分配，因此農場在分配工種和時間上，還要在照顧公平的基礎上盡量協調，首要是做到公平。」

朝鮮糧食畝產量不高，主因是農業技術落後，土壤肥力嚴重不足。據世界糧農組織二〇〇三年的資料顯示，朝鮮化肥工廠因設備老化、年久失修，加之原材料短缺、電力不足，實際年產量不足八十二萬噸，而朝鮮化肥年需求一百五十五萬噸。即便如此，深坪里農場二〇〇四年的糧食總產量達到二千八百零九噸，平均畝產二百二十五公斤，其中水稻平均畝產二百三十公斤，玉米平均畝產二百五十公斤。

深坪里農場的永生塔。

按平均每人每年二百六十公斤糧食計算，農場二〇〇四年共留下農民口糧六百一十三噸。這些糧食按勞動力、老人、學生和小孩的不同標準分配，每個勞動力每天口糧九百三十一克。農場另外還留下一百一十二噸種籽。為免近親繁殖，便與其他農場交換耕種，其餘糧食全作公糧上繳國家。

國家對稻穀的收購價每公斤二十九朝元（當年，朝元和人民幣在黑市的匯率是三百比一），大米每公斤四十朝元，出售糧食所得，除了農場提留和支付成本支出外，其餘的在年底按各勞動者的工分所得分配。二〇〇四年深坪里農場收入最高的家庭，年底拿到二十五萬朝元，全家五個勞動力，每人年均收入達五萬朝元，這個數字已與平壤一位普通機關工作者的年收入相當。

按當局介紹的說法，農民可擁有一百平方公尺以內的自留地，允許養豬羊，養雞鴨，不允許家養牛馬，牛馬是勞動工具，屬於集體財產。農民還可以將自己種的梨子、桃、杏等賣給國家，由國家統一加工。飼養一定數量的雞、鴨、兔子、山羊，也給農民帶來副業收入。農民養兔是一種副業，有趣的是，在朝鮮，城裡人，包括中學生、小學生、工人、官員，也都在養兔。這一「養兔運動」是當局發動的。這既解決了吃肉難題，也幫助國家增加出口。朝鮮是兔皮出口大國，每年出口兔皮達四千萬張。遼寧省丹東、吉林省集安的邊貿中，進口兔皮是常見項目。

有一回，在平壤讀到《青年前衛》的文章〈家家都要種果樹〉。女翻譯指著報紙告訴我：「偉大領袖曾經教導我們，每戶農家都要種上五棵以上的果樹。我們應該遵循敬愛的將軍的指示，廣泛開展種果樹的運動。」文章發出倡議「將祖國建設成杏、柿子、蘋果、梨飄香

農忙時節。

的美麗家園」，「讓每個村莊有更多的梨樹家、柿子樹家，蘋果樹家，這是為人民過上富饒生活而獻出一生的國父崇高願望，也是敬愛的將軍的夙願。」《青年前衛》是金日成社會主義青年同盟機關報。

文章還敘說了一段軼事。一九九八年一月的一天，金正日冒著凜冽風雪，在慈江道各個部門考察，他對一位道負責人說，慈江道的國土管理工作做得很好，不過，還應該開展家家戶戶種果樹的運動。這次新建了五十五幢民居，要讓他們家家戶戶都種上果樹。那篇報導說，道負責人聽了「難抑激動心情」。一次，金正日指導建設小型發電廠時，提議在發電廠邊上建一家一戶的典雅民居。於是，有了這五十五幢民居。

文章說，因為是剛剛搬遷新居，又時值嚴寒，戶主們都還顧不上民居周邊該種些什麼。但「將軍卻在遍地飛雪的日子指導我們家家戶戶種果樹。這是為了讓我們不僅住好房子，還要讓我們在風景秀麗的果樹下，乘涼和吃上美味的水果。那位負責人被將軍的悉心關懷感動得熱血沸騰。」文章說，「為了世世代代貫徹黨的意圖，別忘了給成家立業的子女們離家時帶上果樹苗。」

兩年後，在韓國首爾，與「脫北者」李民富說起這件事，曾在朝鮮農業科學院就職的他，噗哧一笑，冷冷地說：「早在一九七八年政府也曾下過指示，要每戶人家種上五棵果樹。連玉米都吃不上，餬口都困難，種果樹要幾年才有收穫，人還吃什麼？不讓種玉米，但是大家都偷偷種了。那個金正日還指示說，要在全國範圍鋪建草地，用於飼養山羊和兔子，還說要廣建養魚池，讓百姓吃上魚，每天飯都吃不飽，誰還會花幾年時間種植養山羊的草地？山羊能頂幾天糧食？有田地就不如多種些玉米。」

再說回深坪里農場。農民瓦房後的山坡上，有一座方正的水泥建築，它就是金日成理論研究所。在朝鮮任何地方，即使偏僻的農村，再小的農場，都必須有「研究所」。據農場負責人說，金日成和金正日曾幾十次視察深坪里農場。

朝鮮可謂「無稅之國」，農場不向農民徵收農業稅，但需要向政府繳納「土地使用費」，農場這筆費用的收入是一千五百萬朝元。農場一千六百五十個勞動力，如按每個勞動力年純收入四萬朝元計算，農民純總收入是六千六百萬朝元，那每個勞動力所繳納「土地使用費」，占其總收入的二成左右，除去生產成本，朝鮮農民的負擔不算重。

北京與平壤是「唇齒相依」的關係，不過，自北京與漢城（當時名稱，今首爾）建交後，北京與平壤的關係就趨冷了。那幾年，北京堅持要平壤用現金購買中方輸出的糧食和其他貨品，不願再作易貨貿易，這對脆弱的朝鮮經濟造成極大打擊。二〇〇七年七月，北京和平壤慶祝《友好合作互助條約》簽訂四十五周年之際，兩國關係明顯好轉，北京再次向朝鮮無償提供十萬噸糧食，此前，已提供二萬噸大米和玉米給朝鮮。北京還決定恢復以往給予平壤的貿易價格優惠。

二〇一〇年十月，聯合國糧農組織（FAO）和世界糧食計畫署（WFP）公布了題為《二〇一〇年世界糧食不穩定狀況》報告書。報告書揭示，包括朝鮮在內的二十二個慢性糧食危機國家，在過去的十年中，有八年以上持續出現糧食危機。這二十二個國家是朝鮮、阿富汗、海地、伊拉克、索馬利亞、蘇丹、安哥拉、布隆迪、中非、查德、剛果、民主剛果、厄立特里亞、衣索比亞、幾內亞、象牙海岸、肯亞、賴比瑞亞、獅子山、塔吉克斯坦、烏干達、辛巴威等。

這些國家的國民，營養不良比例高達發展中國家的三倍。每人每天平均所需的最低能量為一千八百大卡，長時間無法保障這一能量的人，可列入營養不良或慢性饑餓狀態的人群。報告書稱，朝鮮的饑餓人口從上世紀九〇年代初的四百二十萬人，九〇年代中期增加到七百萬人，之後經歷十年以上糧食危機，到二〇〇七年，百分之三十三的國民，即七百八十萬人處於營養失調狀態。在過去十年，三成以上人口處於饑餓狀態的國家，在亞洲，朝鮮獨一無二。報告書稱，朝鮮從一九九六年到二〇一〇年，共經歷了十五次災難，其中，因設施不足或人為失誤而造成的災難多達九次。

糧食問題關係國計民生，始終是朝鮮國內重中之重的社會問題。

第九章

我的採訪差點兒告吹

萬壽台廣場周邊的民衆。

那是我第四次去朝鮮。二〇〇五年四月十四日，我從平壤火車站甫下車，天已黑了。隨朝方接待人員，由火車站逕直前往平壤市中心的萬壽台大紀念碑廣場，向金日成巨型銅像獻花。

聳立在萬壽台山崗大廣場上的金日成銅像，建於一九七二年金日成六十壽辰之際。由金日成銅像、銅像左右兩側的紀念碑和銅像背後的白頭山壁畫，組成了萬壽台大紀念碑廣場。萬壽台大紀念碑廣場以高高矗立的金日成銅像為中心。這座金日成銅像高二十三公尺，重達七十多噸。

銅像兩側是紅旗下的群像雕塑，後面是朝鮮革命博物館，博物館牆壁上是白頭山（即長白山）的大幅鑲嵌壁畫。金日成銅像兩側，是旗形紀念碑，上有與眾不同的標誌：通常共產黨的標誌是鐮刀與錘子，象徵農民、工人，而朝鮮的這一標誌在鐮刀與錘子中間加了一支毛筆。這是朝鮮勞動黨的黨徽，毛筆位於中間，表示朝鮮勞動黨特別重視知識的作用。

在金日成銅像之側，萬壽台的山崗上，有一座二十三公尺高的紀念碑，碑頂是千里馬青銅雕塑。紀念碑建於一九六一年金日成四十九歲壽辰。千里馬是朝鮮建設速度的象徵，也是朝鮮電影製片廠的標誌。千里馬紀念碑之後，是規模頗大的朝鮮革命博物館。在南山崗，有人民大學習堂。人民大學習堂為朝鮮國家級大型圖書館，建於一九八二年，十層朝式建築，歇山式青瓦屋頂。

常人說，在一天的時光中，往往最鍾情於晨曦。

據說這座銅像的位置擺放頗為講究，每天早晨平壤的第一縷陽光，會率先抹在這座銅像上，銅像漸漸金碧輝煌，繼而光芒四射。銅像兩邊是大型雕塑：紅旗下的人民群像。在金日成銅像前，允許拍照，但有規定：必須拍銅像全身，不許拍半身。

這是太陽節前夜，朝鮮人成群結隊來到銅像前給領袖獻花瞻仰，有單位組織的，也有自發的，有一家人結伴的，有朋友相約的，下了班，放了學前來，絡繹不絕。一批又一批人在金日成銅像前

上：群眾瞻仰金日成銅像。
下：萬壽台大紀念碑廣場，兩側是紅旗與群像雕塑。

排成一行，在那裡舉手宣誓，鞠躬致意。

看得出，這些朝鮮人民對領袖的崇敬，一般而言，確實是發自內心的。西方人或許不能理解，但從上世紀六、七〇年代走過來的中國人，對此就不難理解了，當年的中國人，對毛澤東也是發自內心的狂熱：像章、塑像、老三篇、紅寶書、忠字舞，早請示晚匯報，步行去北京天安門廣場，流著熱淚接受站在城樓上毛的「接見」。毛澤東成了一個「神」。

進入朝鮮，特別是步入平壤，始終有一種回到歷史的感覺，眼前的景物，一一如前世的畫面。

金日成在朝鮮是至高無上的。四月十五日是朝鮮人民最重要的節日，全國休假三天，這一天是金日成誕辰。十日，朝鮮第二十三屆「四月之春」友誼藝術節在平壤開幕，來自三十八個國家的五十個藝術團體參加了這次藝術節。藝術節是朝鮮為慶祝金日成壽辰而舉辦的藝術盛會，持續十天。

十五日，我前往平壤錦繡山紀念宮。錦繡山紀念宮，即金日成陵墓，是位於朝鮮首都平壤東北郊的巨大陵墓，金日成遺體安置在水晶靈柩裡。能在這一天瞻仰金日成遺體遺容，在朝鮮人民心目中是一種至上的榮譽。

可以這麼說，在朝鮮，凡是最美麗的地方，都是紀念金日成的地方，他活著享受權力帶來的榮耀，死了也讓榮耀寫在每個朝鮮人的心上。每一個朝鮮人都是為金日成而活，為金正日而活，如今應該是為金正恩而活了。

雄偉的三層宮殿，原稱錦繡山議事堂，是朝鮮民主主義人民共和國領袖、國家永恆主席、朝鮮勞動黨總書記、朝鮮人民軍最高司令官金日成的辦公室。一九九四年七月，金日成去世。為了紀念他，他兒子金正日宣布，把父親的遺體永久保存在議事堂，同時議事堂更名為錦繡山紀念宮，又稱

人民大學習堂，平壤國家圖書館。

金日成主席紀念宮，朝鮮人習慣稱之為主席府。這是金日成生前長期居住和從事國務活動的地方。

哀悼期結束後，金日成的靈柩安放何處，當局仍沒定論。有人建議安放在平壤人民大學習堂，有人提議安置在金日成廣場，也有人認為人民文化宮最為合適。在一次會議上，金正日說：「七〇年代我們給金日成主席建了錦繡山議事堂，作為領袖辦公的地方。現在把領袖的遺體仍然安放在他生前辦公的地方，那就最為妥當了。」

一九九五年六月十二日，朝鮮勞動黨中央委員會、中央軍事委員會、國防委員會、中央人民委員會、政務院，聯合作出《關於以永生的容貌永遠安放金日成同志遺體的決議》。由此，錦繡山紀念宮改建工程啟動。

紀念宮護城河外，新修一道長長的圍牆，白色花崗岩牆上，鐫刻著飛翔的仙鶴圖案。擴建了錦繡宮廣場，修建了紀念宮地下引道和長廊，封閉了錦繡宮所有窗戶，新鋪設市區到紀念宮的專線有軌電車。錦繡宮周圍建立了樹木園，栽種了二百五十多種、共二百三十八萬棵樹。在紀念宮前的金星大街盡頭，修建了「永生塔」，以示金日成永生。在紀念宮大堂，豎立一尊金日成大理石雕像，全身，背手，站姿，雕像的背景，以朝霞暖光映襯。這是金正日選定的形象。他說，父親生前接待外賓，與民眾合影時，總是以這一姿勢亮相，最為人民所熟悉。

紀念宮寬敞、宏偉、端莊。瞻仰朝鮮領袖金日成遺容，需要事先申請批准。學生、軍人、官員……排著整齊的長長隊伍，靜靜地入場。沿著漫長的水磨石廊道，經過十多道門，隨著四段由上海製造的九百四十公尺長的平行移動電梯和一個上下電梯，經安全檢查入門，又經擦鞋機、全身吹塵機去塵，花了至少二十分鐘，才到達瞻仰大廳。大廳四角都有警衛，所有來賓神情肅穆，繞著金日成遺體四周鞠躬。在內閣派出負責接待我的陪同者引領下，我圍繞金日成遺體走了一圈，四次禮節性鞠躬。在紀念宮浮雕館，外國人戴上翻譯機，講解員的錄音哽咽顫動。

然後，我隨朝方陪同人員走進金日成生前辦公室。他們告訴我，金日成辦公累了，就喜歡在陽台上休息一會兒，他常常默默遠眺對面大城山抗日烈士陵園，彷彿同他安息在那裡的老戰友說說話。錦繡山紀念宮出口大廳邊上，是一間寬敞的貴賓留言廳。朝方人員請我在紀念冊上留言。當時，我有些為難。如果留言上寫那些對金日成歌頌的話，不是我的真心話，真要寫出真心話，朝方肯定會極其不滿而大動肝火。於是我婉言謝絕了。說實話，留不留言，我當時沒太當一回事。沒想到，僅僅是留不留言的細節，竟招致莫大的懲罰。

午飯後，朝方接待負責人找我談話，說瞻仰完金日成遺容，走過紀念宮留言廳，沒有停留而拒絕寫下自己的瞻仰感受，這是對朝鮮人民心中的太陽的極其不恭敬，對朝鮮人民極其不恭敬，不尊重朝鮮民族的感情和信仰。我被告知，因此採訪活動全部取消。

好不容易來到平壤，取消所有採訪活動，當然不是我願意看到的結局。

於是，我不得不作出「讓步」。

我不知道我當時是怎樣的表情。我只知道我在剎那間確有一種悔意。朝方人員隨即從幾個文件盒裡拿出一大疊材料，緩緩說：「我們對你的歷史和今日的表現，都作了詳盡的調查。」當著我的面，他把材料翻了翻，卻沒把材料遞給我，他接著說，「我們完全了解你。」在他翻動材料的瞬間，我看到我女兒六歲時與金日成合影的照片。我的心突地一揪，渾身震撼，一時語塞，沒有反應過來。

女兒梁菲，曾是香港芭蕾舞團資深首席舞蹈家，她六歲時，是上海市少年宮小夥伴藝術團成員，七歲時隨北京的中國少年兒童藝術團出訪朝鮮三週。那是一九八五年六月二十三日下午，金日

上：錦繡山紀念宮。原本是議事堂乃金日成生前辦公地，今則作為其遺體永久安放處。
下：作者二〇〇五年去朝鮮採訪留影。

成觀看了演出。演出後，金日成要接見六名小演員代表。梁菲是其中之一，年齡最小，她的表演最俏皮活潑，給金日成留下深刻印象。她主演的《排球小將》、《賽驢》、《啊，明天》、《友誼花開》、《熱愛》，頗獲金日成喜愛。金日成特別喜愛梁菲表演的《賽驢》，指名要見演《賽驢》的小演員。接見前，藝術團的指導員事先教梁菲死背「敬祝金爺爺萬壽無疆」，見到金日成就說這句話。年幼的梁菲，對「萬壽無疆」的意思還不是很理解，當金日成抱起「小毛驢」的梁菲時，梁菲說：「敬祝金爺爺萬事如意」，略懂中文的金日成聽了一樂。她竟然說錯了，也不知哪兒學來的「萬事如意」，藝術團指導員鬆了口氣。這在當年的平壤和上海媒體都有報導。

事隔那麼多年，朝方竟然還能把「江迅」和「梁菲」父女連在一起。確實讓人驚訝得不可思議。

冷場了一會兒，我說：「還可以有什麼辦法彌補呢？」

「這樣吧，你寫封信給我們的將軍，說說你的認識，端正你的態度。」他說的「將軍」，指的是金正日。

「現在就寫？」

「今天下午就寫，今天原先的安排就先取消了。」

「要我寫多長？」

「一千字吧，說明問題就行。」

「那不用一個下午，我二十分鐘就寫好。」

「二十分鐘？」他似乎不信，「你寫了再說。」

二十分鐘後，我寫完了。信是寫給金正日的。大致內容是：我年輕的時候，是朝鮮的歌曲和朝鮮的電影伴著成長的。金日成也特別喜歡我女兒。這次受邀請來朝鮮採訪，是我的榮幸，我當為中朝友誼的發展作出努力。這次在採訪中有做得失當的地方，當會改進。

我寫完，朝方人員當即翻譯成朝鮮文。隨後此信被送往內閣，三小時後，朝方人員回來了，說這封千字長信，金正日將軍已閱，作出「指示」，有一番說話。內閣高官同意我的採訪活動可以繼續。

我至今還沒法弄明白，這封信有沒有送到金正日手上；即使送了，金正日有沒有看過；即使看過了，又有沒有作過「指示」。這是個謎，平壤原本就是謎，朝鮮更多的謎待解。

第十章

金日成花與金正日花

金日成花金正日花花展。

峰迴路轉，採訪活動能按計畫繼續下去了。

當晚七點，平壤金日成廣場，七萬朝鮮人載歌載舞。

地處平壤市中心，以金日成名字命名的中心廣場——金日成廣場。這裡相當於北京的天安門廣場。金日成廣場建於一九五四年，當時占地面積三・六萬平方公尺，一九八七年擴展到七・五萬平方公尺。金日成廣場是朝鮮舉行閱兵儀式、群眾集會等各種重大活動的場所。廣場左側的建築物上懸掛著巨幅金日成畫像。

是夜，太陽節之夜的主會場，在平壤多個廣場也都舉辦類似活動，參加總人數達二十萬人。

盛大的太陽節之夜，數萬人在金日成廣場上跳舞。

在金日成廣場上，來自近百個國家的數千外國賓客被邀請在廣場與朝鮮男女共舞。讓人驚異的是，在全球恐怖活動頻頻之際，朝鮮如此大規模的活動，竟然不經安全系統檢查，外賓攜帶的包、相機乃至賓客衣兜都不需翻檢。望著如此歡騰的場面，我在想，世界各地的傳媒能看到嗎，能理解嗎？

朝鮮政府一位官員，帶著自我滿足而又讓人有點捉摸不透的神色，問我感覺如何，我戲言：平壤是全球最為安全的城市了，這在北京、香港和台北都做不到。她聽了，笑得很認真。我說這話，既能討得她開心，卻也說的是事實。

我沒說出口的是：我入境時每個口袋，行李的每一角

舒讀網「碼」上看

廣	告	回	信
板橋郵局登記證			
板橋廣字第83號			
免	貼	郵	票

235-53

新北市中和區建一路249號8樓

印刻文學生活雜誌出版有限公司　收

讀者服務部

姓名：＿＿＿＿＿＿＿＿＿＿＿＿ **性別：**□男　□女

郵遞區號：＿＿＿＿＿＿＿＿＿＿

地址：＿＿＿＿＿＿＿＿＿＿＿＿＿＿＿＿＿＿＿

電話：（日）＿＿＿＿＿＿＿＿＿＿（夜）＿＿＿＿＿＿＿＿＿＿

傳真：＿＿＿＿＿＿＿＿＿＿

e-mail：＿＿＿＿＿＿＿＿＿＿＿＿＿＿＿＿＿＿＿

INK

INK PUBLISHING

讀者服務卡

您買的書是：＿＿＿＿＿＿＿＿＿＿＿＿＿＿＿＿＿＿＿＿

生日：　　年　　月　　日

學歷：□國中　□高中　□大專　□研究所（含以上）

職業：□學生　□軍警公教　□服務業

□工　□商　□大衆傳播

□SOHO族　□學生　□其他＿＿＿＿＿＿

購書方式：□門市＿＿＿書店　□網路書店　□親友贈送　□其他＿＿＿

購書原因：□題材吸引　□價格實在　□力挺作者　□設計新穎

□就愛印刻　□其他＿＿＿＿＿＿＿＿（可複選）

購買日期：＿＿＿＿年＿＿＿＿月＿＿＿＿日

你從哪裡得知本書：□書店　□報紙　□雜誌　□網路　□親友介紹

□DM傳單　□廣播　□電視　□其他

你對本書的評價：（請填代號　1.非常滿意　2.滿意　3.普通　4.不滿意）

書名＿＿＿　內容＿＿＿　封面設計＿＿＿　版面設計＿＿＿

讀完本書後您覺得：

1.□非常喜歡　2.□喜歡　3.□普通　4.□不喜歡　5.□非常不喜歡

您對於本書建議：

感謝您的惠顧，為了提供更好的服務，請填妥各欄資料，將讀者服務卡直接寄回或傳真本社，我們將隨時提供最新的出版、活動等相關訊息。

讀者服務專線：（02）2228-1626　讀者傳真專線：（02）2228-1598

等著進場參觀花展的長龍。

落，都被朝鮮海關安檢人員翻遍了，還能不安全嗎？平壤又是朝鮮的政治中心，平壤作為首都，外地朝鮮人都無法自由出入，平壤還能不安全嗎？

那天，陪同我的另一位政府官員顯得特別輕鬆，平日很少說笑的他，竟然給我講了不少笑話。記得一則笑話是諷刺美國總統布希的。大致內容說，布希一天早晨出外跑步，差點被車撞倒，幸為一群學生所救。布希問他們想要什麼作報酬，學生回答說，希望自己死了就葬在阿靈頓國家公墓（Arlington National Cemetery）。布希問為什麼想到死呢，學生竟回答說，如果爸媽知道我們救了你，一定會殺了我們。朝鮮政府官員給人印象總是不苟言笑，竟然還能對外國人說政治笑話。

翌日上午，參觀「金日成花、金正日花花展」。平壤市大同江區的「金日成花金正日花展覽館」，距離展覽館三百公尺遠的廣場人山人海。入場門口卻靜靜地排起長龍，有序，肅穆。不記得是誰說過，從領袖像的眼裡望去，所有的人面帶敬仰，所有的隊伍整整齊齊，所有的地面乾乾淨淨，所有的鮮花獻給領袖。

隊伍外，一群朝鮮女子特別搶眼，三三兩兩輕聲交談，她們穿著優雅的香奈兒式花呢套裝，妝容似乎與韓國女子沒有區別。在平壤街頭，服裝的顏色和款式不多，卻也不單調。男士大都穿素色襯衣或深色制服，很少看到穿T恤。女裝明顯豐富得多，幹練的職業套裙最常見，多數女性上班族化淡妝，也不乏個別打扮特別時髦的妙齡女郎，朝鮮民族服裝平時少見，在節日裡，卻滿街隨時可見。

金日成花問世已有四十多年。一九六五年四月，金日成訪問印尼，參加萬隆會議十周年紀念活動。印尼總統蘇加諾特別欽仰金日成，把他的住處安排在新建的迎賓館；陪同金日成到博古植物園給他看了一朵美麗的花。這花是印尼植物學者經過三十多年研究培育的。蘇加諾對金日成說，他決定把這花命名為「金日成花」。金日成一再謙讓，可是蘇加諾和植物園工作人員懇請金日成同意。

據「百度・百科」介紹金日成花，蘭科石斛屬，多年生植物，學名為**Dendrobium KIM IL SUNG Flower, D.clar a Bundt**。金日成花是蘭花科草本植物，屬熱帶草本，莖直、葉條形、紫紅色花，它的生態特點是它寄生於岩石、樹枝；花根的壽命二年，莖長三十至七十公分，粗一至一・五公分，莖一般由十二至十五個節組成。金日成花要求較高的溫度，喜陰涼和新鮮空氣。目前採用現代化栽培技術，必要時在任何地方都可以栽培。朝鮮從一九九九年開始，每年的「太陽節」都會舉行金日成花展。

金正日花其實就是一種秋海棠，為多年生球根秋海棠家族的一個新成員。金正日花，屬菊科，為一年生草本植物，花紅葉綠。它是日本靜岡縣掛川市加茂花圃主任、園藝學家加茂元照經二十多年的雜交、培育而成並命名為金正日花。這位植物學家敬仰金正日「為朝鮮和日本人民之間的友誼及和平而貢獻一生」，因此於一九八八年二月十六日將此花獻給了金正日。被譽為「花中之花」的金正日花，色彩鮮紅亮麗，高度重瓣，雌雄花同株，花徑十至二十公分，開十至十五朵花，花期長達一百二十天。莖桿直立粗壯，抗病蟲能力強，繁殖栽培十分容易。一九八八年此花在朝鮮一問世，就引起人們濃厚的興趣，民間隨即興起栽培熱。此後，它多次在各種園藝花卉博覽會上獲得殊榮。

民眾攜家帶眷等著在領袖像前與花卉合照。

金正日花

金日成花

朝鮮人用這樣的詩句表達對金正日花的崇敬心情：我們的心由於懷念奔向你／漫山遍野開滿了鮮紅的花朵／啊，鮮紅的忠誠之心金正日花／朵朵結滿了我們一片丹心……為了讓金正日花趕在二月金正日誕辰日開放，朝鮮人就得在嚴冬開始種植。當局在朝鮮各地建了約一百所專門種植金正日花的大型溫室，最著名的是一九九八年竣工的平安南道平城百花園的金正日花溫室。

每逢金日成生日，即四月十五日；金正日生日，即二月十六日，就會舉辦花展。這是平壤市每年的一大節慶活動。該館有年產數萬株金日成花和金正日花幼苗的組織培養室，有能培植數千盆金日成花和金正日花的溫室。這個國家糧食都成問題，對這兩種花卻不惜工本，外人往往覺得不可思議。

在二〇〇二年的第六屆「金正日花展」中，展出了來自朝鮮各地七十多個機關團體和各界群眾的一萬四千三百多株「金正日花」。各參展單位對展台作了精心設計和裝飾，分別飾以噴泉、白頭山模型和彩色燈光。朝鮮內閣總理洪成南、勞動黨中央書記崔泰福等領導人參加了當天的開幕式。中國、俄羅斯、越南、日本等十多個國家的園藝團體以及英國、埃及等國駐朝鮮使館也參加了花展。這一年花展特別隆重，正值金正日六十大壽。為此，朝鮮舉行了各種慶祝活動。朝鮮政府向全國發出通告，要求所有民眾至少參加一項祝壽活動，只有臥病在床的病人和執勤的軍警才能例外，任何人不得無故不參加慶祝活動，否則將受到法律懲罰。

那天，參觀完花展，出門前又被引進貴賓留言室。我這回當然「自覺」在貴賓留言本上寫下了留言：天下最美豔的花是金日成花，人間最亮麗的花是金正日花。經翻譯，朝方人員才滿意地對我笑了。感覺得出，這種笑是真誠的。翌日，聽朝方人員說，一家平壤大報還刊登了我，一個香港記者的「贊詞」。這份朝文報紙，我始終沒有看到。

與前幾次來朝鮮相比，對外國人的控制已經寬鬆多了。往年到朝鮮，只會讓你在一個地方待著，不允許你跨出門外，你要出門，就會有好幾個人跟著你。陪同人員帶你去哪兒參觀，你就只能去哪兒，站在某個景點攝影，他只允許你將相機鏡頭對準某個方向，你一旦轉身拍攝，陪同人員會作出禁止的手勢。現在好多了。這一回，只要你提出想去不太出格的地方，在陪同人員伴隨下，一般都被允許去。

偷得兩小時採訪安排之間的空閒，從下榻的平壤飯店悄悄獨自漫步大同江邊。飯店距離大同江才三分鐘路。

作者在大同江邊留影。

寧靜的平壤，曾經爆炸聲晝夜不絕於耳。那是二十世紀五〇年代初，在激烈的朝鮮戰爭中，炸彈把平壤夷為平地。在朝鮮戰爭中，美軍對平壤轟炸一千四百一十三次，對當時僅有四十萬人口的平壤，投下了四十二萬八千七百四十八枚炸彈，平均對每一個平壤人投下一枚炸彈，把整個平壤化為一片廢墟。在中國人民全力支援下，朝鮮人民贏得戰爭勝利，平壤終於從廢墟上站了起來。

重建平壤，是在一張白紙上作畫，根本就無需「舊城改造」。朝鮮人民不得不推倒殘垣斷壁，白手起家，因此，平壤的城市規劃井然有序。只是這座有著五千年歷史的古城，已經沒有古蹟可尋。

平壤的綠化，給人印象深刻。朝鮮每年提倡植樹造林，平壤人均綠地面積達五十八平方公尺，花草遍地，林木蔥郁，水光山色，空氣清新，平壤有「花園城市」的美譽，空氣清新名不虛傳。

一座城市的不開放，保存了讓外人意外的驚喜，特別是急遽在市場化衝刺的中國人，踏上平壤的土地，就有一種「神清氣爽」的感覺。平壤地勢起伏，但從總體上看，相對於朝鮮全國八成丘陵地貌而言，算是一片「相對平坦的土壤」，散落於市中心區域的酒岩山、牡丹峰、萬壽台、解放山、蒼光山、萬景峰等小山峰，海拔都不超過百公尺。一次，坐車從橫跨大同江的橋上駛過時，黃昏時分的江水，在落日的映照下波光粼粼，水流緩緩，越發襯托出整個城市的寧靜。

近看平壤的高樓住宅。

在平壤寬闊的大街，一排排高樓，看不到百貨大樓、超市賣場和各類商場，也沒有辦公大樓，在大街旁所有「門臉」房，陽台門和窗戶緊閉，幾乎都是民宅。平壤一百六十萬人，住宅用地並不緊張，建造高樓只是為了形象工程。朝鮮是個電力極度缺乏的國家，這些二三十層的民宅，不少是沒有電梯或者電梯早已廢棄，市民大都要爬樓梯上下。

平壤的辦公樓與居民樓的區別只是在於有沒有陽台，居民樓都有陽台。灰濛濛的樓房，外觀不起眼，甚至有些破舊，卻透出幾分溫馨。居民樓陽台面積小小的，但幾乎都排列著幾盆鮮花，陽台上不見曬衣服，見不到大上海街頭晾曬的「萬國旗」。這是因為政府為了保持市容整潔，規定不許曬衣服。不過，朝鮮家家戶戶都沒有烘乾機，衣服只能在屋內晾乾。當我問起平壤人為什麼有陽台卻不曬衣服，朝鮮人答曰：「平壤人不喜歡晾衣服。」

這種回答，似是而非。朝鮮人的過於自尊，令人感覺有點可怕。早些年進入朝鮮，海關往往不讓你帶長焦相機和望遠鏡入境，是生怕遊客憑藉這些傢伙「深入」窺視內裡。早些年平壤很多住宅窗戶破損，因玻璃緊缺，只好用塑膠薄膜擋風。自二〇〇五年中國無償援建的大安友誼玻璃廠投產以後，朝鮮可以自己生產浮法玻璃，玻璃緊缺的情況才大為改善。如今，已很少看到破損的窗戶。

令朝鮮人驕傲的是，政府三大免費政策之一是住房不花錢，無論是農村還是城市，住房由國家統一建造，然後分配給公民無償居住，只要結婚就能申請住房，面積小的七八十平方公尺，大的一至二百平方公尺。朝鮮的免費住房制度，是按級別分若干等級。一級住房是普通老百姓住房，二級住房是一般幹部住房，三級住房是科、處級官員住房，四級住房是局級

平壤俯視。

官員、大學教授、功勳運動員、科學家和演藝人，特級住房是副部長以上高級官員住房。政府還分配衣櫃、桌椅等家庭用具。水電，甚至冬天暖氣，全統一供應，一般一戶人家水電暖氣費合共交二朝元，只是象徵性收費。曾有中國企業想向朝鮮銷售電表，打聽後才知道，朝鮮家庭大多不安裝電表，用電也是福利。在朝鮮，城市居民的生活物資六成來自國家分配，四成來自農貿市場或自由市場。十八歲以下的小孩養育費全由國家負擔。

朝鮮人的家究竟如何？外國遊客不可能實地做客，想接近這些大樓都不太可能，隨時會有便衣糾察走向你，欲圖阻截，以防你竄入民宅區探頭探腦。

二〇〇九年，朝鮮根據金正日的指令，為了二〇一二年朝鮮步入「強盛大國元年」，推進一個到二〇一二年新建十萬套住宅的特大工程，萬壽台街重建公寓項目就是其中一環。萬壽台街位於平壤中心地帶，即地處中區，泛指萬壽台議事堂周邊地區。公寓項目重建之前，萬壽台街還是五層以下的舊公寓園區，有六百多戶，新型公寓區都是六至十八層的新樓，八百多戶，每戶居住面積擴大到一百平方公尺以上。

從朝鮮公開的公寓內部照片看，內設西式洗手盆、浴盆和陽台等設施。另外，陽台上還特別設置了存放朝鮮家家戶戶都少不了的泡菜缸小倉庫，別具特色。朝鮮當局稱，原居民和新居民，都是免費獲得新住宅的。當然，兩年後，新建十萬套住宅的特大工程並沒有如期圓夢。

平壤的停電是家常便飯，而且由於電壓太低，不加裝調壓器許多家電就無法使用。為了節電，電熨斗、電爐等耗電較大的電器被禁止使用，違反者要予以處罰，更不要說使用空調了。不過，二〇〇九年去平壤，朝鮮一些機構，已經使用太陽能電池板，這些電池板大多是從中國進口的。

有平壤人曾告訴我，他們的住宅都鋪有地暖，我是懷疑的，即便有地暖設施，能源緊缺下還能不能正常使用，不能不是個問題。倒是在一些老式住宅樓的屋頂上，可以看到每家每戶都有煙囪，那是冬季取暖所用火炕的煙道。

平壤，又被稱為「柳京」，以市內四處繁茂蔥蘢的柳樹而得名。穿梭在青楊翠柳遍布的城市街道，平壤是古都，卻沒有古都的狹窄而雜亂的街巷，這是一座從戰爭廢墟崛起的都市。

平壤的中心是金日成廣場。廣場的正面山崗上，是人民大學習堂，這是一座朝鮮式建築。伸向大同江的廣闊廣場兩側，是朝鮮中央歷史博物館和朝鮮美術博物館，廣場下是地下商場。在大同江對岸，主體思想塔高聳入雲。在市中心，還有萬壽台藝術劇場和平壤第一百貨大樓，中間是大噴水公園。

金日成銅像和朝鮮革命博物館座落的萬壽台，平壤學生少年宮所在地，將台崗

萬壽台藝術劇場。這裡也是新人結婚最愛拍照的場所。

與南山崗相連。這樣，各種文化機關和文化服務設施，都座落在平壤市中心。

以中心為起點，一條條寬敞大街伸向四方。一百二十公尺寬、八公里長的統一大街，一百公尺寬、六公里長的光復大街，是平壤最大的兩條馬路。路邊，盡是二三十層的居民樓，但幾乎看不到新房。十層樓以下的群樓，建於上世紀六、七〇年代，十層樓以上的，一般建於上世紀八〇年代。

沿著大同江兩岸，平行地伸展著榮光大街、勝利大街、大學習堂大街、主題塔大街、青年大街；沿著普通江兩岸平行地伸展著千里馬大街、烽火大街、革新大街。此外，還有蒼光大街、下新大街、英雄大街、金星大街、大學大街、東大院大街、西城大街等。這些大街與地勢協調，與周圍風景交相輝映。

平壤城市布局，特別是這些新建大街，是當年金正日統籌構想的。那時，他才三十多歲。就說那蒼光大街，一九八五年建成，此前，這裡是一大片環行路大街的舊房。修建起於七〇年代末。在這項工程中，金正日徹底打破既成觀點和舊框框，用朝鮮官方的話說，「為朝鮮城市建設帶來根本性的革新。」

過去，平壤建築物的布局方式有一種「公式」：龐大的建築物沿街密密地排成一行；矮房子雜亂地夾在高樓之間，作為各種服務設施或商店。對此，金正日認

平壤街景。

為，這種舊布局方式，是導致街道外觀單調、不美的基本原因。他提出了新的布局方法，即有間隔地建造占地面積小的高樓；把樓房安排得前後錯開，有的地方則特意把幾座樓安排得緊湊一些，顯得富有立體感。他作出指令，建築物外牆不要貼瓷磚，而要塗上米色、粉色、淺綠色等色調明快的優質塗料，把大街點綴得明亮華麗；合理安排樓房的座向與間距，使空間顯得寬敞。

蒼光大街上有數千套住房。朝鮮人說起蒼光大街，會這麼說：「金正日就像站在畫布前面的畫家，把蒼光大街精心設計成了一幅優美的圖畫。」平壤市的一位官員也對我說過：「法國的一位大學教授在參觀這條街後說：『從建築美學觀點來看，蒼光大街非常出色，住宅新穎多樣，互為襯托，和諧得體。這種出色的大街布局，我還是首次看到。』」不知道這位朝鮮官員說的是否真話，如果說的是真話，那不知道這位法國教授說的是否心裡話。

應該承認，平壤市政建築一般說都是宏大寬敞，令人印象深刻的是，設施雖然陳舊，但它的維護仍相當用心。早上出門，在主要幹道上，常常看到很多人在馬路上用布在清潔，用剪刀清除雜草再修理草坪。

城市應是人類靈魂溫熱的家，那裡有琳瑯的古雅罈罐的集市，有人頭攢動的茶樓酒肆，羅敷一樣美麗的布衣女子，時而從人群中衣裙飄飄穿梭而過，回眸中的作坊正火光熊熊錘聲清涼……這種感覺，在平壤是找不到的。

和早些年一樣，平壤寬暢的大街顯得清冷，人少，車少，沿街的建築物，都高大得實實在在，不花俏不豪華，沒有鬧哄哄的廣告牌。在平壤街上看到的廣告，就是朝鮮生產的「口哨」牌和「布穀鳥」牌汽車。

第十一章

大同江啤酒寫入朝鮮廣告史

街上所見唯一的汽車廣告。

二〇〇九年七月二日晚上八點，電視新聞結束後，朝鮮中央電視台播出了一條廣告。這可以寫入朝鮮廣告史了。

「啊，真涼爽！大同江啤酒。」長達二分四十七秒的大同江啤酒電視廣告，給朝鮮人一陣驚喜。冒著白色泡沫的啤酒杯特寫鏡頭，隨即打出「平壤的驕傲，大同江啤酒」字幕；市民們在酒館喝啤酒的熱鬧場景，配以「首都出現新的風景」旁白；最後，廣告聲稱「我們的驕傲，大同江啤酒」，「將改善人民生活，與我們人民更加親近」。

廣告潛移默化影響朝鮮人生活，廣告也不斷打扮自己。

好的咖啡不能沒有好的伴侶，多彩的生活不能沒有多彩的廣告。

廣告發展是市場經濟發展必要的氧化劑。十六年來，筆者六次去朝鮮，平壤街上除了建築物，最顯眼的恐怕是撲面而來的巨幅革命宣傳畫，最常見的無疑是讚頌金日成和金正日的標語，印象中看到的朝鮮電視廣告，由於意識形態所限，不是靜止而呆板的化妝品、糖果、飲料產品，就是生產廠家的畫面，毫無創意，索然無味，如今充滿活力的大同江啤酒廣告，卻頗具「資本主義」商業色彩。

變化是世界潮流，再封閉的朝鮮也在漸漸如此。朝鮮藝術界「萬人迷」、萬壽台藝術團著名女舞蹈員趙明愛，為韓國三星電子公司拍攝手機廣告。她曾在韓國演出，令韓國人留下難忘印象。這是朝鮮當局首次准許朝鮮藝人參與拍攝韓國商業廣告。

大同江啤酒電視廣告。

國產啤酒。

平壤街道上車子。

廣告不多的平壤，街道寬廣，紅綠燈少，汽車不多，車速通常很快。

平壤街道上的汽車種類挺雜，猶如萬國博覽會，在街上能看到跨越半個多世紀的世界各國汽車，有賓士、豐田、尼桑和現代汽車。貨車有上世紀五〇年代蘇聯生產的嘎斯，也有九〇年代中國生產的東風和解放牌卡車，都是路上常客。轎車以老式的德國賓士、日本豐田皇冠為主，也偶爾看到美式吉普。平壤市內有計程車，價格不便宜，從首都機場到平壤市內十五公里的路程，大約需要二百五十元人民幣。金日成生前曾發起「週日步行」運動，號召所有人週日和節假日徒步出行，認為這有利於增進戶外運動，保持身體健康。因此每逢休息天，除了公交車和特殊車輛，街上很少看到其他車輛行駛。

在平壤街頭，上下班高峰期，常常見到公共汽車站排起長蛇隊。百尺長龍，秩序井然。平壤的主要交通工具是公共汽車。平壤很多人的出行方式主要是步行，到了晚上六七點下班時，平壤街頭就出現人潮。平壤是朝鮮公共交通最好的城市，除了公共汽車，還有電車和地鐵。不論乘公共汽車、有軌電車、無軌電車還是地鐵，不論坐幾站，實行統一票價，全部是五朝元。按照當時的匯率，一元人民幣相當於十七朝元折算，大約相當於三角人民幣。朝鮮的物價在不斷上漲，在二〇〇二年，統一的票價還只有二朝元。沒去過平壤的，大多是憑媒體報導累積的印象，覺得朝鮮人貧窮，什麼都缺，其實，坐計程車的主要還是當地朝鮮人。

平壤的公共汽車車身顯得相當陳舊，卻乾乾淨淨，車廂外見不到大花臉般刷滿商業廣告。在少數的平壤公共汽車上刷著政治性標語。偶爾可見到大都新亮的雙層巴士行駛。

平壤的電車分無軌電車和有軌電車。

兩節式有軌電車。

有軌電車儘管有兩節車廂，容客量大，但常常很擁擠。有軌電車東西兩條線路，穿越整個平壤市區；有軌電車比地鐵上下方便。當局不讓外國遊客乘坐公共交通工具，避免外國遊客接觸朝鮮普通百姓。不過，地鐵是朝鮮的重要建設成就，不可不向外國遊客展示。因此，外國遊客坐地鐵倒是被允許的，會直接接觸平民百姓便又不重要了。

這個被視為落後國家，早在一九六八年，平壤地鐵動工，一九七三年建成。據「維基百科」資料顯示，這一工程是金日成參觀了北京正在建設的地下鐵路系統後，回平壤便發起修建的。在中國、前蘇聯及東歐各國的支援下，平壤仿照北京、莫斯科建成了世界最深的地鐵系統，最深處達地下二百公尺，平均深度達一百公尺，某些山區路段深度達一百五十公尺。在當局思維中，地鐵系統除了交通運輸外，還有防空功能，是特別為可能發生的戰爭而考慮設計的。

一九七三年九月六日平壤第一條地鐵線路千里馬線，即一號線通車；一九七五年，第二條革新線，即二號線通車。這兩條線，呈十字交叉形，貫通全城東西南北，合共十七個車站，然而其中革新線上的光明車站則在金日成逝世後被關閉，不再使用。初建成時，朝鮮當局就聲稱，所有運行的地鐵車輛均為本國所造。但據我所知，當時採用的是中國吉林省長春客車廠（現長春軌道客車股份有限公司）的客車，在二〇〇〇年起已更新使用德國製造的新型客車。除地下鐵路系統外，平壤亦有三條地面有軌電車鐵路，採用中國、捷克、德國等國製造的機車。現時地下鐵路系統總長四十公里，日均客流量達四十萬人次。

在一號線，步入地處中區的榮光站。入口處是滾動式電梯。登上電梯向下一望，感覺像井一樣深邃看不到盡頭，從地面乘電梯到月台竟花了近三分鐘。地鐵站內沒有空調，常年能保持二十度西左右的恆溫。電梯每隔一小段距離就有個小喇叭，播放朝鮮民族歌曲。在售票口，牆上掛著一塊醒目電子板，顯示平壤十七個地鐵站站名。弄不明方向，只要按一下自己想去的車站名，所在車站和想去的車站之間就會發亮，顯示乘坐路線。

平壤地鐵站的站名都和朝鮮革命史有關，比如紅星站、戰友站、凱旋站、統一站、勝利站、烽火站、復興站、光復站、榮光站、革新站、建國站等。乘坐地鐵，票價單一。

平壤地鐵月台不見五花八門的廣告，只見富麗堂皇的大吊燈，站台兩旁各有八十公尺長的鑲嵌壁畫，宛如地下宮殿。站內候車客人在報欄旁流覽《勞動新聞》、《體育報》等報紙。等了三分鐘，一輛地鐵進站。剛一上車，便一眼看見車廂正上方並排懸掛的金日成、金正日畫像。車廂顯得陳舊，但行駛平穩。朝鮮的地鐵車廂是三十年前的，沒有全封閉且開著窗，門是手動的，第一個下車

平壤地鐵深達百餘米，兼具防空戰略功能。

的人去打開，最後一個上車的人去關門，完全靠自覺。朝鮮人很文明，到處都能看到他們在排隊候車，沒有人插隊或高聲說笑。

平壤地鐵的所有乘務員都是女性，就連調度員中也有三分之一是女性。她們身著統一制服，英姿颯爽，如同平壤女交警一樣，成為地鐵站一道美麗風景。成為一名地鐵員工，在朝鮮人心目中是件自豪事。要入職，必須是鐵道專業的大學畢業生，經嚴格的考試，多番選拔、考核，合格後最終才能成為一名地鐵員工。

自行車是朝鮮人常用的交通工具。不過，一九九七年以後的幾年，我去朝鮮就沒見過女性騎自行車，覺得很好奇。一次，與平壤的一位官員聊天時，無意中破解了內情：朝鮮禁止女人騎自行車。

二〇〇五年四月，金正日視察中國首家投資朝鮮的自行車廠。金正日從小就學會騎自行車，常在院子裡騎著玩耍。由於特殊身分，從來沒騎車上街。一九九六年一次金正日偶然的談話，竟成了一道最高命令。當時金正日看到一女子騎自行車，當即說：朝鮮女人傳統穿裙子，穿著裙子騎自行車，太難看了。

於是當局就下達「禁止女性騎自行車」的禁令。有一年三月平安南道順川市發生一起女人因騎自行車而跳河自盡的惡性事件。她是位三十多歲的女教師，在市場上買了五公斤玉米後，騎自行車回家，剛騎車回到銀山郡天星區家門口時，被警方扣了車。女教師的丈夫，是下肢不便的榮譽軍人，她下跪乞求說，「我愛人是個癱子」，警方不予理睬，堅持要扣車。一輛自行車，在許多朝鮮人家庭是重要財產，女教師激憤中，無奈跳進大同江……不過，最近七八年，這條禁令似乎已經不見蹤影。

一個國家的首都，幾乎沒有如此寧靜的。缺電的平壤，夜幕降臨，絲毫不像一座擁有兩百萬人口的城市，更像身處大海的夜色，漆黑一片。人睹物所見，常常依不同心情而迥異。平壤的夜少了閃亮的霓虹燈，卻也有它的美：幢幢居民樓閃爍著黯淡卻又柔和的燈光，散發別樣風情。

平壤很乾淨。不見違章亂搭建，大街上不見地攤，小巷裡不見大排檔。街頭有一座座用藍白兩色布幔圍起來的小亭子，賣礦泉水。這是因為在中國到處可見的易拉罐裝和瓶裝飲料，對於朝鮮百姓來說太奢侈了。這些賣水的小攤也是國營的。在平壤街頭見不到報刊亭，朝鮮的報刊很少，幾乎都是公家訂閱。

時下，走在平壤大街上，常能看到一些衣著時髦的「潮人」，戴著耳塞式耳機，邊聽歌，邊閒逛。平壤學生流行MP3，有朝鮮人說，每十人中就有一人擁有MP3，時尚些的朝鮮年輕人，會從內網下載MP3歌曲，小巧便宜的MP3是年輕學生夢中的追求。各種新型的電子產品，如桌上型或手提電腦、數位相機、MP3、MP4、MP5、DVD機、液晶屏彩色電視等都很受歡迎，家庭富裕些的學生愛用DVD看中國影視劇。朝鮮人更愛看韓國影視劇，不過，這要冒風險，當局不允許民眾觀看未經批准的韓國影視劇，一旦有人舉報，當局就會上門搜查，取走光碟或錄像帶。道高一尺，魔高一丈，朝鮮年輕人現在習慣用閃存盤USB記憶體在電腦上觀看，一旦遇到有人上門檢查等突發情況，可立即將閃存盤從電腦上拔下來。韓國流行文化對朝鮮潛移默化的影響不可小覷。

潮流，畢竟是鎖不住的。

一次，說起《哈利波特》，二十歲的陪同翻譯崔玉珠滿臉興奮：「那部書啊，我喜歡極了！」這讓我頗覺意外。這個當時大三的女生會說一口流利英語和中文。她頭上別著淺藍色髮夾，手提粉紅色塑膠包，這身裝扮，與平壤街頭隨處可見的灰白色服裝形成反差。崔玉珠是朝鮮外貿官員的女兒，她更喜歡本國文化：「我們都喜歡看中國影視劇。我們電視台播放的節目比西方那些作品好，西方電影和歌曲沒什麼主題思想。」

順便一提，輪滑在朝鮮青少年中很有人氣，已流行多年。平壤有兩大輪滑場地，一個位於金日成廣場東側，另一個則位於平壤體育館西側廣場。雖然這兩塊場地並不是專業的，只因地處市中心，且比較開闊，聚集了不少輪滑愛好者，其中大中學生居多。不少女生加入而頗為養眼。這些年輕人頗具優越感，在這個大多數人仍在為溫飽而努力的國度，只是極少數人才有機會穿上價值一百美元的新潮直排輪滑鞋。

世界一經打開，便收不起來了。

當下，在平壤街上，朝鮮少女身著長裙，腳穿厚底鬆糕鞋，手持用彩色絲帶裝飾的手機講話，已屬常見。早幾年，手機在朝鮮還是人們可望而不可及的奢侈品。平壤的「電話生活」正發生巨變。朝鮮人開始熱衷於手機，也就是近兩年的事情，目前手機用戶已達一百五十萬戶。隨著手機的普及，手機從原來的奢侈品，成了日常用品，當然還沒到必需品階段。

早在二〇〇二年十一月，朝鮮曾在平壤及周邊區域推出GSM手機服務，但十八個月後就禁止普通公眾使用，並開始回收未經授權的手機，只有在朝鮮工作的外國人和特殊階層可使用手機，移動通信服務費用，開通費高達八百美元。幾年後，迫於形勢發展，政府又允許特權階層以外的普通百姓也使用手機了。

朝鮮遞信會社與中東電信巨頭埃及的奧斯康（Orascom）電信公司，二〇〇七年簽訂了合作推出3G移動通信網路合同。朝鮮這家Koryolink系統的營運商名為Cheo Technology，奧斯康電信持有

二〇〇五年彼時還未流行手機，平壤街頭一堆民眾排隊等公共電話。

Cheo Technology百分之七十五股份，朝鮮郵電部持有百分之二十五股份。二〇〇八年五月，3G移動通信服務在平壤試驗成功，二〇〇八年十二月十五日正式開通。二〇〇九年一月底，朝鮮手機用戶已達六千人。二〇〇九年二季度末，Koryolink的用戶總數已達四・七八五萬。為了搶奪更多的用戶，Koryolink在二〇〇九年二季度進一步下調資費。Koryolink的零售網點位於平壤市中心，在當地郵局已有六個電話卡銷售網站。在平壤推出的3G通信服務是雙方合作首期工程，其網路容量為十二萬用戶，合作雙方在朝鮮全國推廣服務，使用戶數年內達二三百萬戶。

朝鮮仍是世界上3G手機普及率較高的國家之一，因為朝鮮的通信網路基礎設施開工時，就直接引進目前世界上最先進的技術，可謂一步到位。朝鮮手機價格為四百至六百美元，手機的功能和外形依然普通，通話範圍僅限於國內，手機價格幾乎是一般朝鮮國企職工大半年的收入。最便宜的電話套餐為每月八百五十朝元，合每分鐘十・二朝元；最貴的電話套餐為每月二千五百五十朝元，合每分鐘六・八朝元。人們也可用朝鮮貨幣購買充值卡，每張充值卡最低價格為二千五百朝元，每分鐘通話時間僅需十朝元。

外國人不能攜帶手機入境，入境時需交出手機，離境時取回。但入境朝鮮後可租用或購買當地的手機服務。在朝境內，必須使用在朝鮮購買的手機，訂購一部3G手機是二百二十歐元。二〇〇九年那次到朝鮮，媒體記者獲得優待，朝方租借2G手機給記者使用，每天收費二・五歐元。無論使用哪一種手機，都要購買當地充值卡，每張十五歐元，市內電話每分鐘〇・〇四歐元，致電中國內地每分鐘一・五歐元，致電港澳每分鐘三・二歐元。

朝鮮已在全國各道、市、郡鋪設了光纜，實現了通信網的高速化和大容量化，各地農村也正在鋪設光纜通信網，為實現通信現代化打下基礎。

二〇〇九年十月，我去朝鮮採訪，原以為朝鮮是沒有國際互聯網的，只有封閉的國內內聯網，無法透過互聯網與境外聯繫，會有一種與世隔絕的擔憂。但身在朝鮮，互聯網上網服務，手機對外通訊，都出乎我意料，相當正常。近年，當局大力推廣，朝鮮的中小學校、少年宮、大專院校、政府機關、工廠及圖書館裡都提供自行開發的朝鮮語的作業系統，供民眾隨意使用。二〇〇〇年，朝鮮建成了覆蓋全國，面向國內群眾的電腦區域網路，稱之為「光明網」。事實上，這就是一個全國性的局域網，朝鮮的互聯網主管部門先從國際互聯網上下載「適合」於朝鮮網民閱讀的內容，然後上傳到伺服器，網民再登錄伺服器查尋需要的資訊。朝鮮對通信工具管理依然很嚴。雖說平壤電腦普及率比較高，但是所有朝鮮民眾使用的都是內聯網，即無法鏈接外界網站。但這並不影響他們上網的樂趣。在「光明網」上，網民們也可以互發電子郵件，或用聊天工具聊天等。這股潮流也影響到了民眾的消費觀念，平壤條件較好的家庭，都會購置桌上型或筆記型電腦。

國際互聯網的服務費相當昂貴，上網價格「在線式」三十九歐元一天，「撥號式」每三十分鐘四歐元。上網流量費另計：每二十五KB收費二歐元。算一算，從朝鮮每發回一張照片，可能就要花幾十或上百元人民幣。電子媒體前十分鐘的電視衛星轉播費用為五百歐元，此後每分鐘二十七歐元。媒體不許自行攜帶海事衛星，只能用朝鮮當地的國際電話。

一位金姓朝鮮導遊對我說，他們國家的網路發展勢頭不錯。朝鮮二千四百多萬人中有三十萬網民，其中十五萬在平壤，當然無法登錄外國網站。她說，「資訊很多，足夠了。」

這天是假日，江邊，綠楊下，有人在釣魚，有人在下棋，下棋觀棋的幾個男人，個個抽菸。平壤男人抽菸者甚多，但幾乎見不到平壤女人抽菸。

沿著江邊，我走到下棋的人堆裡，看著他們玩，時不時舉起相機拍攝江邊景色。

「你是中國遊客吧。」一位年輕男子用中文問我。

我一愣，心存警惕。

我凝視著他，小心翼翼，點了點頭，說：「你的中文說得真好。」

「我是金日成綜合大學中文系學生。」這是朝鮮最高學府，以金日成名字命名。一九四九年創建的金日成綜合大學是朝鮮第一所正規大學，改變了朝鮮沒有正規大學的歷史。這所大學為朝鮮培育了大批人才，金正日即畢業於金日成綜合大學。

「讀幾年級啦？」

「四年級，我還去過中國的瀋陽。」他告訴我，他姓杜。

朝鮮人能出國是石破天驚的事，他顯然十分自豪。我們開始聊天。

時光倒流十幾年。朝鮮戀人不敢在公共場合讓別人看出他們談戀愛，即便一起上街，還要一前一後走。在街上，看不到男女情侶牽手走路，戀人手挽手上街，會招人白眼，異性肩挨肩坐在石板凳上，已屬十分開放了，常常會引起路人異常眼光。如今這已成了歷史。現在，常常能看到年輕男女高調秀戀情，有的在公園草地上緊挨著，有的在遊樂場一起玩，也有手牽手逛街的。如果是來自富裕家庭的情侶，還會去使用外匯的酒吧、咖啡廳裡喝一杯，晚一點則到餐館吃飯，很像中國情侶的傳統套路。

大同江邊的綠楊下，悠閒釣魚和下棋的市民。

女性經常更換對象會被視為人品瑕疵。因此，不少女性遇到確信可相伴終生的對象時，才開始談戀愛。與杜說起朝鮮年輕人的婚齡，他說，男子一般二十五、六歲結婚比較多，女子在二十三、四歲。這是大學剛畢業的年齡。今天的朝鮮也有不少大齡未婚青年，獨身開始被社會接受。中學嚴禁男女學生談戀愛，大學沒有規定，學生情侶都處於地下作業，不敢公開，彷彿見不得人似的，同學們對此卻心知肚明，學校也不干涉。

選擇結婚伴侶的標準可謂見仁見智，但也會有所謂的「流行」。在上世紀九〇年代糧食危機以前，如果男性參軍後入黨，又讀了大學，就會有無數千金的家長爭搶他。但是二十一世紀的今天發生了變化。

以前，去工廠、農村、軍隊曾是青年人報效祖國的直接途徑，如今涉外專業和部門漸成熱門。能從事外交和外貿工作，畢竟都是「尖子」，出類拔萃的人。於是，一些年輕人就退而求其次，轉到涉外服務行業去。一些朝鮮公司和飯店在海外開設朝鮮料理館，年輕人也就有了到國外工作的機會。平壤有一家外事服務培訓學校，專門為涉外服務行業培訓各類人才。因為涉外服務行業的對象是外國人，所以能在這些行業工作的年輕人，都有可靠政治背景、精湛的技術技能，以及出色的外貌形體，須千挑萬選和多年培訓後才能上崗。因此涉外工作的年輕人，往往成為異性婚戀最佳對象。

朝鮮年輕人擇偶時，會考慮對方政治前途是否可靠，是否勞動黨黨員，是否有一份體面工作，收入又如何？比起以前單純強調政治因素，現在經濟條件也成了重要指標。城市姑娘嫁到農村的場景，也只是在電影中才能見到了。

在今天，新郎通常分為三個等級。一等為所謂「三外」男性，即指經常出入國外，在外貿企業工作。二等為父母是幹部或家境富裕的男性。三等是父母雖然沒權沒勢，但男子能幹，已服完兵役，又入了黨，憑自己能力在大學讀書。

婚姻是人生大事，現在朝鮮年輕人的戀愛觀、婚姻觀都較父輩們開放了不少。朝鮮男女談戀愛仍堅守道德底線，很少有婚前性行為。朝鮮的婚姻法明確寫著，只有婚後，才能做「社會倫理允許做的事」。

平壤男性挑選對象的標準，一等為父母有權有勢有財的女性，有不少男性就是借岳丈家的光而出人頭地。二等是雖然父母能力不足，卻憑藉自己能力養活自己的大學畢業生女性，平壤外國語大學、平壤醫科大學畢業的，就堪稱錦上添花，從師範大學畢業擔任教師工作的女性，始終是絕佳的新娘人選。三等為父母沒權沒勢，也沒讀過大學，卻因具有較強生活能力，特別是會做買賣的女性。今日朝鮮，不會做買賣的女性，被男人視為沒本事。

被男人捧為最佳伴侶的女性，是因長相出眾而被選入中央黨五科（勞動黨中央委員會組織指導部幹部五科）的女性、電影演員、舞蹈演員或歌手，五科的女性通常擔任一段時間高幹的陪客，到了二十五歲左右就入黨，嫁給護衛總局的軍官或當幹部，國家會提供嫁妝和家當，這是最為令人羨慕的。

女青年都愛找男軍人為自己婚戀對象，駐守板門店三八線的軍人，更是不少女子的「夢中情人」。在朝鮮，軍人的聲望很高，年輕人都嚮往參軍，女孩子婚嫁，大都以軍人為首選對象。據朝鮮白茂貿易公司的一位人士說，在朝鮮，軍人至少有一百萬，即二十個

朝鮮街頭現今男女已不避諱地談戀愛。

朝鮮人中就有一個。政府在極為有限的條件下，仍給予軍人最高榮譽和最好待遇，在糧食供應、交通、住宿、退伍後就業，甚至理髮、飯館用餐、影院購票等日常生活上，都給予特殊照顧。

當然，對軍人的評估，這只是一貫通常說法。在瀋陽，曾由朋友疏通關係，見過一位已復員的朝鮮人民軍上尉，作為「脫北者」，他到了中國遼寧多年。據這位前軍官自稱，是給了在邊境警備隊站崗的下士一千元人民幣，渡過圖們江，登陸中國龍井市三合鎮。協助他偷渡的下士是他老友，因此只收了一千元。據他說，像他那樣的尉級軍官很難得到國家的分配房，社會也不承認軍官學校畢業證之類，又沒有配給，解決眼前生計很困難，在朝鮮看不到未來希望，內心茫然，所以才決心到中國來找親戚。

他承認，在朝鮮，當軍官、入黨、上大學這三者被視為最吃香的人，由於金正日實行先軍政治，最吃香的是軍官。按二〇〇八年水平，朝鮮人民軍上尉的月工資為二千八百元朝幣。少尉為二千三百元，中尉為二千五百元，大尉為三千元。月工資雖然少，但軍隊有配給，生活還可以。領了工資後，跟朋友們吃塊豆腐喝兩瓶酒就花完了。所以軍官們常說的一句話是：「工資就是給我們喝杯酒的錢。」

說到軍隊的物資供應，他直搖頭：非常糟糕，服裝鞋等供應情況很差。最近兩年幾乎沒有得到什麼供應。軍隊的糧食配給還算不錯。每位士兵每頓主食為二百三十克玉米，換成大米不到二百克。菜餚有醃製蘿蔔三四塊，白菜加鹽湯。軍官主食大米和玉米各占一半，其他都一樣。因此，軍人中不少人體弱或患有營養失調。部隊裡沒有人餓死，但一百二十名標準的一個中隊裡，體弱者達三四十人，實際上就是營養不良。部隊供電情況很好。一天供電時間達十八小時。這兩年部隊的供電時間都比往年好。內務班內部設施有床和儲物櫃，部隊有電視機和ＤＶＤ機、ＣＤ機，全都是中國產品，喝水用的設備也是中國產的飲水機。

在部隊十三年的他說，部隊內部很少出事故，但內部鬥毆問題嚴重，常常成群成夥打架。軍隊內部的腐敗可說司空見慣。利用軍階的腐敗現象特別多，花錢才能晉級，邊防軍人走私情況嚴重。在軍隊，不允許兩個人私下坐在一起說話。他至今沒有結婚。

接著脫北者談論朝鮮內部情況，我認為能相信的不多。回到那位杜姓大學生，他說：「我們的上輩就自由戀愛了，不過，即使今天，父母的意見仍是關鍵，父母反對這場戀愛的話，兒女一般都會聽從而分手。」

婚禮先要在新娘家舉行。所謂婚禮也不過是擺上婚席，新郎新娘喝一杯合歡酒，夫妻對拜後再給雙方父母敬酒和行大禮。然後乘坐婚車來到金日成銅像前敬獻花籃，並合影留念。接著再到平壤市內的各處拍照和攝影。第二天要到新郎家，也重複同樣的儀式。三天後新郎新娘要準備一些食物「回門」。平壤等大城市裡的婚禮，有的規模會大些，婚車就顯得不一般。在朝鮮借用轎車不容易，但都會想方設法去借高級轎車。婚宴上邀請親朋好友和新郎新娘的同事參加，婚禮通常在家裡舉行，再有錢的人也難以邀請太多的人。婚宴上來賓吃著喝著，唱歌跳舞。最近平壤開始出現婚宴餐廳，但開價太高，生意不算好。最近還經常能看到用ＤＶＤ唱卡拉ＯＫ，這時新郎新娘也要應邀唱一首歌。按照朝鮮習俗，婚禮上新郎新娘的席上通常立著兩隻煮熟了的雞，象徵新郎新娘。雞的嘴上叼著紅辣椒，這是祈願多生貴子的民俗。

平壤市的萬壽台藝術劇場是最多新婚夫婦選擇的攝影場所。有些日子一天就會有幾十對新人來這裡拍照。在噴水池前新郎新娘並肩行走、新娘給新郎點菸、新郎抱著新娘轉圈等，幾乎成了拍攝婚照的老套路。

第十二章

「鏗鏘玫瑰」女交警

十字路口的女交警。

平壤的大樓幾乎都是灰色的，沒有色彩。在街上最有色彩的無疑是女交警了。

去過平壤的人，對街上的女交警印象深刻。走在平壤的街頭，誰都會在楊柳綠色中，發現幾枝鮮紅的「鏗鏘玫瑰」，她們就是平壤的女交警。我第一次去平壤是十六年前，當時對外國遊客的監管相當嚴苛。坐在車裡，對擦肩而過的女交警舉起相機，都會被朝方的陪同人員嚴厲阻止。

人生許多美好的事物，總是發生在十字街頭。當時，外國還不知道平壤竟然有「女交警」——被所有目睹的中國人稱為「一道靚麗的風景線」。她們一副巾幗不讓鬚眉的颯爽英姿，令人眼前一亮。

二〇〇九年八月，平壤街頭又出現新亮點：各主要交通路口都安建了樣式新穎的交通崗亭，白色的圓形底座上，立著一根銀色支柱，支柱撐起一頂湛藍的大傘，引路人注目。這種交通崗亭不僅遮陽擋雨，且安設照明裝置，給夜間執勤的交警提供方便，崗亭內還設有供暖裝置，冬天可防止交警凍傷了腳。

交通哨所的職能，不僅限於交通指揮，還負責教育那些違反交通規則的駕駛員和行人。每個哨所外，都掛著一些交通標誌圖和安全常識宣傳畫，在下面擺上一兩排長椅，一旦發現違規人員，就請他們進哨所實施「回爐」教育，女交警們的角色，也由「指揮」轉為「教員」。

第一次到平壤那年，每天的行程，我都偷偷尋找時機拍攝她們。這是在平壤的最後一天了，再不拍就沒機會了。中午，在一家餐廳用餐，來餐廳前就看到二百公尺外的十字路拐角，站有女交警。於是用餐間隙，我藉口上廁所，離開了餐桌。若無其事走出餐廳房間，一轉身直奔樓下，匆匆出門，以最快速度，急跑二百公尺外。

十字路口中央，淡淡化妝的女交警，手持交通指揮棒，白制服，藍裙子，雙眼注視著往來車輛，或東西或南北，俐落地指揮著車輛。修長的身材，亭亭玉立，動作俐落，標致典雅，像是一場天使般的藝術演出。都說動作俐落的女性最性感。女交警見我在給她拍照，對我微微一笑，再沒有任何反應，繼續她的指揮。

當我急促拍了幾張照片往回趕，離餐廳還有幾十公尺，看見朝方兩個陪同人員從餐廳向我趕來，糟了，我心裡一驚。那兩個肯定是什麼部門的人員，氣喘喘對我嚷：「你不該擅自離開，這是不允許的。」他倆根本不聽我解釋，有點惱怒，「下不為例，否則要沒收膠卷（當時數位相機還不流行，他們或許不知道有數位相機）。」

在幾年後的一次採訪中，我才知道，女交警從十六歲到二十六歲不等，是從高中畢業生中精心挑選的，體貌端正、聰穎健康，身高不低於一百六十五公分。女交警制服夏裝為白衣藍裙；春秋裝為藍衣藍裙；冬裝為藍衣藍褲。寒冬則穿戴皮衣皮帽皮褲和皮靴。每逢下雨，女交警則會在外面套上一身透明塑膠雨衣。晚間執勤，則會將反光帶掛在身上，手中換上閃螢光的指揮棒。

平壤主要的大路口，都有交通哨所，全市有六十多個，每個哨所由五至六名女交警和幾名男交警組成。每天從早上七點到晚上十點，女交警輪流上崗，負責路中間的交通指揮，平均每班崗執勤三十分鐘，每位女交警每天要在崗位上指揮兩三小時。女交警基本沒有休息日，節假日也要上崗。由於節假日街上很少有車輛行駛，執勤時就不必站在路口中心指揮，可在路邊維持秩序，女交警借機可緩解一週累積的疲憊。

女交警工作辛苦，但待遇相當不錯，得到國家特別照顧。每天政府供應八百克糧食，比常人多三百克，不同季節配發制服、雨衣、雨靴、墨鏡、手套、鞋帽等各種用品，甚至連化妝品都是國家提供的朝鮮名牌產品。七八年服役期滿後，政府會根據她們各自的意願，或讀書深造，或選擇工

交通崗亭。

英姿颯爽的女交警。

作，安排去向。不過，要求繼續留在警隊是她們的普遍選擇。

中國駐朝鮮大使館，是所有在平壤的外國使館中最大的。它位於平壤牡丹峰區凱旋門大街長村洞，使館車輛通往市中心，必經平壤市中區的倉前交通哨所。使館車輛進進出出，時間一長，使館人員與女交警互相熟識了，只要中國使館車輛抵達，就會給予「特殊禮遇」，第一時間放行。使館車輛路過，使館人員往往會在車裡向女交警擺手示意，女交警則會對中國使館人員會心一笑，將手中的交通指揮棒橫在胸前注目回禮。

倉前交通哨所，東畔大同江玉流橋，西鄰萬壽台議事堂，北臨朝鮮革命博物館，南側是金日成廣場，可謂「鎮守」平壤交通要道。一次，時任中國駐朝鮮大使劉曉明和夫人胡平華，在朝鮮人民保安省護安局局長韓南哲少將陪同下，來到倉前交通哨所，慰問女交警。據中國大使館人員事後介紹，金日成曾於一九六五年十月十八日視察過此哨所，金正日對女交警們也很關心，曾指示給每位女交警配發墨鏡，在炎炎夏日要保護好她們的眼睛。

倉前哨所所長是二十多歲的女上尉，她介紹了哨所的歷史。當時有四名女交警在場，她們個個坐得端端正正，說話乾脆俐落。劉曉明問她們，工作中最高興的事是什麼？其中一位工作了五年的女中尉說，維護交通秩序，確保人民生命財產安全，這是令她最高興的事。

劉曉明問，在站崗時最擔心的事是什麼？

那女中尉回答，如何避免交通事故，確保首都安全是她最擔心的事。

劉曉明又問，她們對未來有什麼期許？

四名女交警竟然異口同聲回答：終身從事為人民服務的事業，是她們的衷心希望。

對她們的回答，香港人的評價肯定趨於一致：口是心非，心口不一。其實，「洗過腦」的她們，或許是真誠的。

劉曉明稱讚平壤女交警是嚴格執行交通法規的「鋒利寶劍」，是保衛美麗生命的「守護天使」。

英姿颯爽的女交警，讓每一個過客自覺放緩腳步，讓每一個男性司機減低開車的速度。聽很多平壤人說，女交警絕對是男司機追求的偶像。十字路口的女人，演繹著人生許多話題和故事。

第十三章

「招牌」女主播

李春姬。

早幾次來平壤，還常常看到百姓在草地挖野菜，後來幾次卻怎麼也看不到了。有人說，平壤缺很多東西，最缺少的是笑容。我卻沒有這種感覺。與朝鮮人接觸，也常常聽到笑聲。或許是職業意識，我覺得朝鮮最缺少的是資訊。

一天在朝鮮，便不知道這世界的哪個角落發生了什麼驚天動地的大事。房裡的電視機收到朝鮮僅有的中央電視台（KCTV）、平壤台、上世紀六〇年代開播的開城電視台和一九八三年開播的萬壽電視台的電視節目，晚上平壤時間十至十一點，這幾家電視台陸續與觀眾道晚安。平時的節目內容，與前幾次來朝鮮時收看的節目差不多，盡是反映金日成和金正日事蹟、體現他們思想的電視劇或者頌歌頌舞，播報的都是朝鮮正面新聞，國際新聞不多，偶爾能看到外國電視劇和電影，在平壤四天，只看到一回製作於二十多年前的反映二戰的一部外國電視劇。

朝鮮中央電視台成立於一九六三年三月三日，每天下午五點才開播，晚上十點半結束。新聞節目一般安排在當地時間五點十分、八點和十點，而八點開始的《新聞聯播》是全套節目的重頭戲。平壤與北京時差一小時，因此，平壤的《新聞聯播》與北京中央電視台的《新聞聯播》正好同時開播。

朝鮮中央電視台的開始曲是〈金日成將軍之歌〉，伴隨著雄壯的旋律，已故國家主席金日成笑容滿面的畫像出現在螢幕上。接著是〈金正日將軍之歌〉，數百人的合唱場面，配以壯麗多姿的江河山川畫面。其後，播音員就會預告當天的電視節目內容。

朝鮮新聞聯播中，常常會插播一些符合當時國內主要工作的口號，例如農村插秧時節，新聞聯播就會插播「把所有力量投入插秧中去」等口號。朝鮮最高領導人金正日的視察活動，是中央電視台最主要、最突出的報導內容，一天之內反覆播出。這是朝鮮電視的最大特色。另一特色，是在節目與節目之間會播放金正日的名言。這並不是為了填補節目的空隙時間，而是作為一項重要內容必須遵循，一般而言，會播出兩段金正日名言，由男女播音員分別朗讀一段，語速較慢，以便讓觀眾充分領會名言的內在意義。

如今入住朝鮮接待外國遊客的酒店，入房打開電視，有中國中央一套、二套、鳳凰衛視、BBC、NHK等九個電視頻道，不再是我初來平壤那幾次只有三、四個朝鮮當地電視頻道。

朝鮮的主要報刊有朝鮮勞動黨中央委員會機關報《勞動新聞》，內閣政府機關報《民主朝鮮》，朝鮮勞動黨中央委員會機關月刊《勤勞者》雜誌，另外還有《朝鮮人民軍》、《青年前衛》、《平壤新聞》等報。朝鮮外文綜合出版社以多種外文出版雜誌《今日朝鮮》和畫報《朝鮮》。此外，朝鮮還發行英文和法文週報《平壤時報》。朝鮮中央通訊社簡稱朝中社，是國家通訊社，一九四六年十二月五日成立，發行日刊《朝鮮中央通訊》等。朝鮮中央廣播電台是國家廣播電台，一九四五年十月十四日成立，除用朝鮮語廣播外，還用多種外語對外廣播。

李春姬播報金正日病逝的重大新聞。

在朝鮮，媒體宣傳是促進國家建設的強力武器。從朝鮮中央電視台到活躍在田間地頭的文藝宣傳隊，都肩負著傳遞領袖和黨中央聲音的使命。以朝鮮中央電視台《新聞聯播》為例，一般僅有一個播音員。節目片頭，屏幕上先出現平壤大同江邊的「主體思想塔」，當「主體」兩字閃爍一陣金光，播音員會欠身低頭向觀眾致意，新聞播報開始。一般而言，《新聞聯播》的內容大抵是：世界各國人士對朝鮮最高領導人金日成、金正日、金正恩的讚頌；國內各條戰線事蹟和經驗；韓國民眾反對外來勢力、渴望南北統一的消息；還有天氣預報。國際新聞在《新聞聯播》中所占比例極小，一般安排在其他時事節目中。

朝鮮重要而特大新聞、中央領導人的活動及政府發表聲明，都由朝鮮中央電視台女主播李春姬主持。李春姬是外國人最為熟知的朝鮮新聞主播，也是朝鮮人最為信任的新聞主播。金正日在「視察途中」突然病逝的消息，就是她播報的。二〇一一年十二月十九日，她身著黑色朝鮮傳統服飾，用顫抖的聲音，流著淚宣告這一消息，「這是黨的最大損失，我們民眾和國家的最大悲痛。」她抽泣著說，國家必須化悲痛為力量，戰勝困難。電視台停止正常的節目播出，反覆播放李春姬的這段新聞。

世界各國引用朝鮮重大新聞，往往用的鏡頭，就是穿著朝鮮服的李春姬在播音，二〇〇六年十月九日朝鮮核子試驗時，李春姬身穿米色正裝宣讀聲明書。二〇一〇年十一月二十三日下午，朝鮮和韓國發生令世界震驚的炮擊事件。這一天上午，朝鮮中央電視台播出的新聞中，朝鮮女主播李春姬鏗鏘有力的嗓音，再度震撼世界。她字正腔圓，語調激昂：「如果韓國膽敢闖入朝鮮領海〇・〇〇一毫米，朝鮮人民軍將毫不猶豫地作出軍事對應予以打擊。」

中國網民對此評論說：「感覺從她嘴裡說出來的不是語言，而是子彈，當下流行說『讓子彈飛』，她那一個個詞，宛如子彈一顆顆射向敵人，讓敵人畏懼」，「她的聲音，凶惡得像要從電視裡出來扔東西，用一句現在的流行語說，『太給力』了。」

李春姬是個「霸氣」的主播。

這位朝鮮家喻戶曉的女主播，在韓國也特別有名。她全權負責朝鮮的對外聲明報導，世人也就是看她的形象，知道朝鮮又發生了什麼大事，嚴厲譴責韓、美、日，往往由她嘴中播出。因此，她成了一塊對外「招牌」。用朝鮮官方的評語說，她「嗓音鏗鏘有力、穿透力空前，風格莊重嚴肅，且召喚力極強，擁有出眾的口才，每當發表聲明、講話時，她精神飽滿，能讓敵人膽戰心驚而肝膽俱裂」。

朝鮮人說，「李春姬的聲音比炮聲更有力」，讓聽眾感到震撼。從朝鮮逃往韓國而成為電視名人的金龍（Kim Yong，音譯）說：「她的聲音慷慨激昂，嗓子強勁有力，用朝鮮人的話說是『震動整個螢幕』。我第一次聽韓國主播播報新聞時，感覺就像是聽媽媽和爸爸在房間裡閒聊。韓國主播有時竟然會犯結巴，這在朝鮮是不可想像的，朝鮮的主播絕對不會，否則就會下崗。」

關於金正日的報導都由李春姬負責，她主要主持朝鮮中央電視台晚間八點新聞節目。李春姬善於根據報導內容，適切地更換語調和語氣。當播讀美國和韓國、日本相關報導時，便使用嚴肅而激昂的語調；當傳遞金正日委員長的動向時，則瞬間轉換為莊重而欣喜的語氣，金正日在軍事基地、在菜田農地、在水庫煉鋼廠，她播出時的語調，洋溢著濃濃自豪感。

李春姬認為，每一個主播都應該有自己的個性，讓觀眾一眼就能辨別。播音方式要和內容匹配，有些新聞必須讀得充滿戰鬥性，有些新聞卻也未必。比如讀朝鮮民主主義人民共和國，不要只是在喊，沒有感情，沒有對象，過去是這樣，現在我們要把觀眾作為對象，像說話一樣，溫柔地說話。

李春姬的同事，都以她為楷模，研究她，仿效她。朝鮮《新聞聯播》播音員有一個共同特點，端莊大方，口齒清晰，尤其是報導重要新聞時，情緒飽滿，慷慨激昂。在朝鮮沒有所謂的「國嘴」、「名嘴」之說，這個國家提倡集體主義，一般情況下，不會對某個播音員個人作宣傳或評選。

現年六十九歲的李春姬，一九四三年生於江原道通川郡一個貧困勞動家庭，從平壤話劇電影大學表演系畢業後，自一九七一年二月以來，在朝鮮中央電視台已擔任四十年播音員，曾榮獲作為朝鮮播音員最高榮譽的「人民廣播員」稱號和「勞動英雄」稱號。《朝鮮》月刊說，早年，金日成就以「溫暖的愛和信實」栽培李春姬。

二〇一一年十月十九日晚上八點《新聞聯播》，李春姬播完俄羅斯塔斯社專訪金正日的新聞後，「失蹤」了五十天，始終沒有再露面，取代她的是一名男性主播。這麼長時間沒有在螢幕露面，實屬罕見，引起了朝鮮觀眾的議論。直到十二月十九日，金正日病逝，她才重新露臉。其實，她已退居幕後。朝鮮法律規定的退休年齡是男性六十歲、女性五十五歲。但是，像「人民播音員」這樣的人才，只要身體條件許可，就能繼續工作。當局認為，這些「英雄」的豐富經驗和發揮傳幫帶作用，是其他人不可替代的。

二〇一二年一月二十四日春節之際，中國中央電視台罕見播出對她的訪問。她特別用和緩的語氣，向中國人民拜年：「春節是中、朝兩國人民共同的節日，春姬很高興，能透過我們的鏡頭，向中國人民送上一份節日的問候。」李春姬在電視中以其「鏗鏘播報」為大家所熟悉，而此時的李春姬，難得演繹「溫柔播報」。在台下，她顯得和藹爽朗。這是我第一次看見她的笑容。她接受電視訪問時，坦露了朝鮮中央電視台更換主播的原因，說是為了培養新人。

王牌播音員李春姬說，「我現在播新聞少了，看到年輕的同事很漂亮，螢幕上確實需要漂亮年輕的。」

要成為朝鮮中央電視台的新聞主播，可說是「難如登天」，需得到中央和決策人的同意才能上鏡。他們不僅在專業上要異常突出，更要在政治上敏感而忠誠。

李春姬享受「英雄特殊待遇」。她家在平壤「環境幽雅的高級住宅一區」，與丈夫和兩個兒子、兒媳、孫女一同生活。現代式的住宅、高級轎車，都由國家贈送給她。

在朝鮮，播音員頗受重視，享受的政治和生活待遇很高。上世紀九〇年代，朝鮮經歷「苦難的行軍」的歲月，金正日就下指示：不管多艱苦，也要最大限度地保證和滿足播音員們的需求。在朝鮮，電視節目主播享受的是「特級待遇」，住宅、家電、轎車，都是國家配給或獎勵的。在重要節日或紀念日，中央常常會給有突出貢獻者或業務頂尖分子發送被稱作「將軍給的禮物」，小到進口食品，大到家用電器。「人民播音員」都擁有國家贈送的屬於自己的進口轎車。在平壤最有名的休閒娛樂場所暢廣園美容院，朝鮮的女播音員有優先美髮美容的特權，在這裡蒸桑拿，享受美食。平壤服裝研究所研製的最新服裝，也先由她們免費試穿，或以極低價格提供給她們。

上世紀九〇年代，我曾到一位朝鮮功勳播音員家中做客。那天恰逢朝鮮領導人金正日生日，政府發給這位播音員的「禮物」中有海鮮罐頭、洋酒等進口高級食品。他家裡的彩色電視和錄影機等家電，也是主管部門獎勵的。這位功勳播音員的家中牆上，懸掛著金正日的親筆題詞，內容是「再接再厲」。那天，走進朝鮮中央廣播電視委員會大院，院子裡停著幾輛嶄新的日本進口車，朋友告訴我，這是給幾位人民播音員專門配備的。為了保證出行安全，政府還專門安排司機為他們開車。尚沒有自己轎車的播音員，則由單位安排專車負責接送上下班。

在朝鮮，這些螢幕上的菁英們擁有極高人氣，女主播們的新髮型往往成為朝鮮女性效仿的對象，電視主播們還引領服裝的流行趨勢。

朝鮮的播音員主要畢業於朝鮮名牌大學，如平壤話劇電影大學播音系、金日成大學語文學院語言系，或者從每年一度的全國播音主持大賽、口才競賽獲獎者中選出。平壤話劇電影大學播音系從一九七三年開設，已培養上百名畢業生。從學生的選拔到招生，都經嚴格程序。學生要通過播音技巧、外貌長相、發音等初選後，才能參加正式考試。

對播音員的業務要求也相當高。發音的準確、好的節奏感和高素質，是他們必備的條件，而思想上的「先進性」更是他們的主要特點之一。播音員們工作壓力大，競爭也激烈。要成為一名優秀播音員，不僅在業務上要不斷提高，更要在政治上領先他人一步。定期或不定期的業務能力考核，讓媒體人不能有絲毫的鬆懈。

說起著名播音員，除了李春姬外，朝鮮人往往會提起已故「人民播音員」李相壁、全亨奎（皆為音譯）。李相壁是朝鮮播音理論的奠基人，可稱得上是朝鮮播音界泰斗級人物。李相壁所著的《話術通論》等有關語言技巧和語法的專著，成為朝鮮廣播人的「經典教科書」。李相壁是朝鮮開闢現場直播先河的代表人物。他旁述的風格，親切自然而充滿激情。早在一九六六年英國世界杯朝鮮隊淘汰義大利隊而進入八強的關鍵之戰，就是他現場解說的。這場直播被稱為「朝鮮最經典的現場解說範例」。他病重住院後，黨和政府指令全力以赴救治。

另一位男播音員全亨奎生於一九三四年，他除了曾是重要新聞節目的主播，還是朝鮮中央電視台名牌節目「歌詠比賽」、「猜猜看」等節目的招牌主持人，獲得「人民播音員」、「勞動英雄」稱號。金正日多次接見他，高度評價他的播音水平，二〇〇六年去世時，金正日還送花圈緬懷這位播音天才。

二〇一二年四月，朝鮮正式掀開「金正恩時代」的一頁。朝鮮電視台播放長達五十分鐘最新製作的金正恩紀錄片，播出慶賀「太陽節」、閱兵、觀看演出等系列活動中金正恩新聞片。耐人尋味的是，這些新聞播報時，不再是朝鮮領導人新聞專用的「鏗鏘女主播」李春姬，而是一位聲線柔

年輕的新主播。

美、笑容甜潤的神祕女主播。

她身穿粉紅色朝鮮服上衣，搭配黑色朝鮮服裙，語調平穩而沉著，與過去朝鮮電視台主播們激昂煽情的播音風格，完全不同。年齡或許是一個原因，金正日時代以雄辯激昂的語調充當那一頁的發言人；當下的朝鮮，步入年輕的金正恩時代，新的一頁需要新面孔，需要年輕主播為金正恩代言。

據悉，這名女主播二十多歲，一頭長髮，與短髮激昂的李春姬相比，不僅形象甜美，語調也平穩柔和。看來，金正恩顯然是想樹立有別於父親的新形象。

第十四章 這七個月，女人必須穿裙子

優雅的平壤女子。

平壤治安不錯，據說，小偷很少，在大街小巷的住房窗戶，根本就不用安裝防賊的鐵柵欄。我不止一次目睹，在公共場所洗手間，女廁排隊很長，直到廁所門外，這是亞洲國家常見的現象，但令我訝異的是，這些女子入廁時，就將自己的提包掛在洗手間門外的掛架上，完全不擔心會被偷。平壤沒有吸毒者，也不見乞丐和流氓。能生活在平壤的市民，都是政治審查過的「好人」，經濟上也還算「富裕」的。朝鮮，沒有流動人口，戶籍嚴格管制。外地朝鮮人不能隨意進入平壤，需要證明和介紹信，這和上世紀八〇年代初之前的中國完全一樣，你要出差北京公幹，必須有單位介紹信才能在旅館住宿。

平壤街景有序而空曠，城裡四處是數十層的公寓，但遊客不准進入。公共場所沒有人大聲喧譁，哪怕是在下班高峰時間的地鐵裡，平壤人也都嚴格遵守秩序。朝鮮人的這種文明道德，讓許多外國人改變了對這個國家的看法。平壤大街上沒有垃圾桶，因為沒人會隨地扔垃圾，在平壤那麼多次，也沒見有人隨地吐痰。

太陽節那天，走過萬壽台議事堂和萬壽台藝術劇院前的廣場，來到金日成廣場，一群朝鮮女子身著節日才穿的色彩繽紛的民族服飾，在音樂伴奏下，圍著圈跳著舞蹈。我誤以為是政府組織的歡慶金日成誕辰日。朝鮮朋友告訴我，這都是自發的，以表達對領袖的懷念。

儘管朝鮮經濟困難，但平壤街頭的市民並不如外界傳言的那樣營養不良、衣衫襤褸。與十多年前來平壤所見，變化最明顯的是大街上朝鮮人的著裝。女性裝扮豐富多采，遠超乎外國人想像，男人則多數穿西裝。朝鮮人喜愛白色。節日喜慶喜穿傳統服飾，男穿高雅長袍。以往路上最耀眼的是軍人多，個個精神，即使獨行，也是挺直腰板。不是軍人的朝鮮男人，幾乎都愛穿暗淡軍綠色中山服。如今走在城市的大街上，夏日，男人們穿的大都是各色長短袖襯衫，配藍色或黑色西褲。很多中年和年輕女子的服飾相當時尚，她們似乎更喜歡穿高跟鞋。以前，朝鮮女性外出服裝，一律都是黑色裙子配白色襯衣。入秋，男性則多穿樣式統一的黑色或灰色短袖外套，乾淨索利，女穿高腰闊裙。

朝鮮女性無論老少，臉上不化妝而頭髮不梳俐落絕對不出門。因此，化妝品成為朝鮮姑娘最愛。隨著朝鮮對外貿易的增加，中國大眾品牌和國際知名品牌化妝品，紛紛搶灘進入朝鮮市場。卸妝油、洗面乳、柔膚水、眼霜……朝鮮姑娘們也開始對化妝品的細化功能有了了解。順應這一潮流，朝鮮國產化妝品中最為有名的兩個品牌，「春香牌」和「銀河水」，最近推出高檔系列。

平日在街上看到的女性，衣著得體，式樣新潮。現在女子穿的衣裙，什麼顏色都有，驕陽下戴各種帽子，下雨天穿各色雨靴。朝鮮最時尚的是戴彩色太陽眼鏡，撐花式太陽傘，穿粉紅色連衣裙和紅色雨靴。這種時尚，被朝鮮人視作「富裕」的象徵。這些時髦商品，以進口為主。

太陽節那天百姓穿著民族服飾圍著圈跳舞來懷念領袖。

平壤市政府曾有規定，每年四月至十月，婦女出門必須穿裙子，因為朝鮮最高領導人金日成生前說過，女子穿裙子最能體現美，平壤市容需要美。這儼然成了「最高指示」。其實，平壤四月和十月的夜晚氣溫還是很低，有時僅四、五度，朝鮮女人也真夠受的。現在這一規定似乎淡化了。女性穿褲，有三大禁：緊身褲，超短褲，喇叭褲。朝鮮勞動黨機關報《勞動新聞》曾載文〈穿著應方便且好看〉，要求女子穿「端莊的褲子」，一條一條列舉出可穿和不該穿的褲子。文章說，「在先軍時代生活文化日益美好的今天，我們朝鮮人民的著裝款式正日漸呈現多樣化。女性端正的褲子和男性的T恤，也在豐富發展衣著文化方面起到重要的作用。」

在平壤，我曾聽一位女翻譯說，朝鮮女子大部分時間都穿裙子，因此朝鮮人習慣把男子叫「褲子」，未婚男子被尊稱為「新褲子」，離過婚的則被戲稱為「舊褲子」，再次離婚的被貶為「破褲子」。當時，我沒分辨出她說的是否為笑話。

早幾次來平壤，一到晚上，整座城市沒有光亮，除了家庭隱隱約約的燈光外，沒有其他亮的燈。現在好多了，一些大建築外牆還打上射燈，主要幾條大街上也偶見霓虹燈。不過，平壤電力依然奇缺，除幾條主要大街外，整座城市的街燈幾乎都不亮。據朝鮮官員透露，他們正準備發展核能發電廠，在礦區發展地熱發電廠。

平壤女子喜歡穿套裝和高跟鞋。

朝鮮的電力始終緊張，發展水電是朝鮮提高電力生產的主要途徑。當下朝鮮，最大水電工程無疑就是熙川水電站了。熙川水電站位於慈江道熙川市，距離平壤東北一百八十四公里。就熙川水電站的興建，金正日多次作過「指示」。在朝鮮官方語境中，熙川水電站是集全黨全軍全民之力建設的。它建成後的電力，主要供應平壤。大壩基礎混凝土澆灌工程原計畫需五年時間，結果僅用了五個月。金正日高度評價建設者，命名這一工程建設速度為「熙川速度」。大壩計畫在二〇一二年金日成百年誕辰之際完成。

當局計畫二〇一二年在平壤建設十萬套住宅，熙川水電站正是與其配套的供電工程。二〇一二年，朝鮮當局定名為強盛大國元年。按最初計畫，平壤展開大規模城市改造，二〇一〇年底、二〇一一年底、二〇一二年四月，在平壤市分別竣工三・五萬套、三萬套、三・五萬套住宅。由於整個計畫資金高達數十億美元，當局實在無法籌集到這筆巨資，因此，無奈縮減計畫，建設目標下調至二・五萬套住宅。不過，與已故金日成相關的建設工程不受影響。二〇一一年一月至四月，當局改造了通往安放金日成遺體供人瞻仰的錦繡山紀念宮的公路，五月修繕了矗立在錦繡山紀念宮前的高二十三公尺的金日成銅像。在平壤市中心的萬壽台地區，除了計畫新建高達七十七層的超高層公寓外，還在建劇場、公園等生活娛樂設施。

朝鮮當局將熙川水電站視為建設「強盛大國」最前線，是「強盛大國」的「最偉大的」象徵性標誌。令人不解的是，前些日子，有外國遊客在遠方對著水電站工地拍照，卻被警衛嚴厲禁止。

正如前文所敘，外國遊客用相機拍攝的管制，當下遠不如十多年前那麼嚴厲了。不過，我在採訪朝鮮最大的集貿市場，平壤統一大街市場，朝方人員再三警告我不准拍照。

朝鮮市場正在進一步擴大，平壤新建了多個頗具規模的自由貿易大市場，三個中、朝合夥經營的大型百貨商場，兩個合夥經營的酒店。合夥經營方式是中方負責進貨，朝方負責銷售和經營管理，利潤分成。其中一個農貿大市場在樂浪區的統一大街上。

統一市場主體由三個緊挨著巨型磚砌的拱形大棚組成，總面積近萬平方公尺，攤位約一千三百個。市場周圍還圍有一圈小型店鋪，另有一個機動車和自行車停車場。市場的三個大廳，被劃分為三個交易區：賣蔬菜、禽肉、水產的；賣副食和鞋帽服裝的；賣五金、電器、家具和工藝品的。每個大廳都設有管理處、外匯兌換所和飲食服務部。

我跟著一位中年婦女走進市場，人頭湧湧，進去要往裡擠，通風不是很好。沒有想到的是，四十多歲的朝鮮女人完全主導了「市場」，無論賣蔬菜、賣衣服的，這些攤檔主人個個面容端莊，細細看去，每個人都化著淡妝，臉上敷了薄薄的粉，頭髮梳得整整齊齊，看得出眉毛都刻意修整而淡淡描過。朝鮮女人愛美的天性可見一斑。我緊隨那位中年女子來到蔬菜攤檔，她低頭挑了幾個青椒和一把白菜，和攤主一陣對話，似乎是在討價還價，而後付了現金，又隨著人潮擠進一個小攤，買了兩條明太魚。

集貿市場裡貨品應有盡有，家用電器、日用百貨，穿的用的。吃的方面，冷凍的，保鮮的，水產品、糕餅、肉腸、泡麵、巧克力……普通的大型百貨商場空空蕩蕩，但這裡的市場卻像萬花筒，折射出朝鮮人的生活，包括食品供應、服裝趨勢的變化。

副食品大多是散裝的，那些橘子味兒硬糖、動物造型餅乾，是上世紀五、六〇年代中國的記憶，在這裡銷售情況卻還不錯。朝鮮的各種人參製品，參酒、參茶、參湯、參粉最為常見。粗略計算，這裡的蔬菜價格比中國貴二成，水產價格則便宜二成。當時朝鮮人均工資三千至一萬朝元不等（按當時黑市匯率，三百朝元等於一元人民幣），看來，統一市場的商品並不便宜。不過，還是有不少朝鮮人拎著大包小包走出市場。

統一市場可謂朝鮮人口密度最大的場所了，幾千人同時在此買賣。比起前幾年的蕭條，如今朝鮮市場上的商品已豐富不少。朝鮮實行單休日制，工作了六天，朝鮮人都愛在週日逛逛市場，這也成為平壤人的一種休閒方式。

這統一市場，是金正日於二〇〇三年三月九日親自選址。他指令在平壤市樂浪區統一大街一側的一塊空地上設計建造大型集貿市場，即統一大街市場。四月一日，朝鮮政府又正式將「農民市場」正名為「市場」，並允許家電、輕工等產品入場交易。九月一日，

統一市場。

統一市場正式對外開放。「市場」作為商品經濟的新形式，得到政府認可，百姓也相當歡迎。據說，這兩年發生了變化，政府允許外國人去統一市場購物。

除了農產品，統一市場裡的貨品，至少八成來自中國，特別是服飾鞋帽。這些商品有些是朝鮮本地企業生產的，也有一些是中國成衣商在朝投資的企業生產的。在此還能看到一些沒有商標的服飾，這些都來自韓國。韓國在每年的對朝援助物資都有大批服裝，而在韓國有親戚的朝鮮人，也常收到輾轉寄來的衣服，這些韓國服飾漸漸流入市場。商販們把商標剪掉，這在朝鮮已成為韓國貨的一個「標誌」。

在統一市場，上百台款式陳舊的二手家電不乏問津者。在朝鮮百貨商場，一台全新的中國產的長虹二十五吋彩色電視機價格，相當於朝鮮一個普通政府幹部一年半的工資收入，因此二手家電在朝鮮頗有市場。作為新貴的中國新飛電器在此設有專賣店，小小門面卻擠滿了人，欣賞各種電器的功能，不時詢問價格。中國輕工業聯合會評出二〇〇九年度中國輕工業各行業十強企業，新飛電器入圍家用電器行業十強。位於黃河之濱的河南新飛電器有限公司的冰箱、空調等產品，二〇〇六年在朝鮮市場的占有率已達四成，新飛冰箱是最早進入朝鮮市場的中國家電。

地處平壤郊外的平城市場，是朝鮮最大的非官方批發市場。持續多年的饑荒，使朝鮮政府放寬了對食物供應及其他一些主要經濟活動的管制。百姓開始自發地交換食品和貨物，由此催生了非官方市場經濟形式。

朝鮮百姓對中國製造的電視機、洗衣機、電風扇情有獨鍾。從市場購買力看，百姓生活水平有了提高，購買的貨品檔次也在提高，以前需要的商品檔次很低，所謂「物美價廉」，比如黑白電視機；現在要的是彩色電視機，要買的是電腦、冰箱，需求量很大。

朝鮮的商店可分為四類。一是貼近居民的社區商店，主要銷售基本的油鹽醬醋和日用品。我曾經藉口上廁所，去過一家居民區內的商店，十幾平方小店，貨品之雜讓人瞠目。我看到的有大袋的魷魚乾、兒童玩具、文具，一盤熟烤雞就放在文具旁，緊挨著的居然是電腦硬碟。在櫃檯對面，還有兩台電腦，有人在玩小遊戲。二是路邊的售貨亭。三是百貨商場。四是涉外商店，專供外國人，或持有外幣的特權階層。外國遊客買得最多的是香菸和人參，持外幣的本地人主要購買中國產的餅乾、糖果，還有電器。朝鮮國營大百貨商場裡的貨品與早些年相比，也開始豐富了，可見，朝鮮貿易進口的迅速增加。

來統一大街農貿市場前，一再被告知「不能拍照」。農貿市場能反映朝鮮的巨大變化，為什麼不能拍照呢？我纏著陪同人員，要求開禁。陪同人員無奈之下，多次向上級機構打電話請示，半小時後，不知來自哪方面的指令：市場內不准拍照，允許在市場外一百公尺的地方，對著市場建築外形拍照。這總比什麼都不能拍為好。於是，急匆匆對著這藍色外形的農貿市場，我拍了多幅照片。

一天下午，參觀活動結束得早，間隙有一個小時空檔，我又偷偷溜出飯店，在大街小巷隨意走，朝方人員發現我不在飯店房間，便緊張得四處尋找。當我返回，剛跨進飯店大門，朝方人員佯裝笑容，把我嚴厲地「訓」了一頓，警告說下不為例。

在我離開朝鮮的前一天傍晚，朝方人員說：「你這些天拍攝的底片，得交我們代為沖洗，以便檢查，因為上面知道你曾經多次私自外出。」一位朝鮮朋友用中文在邊上悄悄對我說：「這只是例行公事，應付上面而已，你不一定全部交出，挑幾卷送審查就行。」不過，我還是相當「配合」，如數交出底片，包括數位相機。最後被告知，底片沖洗出了，數位相機也檢查了，每一張照片都沒有「政治」問題。朋友說，對我已經是很客氣的了。按慣例，自行外出逛街的外國人得寫一份「檢討書」。我則是倖免了。

外人總是不明白，朝鮮究竟有沒有「市場經濟」。其實，「市場」在朝鮮早已有了。最初那些年，朝鮮人說的是「農民市場」，即農民銷售自產的農副產品以貼補家用的場所。漸漸地，農民把一筐土豆或一籃雞蛋帶進城，在狹窄的小巷售賣。再漸漸地，城裡的小商販也開始收購農民的糧食、蔬菜、水果及其他的小農產品，「市場」便漸成氣候。

朝鮮人用餐，每天都少不了醬和醬油。說說醬和醬油，或許對朝鮮的「市場經濟」和「計畫經濟」就有更深的理解。一九九三年，朝鮮將各市和郡的食品工廠的名稱統一改為「基礎食品廠」，對廠房和生產設備作了全面改建，實現生產現代化。金日成一九九四年七月去世後，接二連三的經濟危機，導致以糧食為主原料的基礎食品廠全面停產。十四年後，全國各道的基礎食品廠生產才重新啟動，向市民供應醬和醬油。各道所在的基礎食品廠，兩江道，咸興市、平城市等地，從二〇〇八年十月開始生產，每月每戶供應一公斤醬油和一公斤醬，供應量和上世紀九〇年代金日成在世時差不多。

這十多年裡，政府偶爾利用外界援助的黃豆和豌豆等生產醬和醬油，供應給部隊突擊隊和平壤市，作特殊供應。二〇〇八年十二月全面向普通市民供應，是金日成逝世後第一次。用政府的話說，「國家如此關注人民生活，是因為今年農業收成不錯」。居民們期待以後供應醬和醬油，能恢復正常。

惠山基礎食品廠每天生產原材料，有大豆和小麥共二十二噸，能維持這樣的水平，就能向惠山市居民每月提供醬油和醬各一公斤。惠山基礎食品廠醬發酵罐的容量為六十噸，但考慮到糧食供應狀況，每天只有二十二噸的原材料進廠，因此僅僅啟動部分生產設備。當時，朝鮮對每戶配額的國家定價：醬一公斤一百五十朝元，醬油一公斤八十朝元。基礎食品廠生產的醬，在自由市場上也有銷售，價格是一公斤三百朝元，個人家裡釀製的辣椒醬一公斤售價為九百朝元。直到二〇〇九年初，還只有道所在地的基礎食品廠恢復生產，因此在郡或農村每家每戶，當時尚沒有醬油和醬的政府配額。

當然，十多年後的今天，醬和醬油的供應早已改觀。在平壤街頭或居民小區裡，常常看到一些日雜小店或商亭，那些藍白雙色條紋的四方帳篷，已成平壤街道一景。小店以出售食品、香菸和普通日用雜品為主，雖種類有限，但畢竟方便。售賣蔬菜的小車，專營熟食的商亭，在平壤時時可見。夏日，賣各式冷飲，一二十朝元一枝冰棒，六七十朝元一枝蛋卷冰淇淋，人氣不錯。冬天，這些小帳篷裡售賣烤番薯和烤栗子，熱騰騰而甜絲絲的香氣四溢，路人掏錢買，番薯暖在手，平壤人美滋滋的，簡單也是幸福。

讓外國人難以想像的是，我最初來平壤的那兩次，開在居民區的小店，只准向指定區域內的居民供應商品，對購買者有嚴格規定，外國人絕對不允許買。如今這些「藩籬」早被打破，商販並不過問來買者是誰，只要價錢合適就賣。

今日朝鮮，韓國速食麵的代表性品牌「農心辛拉麵」人氣極高。「農心辛拉麵」的碗麵售價三千五百朝元左右，袋裝售價二千五百朝元左右。幹部家庭或有錢人家，拿中國速食麵與韓國速食麵相比，後者更被看好。「辛拉麵」比朝鮮人常吃的玉米麵條滑嫩，朝鮮人舌尖對辛辣味較強的麵湯情有獨鍾，吃過的都說，「辛拉麵」的麵湯調料放得多，更好吃。

韓國速食麵是從本世紀初開始進入朝鮮。當時韓國提供的對朝援助物資中，包括名叫「大排檔」的袋裝速食麵。當時的朝鮮居民們還不知道「辛拉麵」。後來到中國探親的朝鮮居民，熱衷購買「辛拉麵」帶回朝鮮。

當時朝鮮的海關並沒對韓國產品實施太多限制。到中國探親或工作的朝鮮人將「辛拉麵」作為禮物送給上級和親友，隨著走私者將大量「辛拉麵」走私到朝鮮市場上出售，朝鮮市民開始認識「辛拉麵」。尤其是二〇〇四年「龍川爆炸事件」後，韓國向朝鮮提供的救援物資中包括大量在中國產的「辛拉麵」。朝鮮市場上也開始出售這種速食麵。當時送給朝鮮的中國產「辛拉麵」超過三萬箱。每箱二十袋，總計超過六十萬袋的「辛拉麵」步上朝鮮人餐桌。雖然大多數流入軍隊，但也有不少又從軍隊再次流入民間市場。

有趣的是，據朝鮮人說，「辛拉麵」的人氣高漲，恰恰始於二〇〇七年當局將「辛拉麵」列為禁售商品之際。成了禁售商品，反倒刺激人們對「辛拉麵」的欲求。不久當局對韓國商品嚴加管制，商販們只能暗地銷售。由於買的人多，賣的人少，「辛拉麵」的人氣越發高漲。

一袋速食麵售價二千五百朝元，等於是朝鮮普通勞動者的半個月薪水。但幹部階層和有錢人家大多喜歡韓國產的「辛拉麵」。一般市民們有了錢也想嘗嘗韓國「辛拉麵」的味道，因此，人們稱「辛拉麵」為「錢拉麵」。

在平壤，有錢人常去的餐廳是一家正宗義大利速食餐廳，它於二〇〇八年底在平壤落戶，是全球風味美食首次進駐朝鮮。這家餐廳向市民提供道地的義大利披薩和通心麵。餐廳所需原材

義大利快餐店。

料，包括麵粉、黃油和奶酪都從義大利進口。廚師雖為朝鮮人，但都曾在義大利那不勒斯和羅馬學廚藝。

朝鮮首家快餐店是二〇〇九年六月在平壤開張的。它座落在牡丹峰區長麻乙二洞，隔十字路口臨近「4・25」文化會館。它不是太好找，一樓是別的商店，二樓才是這家名為三台星的快餐店。餐廳內部裝飾及格局，與中國的西式快餐店大同小異。店內面積不大，能容納四十多名食客，還有一個帶小型滑梯的兒童遊玩區，顧客座位大都設在靠窗的位置，在享受美食的同時，可欣賞窗外風景。

三台星速食店。

我走近點餐檯，兩位女服務員熱情打招呼，將一張帶圖片的食品點餐示意表遞到我面前。二十多種套餐，除漢堡、薯條、華夫餅乾、炸雞翅外，還包括朝鮮泡菜、朝鮮生啤酒等朝鮮特色的食品。套餐名都用朝文標示，其中漢堡譯成「麵包夾牛肉」，魚肉漢堡則譯成「麵包夾魚塊」，服務員說是為了使朝鮮顧客清楚了解食物而特意如此翻譯的。這裡的價格和中國差不多，一份「麵包夾牛肉＋薯條＋泡菜」合四十元人民幣。它主賣漢堡、二十多種食品套餐和汽水等軟飲料，生意火爆，食客盈門，平均每天接待二百五十人，餐廳依朝鮮人口味用本地原材料製作。

這餐廳是朝鮮方與一家新加坡公司合辦的，後者負責培訓員工和提供設備，朝方則提供場地、人員和主要食物原料。據餐廳朴姓女服務員說，來吃速食的既有朝鮮顧客也有外國顧客，以朝鮮顧客為主。店裡共有八名服務員和四名廚師，服務員都是二十歲上下的女性。外國遊客邊吃快餐邊欣賞熱情而靚麗的女服務員身影，也成了這家餐飲店的一道美餐。

三台星快餐店距離中國駐朝鮮大使館不遠。大使館牆外不遠有個賣蔬菜的小店，外交官家中臨時缺點蔬菜，不用開車，出門走幾十步，便解決問題。

外國餐廳走進平壤，平壤餐廳也開始走向外國。二〇一二年一月下旬，一家名為「平壤海棠花」的餐廳在荷蘭阿姆斯特丹開業。這是由朝鮮人在西方國家開設的首家餐廳，餐廳廚師和服務員都來自朝鮮，餐廳只提供分別定價為四十九歐元和七十九歐元的套餐，並有朝鮮歌舞表演。據悉，這家餐廳由兩名荷蘭企業家同朝方合作開辦。

從拒絕走進，到走進走出，這就是世界潮流。

第十五章

羊角島賭場和世上最大爛尾樓

世界第一爛尾樓柳京飯店。

聽說平壤的羊角島國際飯店內，有平壤唯一的澳門葡京式的娛樂賭場，還有一家有「特殊服務」的按摩場所，那還是二〇〇五年的事。當時，中國遊客被安排在這家飯店投宿的還不多。如今，很多中國內地遊客就住在那裡。賭場還在，桑拿按摩場所也在，只是不知道是否還有那「特殊服務」。

當時，我相當好奇，在朝鮮還有「特殊服務」？我事先查閱地圖，從平壤飯店如何步行去羊角島。我不能坐出租車。當時平壤的出租車很少，聽說，一個外國人如果沒有朝方人員陪同，獨自坐出租車前往羊角島，司機會當即與有關部門匯報，你是不可能成行的。如果從羊角島國際飯店出來，在沒有朝方人員陪同下，出租車司機同樣不會載你上路。平壤人上上下下都這般維護「國家尊嚴」，朝鮮這個民族，對外有強烈的一致性。據說，這兩年有所改觀。

晚上十點，我獨自溜出飯店，依地圖找目標——羊角島，大同江上，島狀如羊角。平壤電力奇缺，江邊街燈不亮，一片漆黑。那晚好在還有月光，我循著大同江沿岸，沿著烏灘江岸街經金策工業綜合大學，步上羊角橋，進入羊角島。

羊角島國際飯店是全朝鮮最豪華的三個特級酒店之一，還有兩個是高麗飯店和妙香山賓館。高麗飯店位於大同江西岸的平壤鬧市區，與羊角島飯店隔江相對。妙香山賓館則位於離平壤兩個多小時車程的妙香山。朝鮮的賓館酒店不分星級，特級賓館相當於五星級，一級賓館則相當於三星級。羊角島國際飯店被水環繞，是在大同江中的羊角形江心島上建起的酒店，景色宜人、空氣清新。一九九五年七月二日竣工開業。占地面積十萬平方公尺，總建築面積約九萬平方公尺，高一百十七公尺，四十七層樓。羊角島國際飯店所屬的九千平方公尺的高爾夫球場和划船場，釣魚台備有遊船供客人遊玩。

因小島處於江中心，羊角島飯店前往平壤市區的唯一通道是羊角橋。朝方只要在羊角橋派人站崗，就很容易阻止島上外賓外出以及島外平壤百姓上島。當年，朝鮮普通百姓很難進入羊角島飯店。香港人對此或許難以想像，其實，上世紀七〇年代，在上海，普通市民就很難進入接待國外遊客的國際飯店、和平飯店，除非由外國遊客帶領。

羊角島上總共只有三座大型建築物，即平壤國際電影會館、羊角島體育場和羊角島飯店。其中，最醒目的是羊角島飯店，不論是在大同江對岸還是羊角橋上，遠遠地就能看見高聳的羊角島飯店。

羊角島國際飯店。

酒店一樓是平壤娛樂賭場。

在平壤走夜路，根本不用擔心有什麼意外發生，搶奪、偷竊、殺人這類社會治安問題，連平壤人都很少聽到。經四十五分鐘步行，步入五星級的羊角島國際飯店，大堂和商場、超市都空蕩蕩的，賭場設在酒店的底層，朝鮮人不准入內。從賭場入口到賭場內，主要用中文標示路徑和提示，連英文都很少。

羊角島飯店，有桑拿、卡拉ＯＫ、書店、商店、各種風味的餐廳，一樓還有賭場。酒店的大堂位於酒店的二樓，十分華麗。在乘電梯下樓時，總是習慣摁「1」。其實「1」是地下一層，「2」才是大堂。因摁了「1」而誤入地下一層，見到那裡掛著用中文、英

大同江中心座落醒目的羊角島飯店。

文、朝文三種文字標明的招牌：「澳門餐廳」、「金泉島桑拿」、「埃及皇宮卡拉OK」。

見到一個大門緊閉的房間，門口牆上掛著「平壤娛樂場」五個大字。我用照相機偷偷拍了一張照片，沒用閃光燈。推開緊閉的大門，裡面燈火輝煌，金色吊頂耀眼，大理石的羅馬立柱，裝潢極其考究。迎面的一個房間，大約五十平方公尺，放置著一排排老虎機。再進入裡面的一間，那房子很大，大約有三四百平方公尺，安放了好多張墨綠色的長方桌子。與澳門或者越南的賭場相比，這裡不算有人氣。幾個人圍坐在長方桌四周，正忙於賭博。這賭場是澳門老闆投資開設的。朝鮮人不准進入賭場。來此賭博的，百分之九十五以上是中國人。一張賭桌上，僅一位來自北京的女人在小賭，另一邊，三個長相粗野的中國男人在豪賭，一個手臂上有紋身，另一個臉上有很長很深的刀疤。這裡的服務小姐和先生，幾乎都是中國人，領班是朝鮮小姐。

走出賭場右拐，是裝飾豪華的桑拿浴場所。入內問價，被告知有「特殊服務」，問來自哪兒的女孩，回答說是中國的；再問是中國的哪兒？回答說是哈爾濱和北京的；再問價，回答說，一小時「特殊服務」，需一百三十二歐元，含按摩和一杯飲料。這價格是北京的兩倍。既然女孩來自中國大陸，我就沒有要「服務」。

羊角島飯店功能齊全。酒店內有風格不同的豪華餐廳，有商務中心、禮品店、書店、郵櫃等。管理和服務人員幾乎都是朝鮮人，也有少量外國人。酒店房間裡，中央空調、軟床、酒櫃、衣櫃、梳妝台、保險箱、電視、電話，各種設施一應俱全，被褥乾淨，窗紗簡潔明快。衛生間也挺大，浴池有下水孔，大理石的洗面盆有下水管，白色陶瓷的馬桶有下水道。只是衛生間地面在施工時可能考慮室內的布局要求，才沒有另設地漏，但是不存在不能排水的問題。洗漱盒也是牙膏、牙刷、浴帽、香皂、梳子、浴巾、毛巾、杯子一應俱全。在客人入住三天內如果沒有要求，酒店只提供一套牙具，而不是每天更新一次牙具。如此出於節約或環保的規定，被外界訛傳為朝鮮缺少牙具了。

特級賓館都擁有自己的發電設備。雖然平壤經常因電力不足而停電，但特級賓館卻不受影響。特級賓館的房間裡裝有中央空調，一級賓館就沒有這些設備。比如西山飯店是一級賓館，座落於平壤郊區西山上，是一幢三十層的大廈，客房內只有電扇，沒有空調。酒店所有的下水管全都是銅管，而不是通常的塑膠管。這表明朝鮮盛產銅。也正如此，平壤萬壽台高大的金日成銅像全用銅鑄造，就連妙香山國際友誼展覽館的一扇扇重達一噸的大門，也都是用銅精製的。

飯店內掛著中文標示「埃及宮殿卡啦OK」。

羊角島飯店的四十七樓頂層是旋轉餐廳。從旋轉餐廳還可以看到大同江上另外兩個小島：在羊角島之北，有綾羅島，面積比羊角島大一倍；在羊角島之南，有頭老島，是三個小島中面積最大的。在此可俯瞰平壤市容，是欣賞大同江景色的最佳去處。旋轉餐廳門可羅雀，因為普通朝鮮百姓進不來，也消費不起，而住店的外國旅客大都由旅行社包餐。好在這裡是朝鮮國營的餐廳，不計成本。羊角島飯店有客房一千零一套，床位一千九百六十三張。其中特等客房十套，一等客房二十三套，二等客房九十套，三等客房八百七十八套。

羊角島國際飯店，是平壤大同江上具標誌性建築。在大同江兩岸，更多的是紀念性建築：主體思想塔、人民大學習堂、千里馬銅像、革命博物館、中央歷史博物館、民俗博物館……從朝鮮的紀念性建築樓群、地鐵，能讓人感受昔日經濟實力的一度輝煌，上世紀六、七〇年代，中國還不如朝鮮強盛。不過，今日朝鮮領袖紀念物的豪華，與百姓物質生活的匱乏，反差巨大。

平壤，作為朝鮮「革命的首都」，「朝鮮的心臟」，城市建設中全國首屈一指。平壤擁有諸多宏大而頗有氣派的紀念性建築物，許多建築物或者地名，是以金日成和他的思想的名字命名的。

主體思想塔是為慶賀金日成主席七十壽辰而修建的，於一九八二年四月十五日金日成誕辰七十周年之際落成。塔身一百五十公尺，混凝土建築的塔頂部，火炬高二十公尺。這個重達四十五噸的火炬用特殊天然燃料著色，在白天十分鮮豔奪目，在夜間更會自上而下閃亮，猶如一團熊熊燃燒的火焰。主體思想塔前，豎立著一尊高三十公尺，重三十三噸的群雕，是工人、農民和知識分子三人立像。他們高舉錘子、鐮刀和毛筆，作前進狀，象徵朝鮮人民在勞動黨領導下奮勇前進。

主體思想塔前，大同江水潺潺流過。這座塔是從底部向上一層一層用精雕細刻的天然白色大花崗石砌成。仔細觀察發現，塔身的前後各砌成十八節、左右面各砌成十七節，共計七十節。這象徵金日成七十壽辰。七十節石層總共用了二萬五千五百五十塊花崗石，這數字正是七十年天數的總和。七十和二萬五千五百五十，表達了朝鮮人民對金日成主席七十壽辰的頂禮膜拜。

朝鮮當局是玩弄數字的高手。來到朝鮮，就會在人們的日常生活中發現很多相同的數字，如「70」、「216」等等。別以為這是巧合，這些數字表達了朝鮮人民對領袖的追崇。朝鮮很多建築物有特殊的政治意義，而蘊含在建築物設計和施工中的一些數字，更直接表達了對領袖的崇拜。

凱旋門是為紀念金日成領導人民打倒日本帝國主義而建。一九四五年十月十四日，剛回平壤的金日成在此發表了重要演講，提出了著名的「有力出力、有知識出知識、有錢出錢，全民族緊密團結起來，建設一個新國家」的口號。凱旋門高六十公尺，寬五十二・五公尺，是世界上最高的凱旋

上：平壤的紀念性建築物之一，主體思想塔。
下：凱旋門。

門，建造規模、占地面積都超過巴黎和羅馬的凱旋門，聽很多朝鮮人自傲地說：「我們的凱旋門，比巴黎凱旋門高了十公尺。」也算為朝鮮人爭了口氣。平壤凱旋門南北方向有一拱形門洞，其邊緣鑲嵌了七十塊雕有金達萊花的石塊，表示凱旋門是在金日成主席七十壽辰之際建成的。

永生塔是朝鮮人民在金日成逝世後為表達對他的懷念之情而修建的。永生塔塔身前後都刻有銅鑄的「偉大領袖金日成同志永遠和我們在一起」的字樣，左右各有八十二朵金達萊花浮雕，象徵金日成一生走過了八十二個春秋。

友誼塔修建於一九五九年十月，象徵朝、中友誼。塔高三十公尺，由一千零二十五塊花崗岩和大理石砌成，意味著十月二十五日志願軍赴朝參戰紀念日。塔身正面嵌有「友誼塔」三個朝文鎦金大字，每個字重四十公斤，塔頂有一個銅質鍍金五角星，更重達五百公斤。塔底的紀念室三面是巨型油畫，分別畫著志願軍同朝鮮人民軍與美國侵略者的浴血奮戰，還有戰後重建家園，歸國時朝鮮人民送行的惜別情景。塔內有一個圓形石室，可進入塔身，石室中央放置一塊一噸重的大理石基座，裡面保存著十本志願軍烈士的名冊原本。中國抗美援朝有一百二十萬志願軍，三十萬將士把自己的生命留在了這片土地。「友誼塔」正面基座上刻有朝文寫成的碑文：「中國人民志願軍烈士們！你們高舉抗美援朝保家衛國旗幟，和我們並肩戰鬥在這塊國土上，打敗了共同的敵人。你們留下的不朽業績，朝、中人民用鮮血凝成的國際主義友誼，將在這塊繁榮昌盛的土地上永放光芒。」

在朝鮮，不少企業命名也頗有講究。走過大街，常常會看到「7月28日工廠」、「10月5日自動化綜合企業」等。外國人根本就不明白「7・28」、「10・5」這些日子的含義。

據了解，這些日子，有的是為了紀念金日成、金正日曾在這一天到工廠視察，有的則是代表兩位最高領導人，曾在這一天對該企業的工作，做出過重要指示。在平壤市內的大街上，經常會看到一些車牌號前三位為「216」的賓士轎車，這是朝鮮黨政軍領導人和中央各部門負責人的專車。一位政府官員曾對我解釋說：「二月十六日是金正日將軍的誕辰日，用216作為高級領導幹部專車的車牌號碼，充分表達了我們全黨、特別是高級領導幹部對將軍的尊重和忠誠。全黨、特別是高級領導幹部，都會無條件地向將軍所指引的方向前進。」

古名「柳京」的平壤，在市區，最容易看到一座直刺青天的巨型建築「柳京飯店」，它呈三角錐形，外表極像一座金字塔，斜面角度為七十五度，樓高一百零五層，混凝土結構，建築面積三十六萬平方公尺，是一幢高三百三十公尺的灰色建築物。建成後將擁有三千間房間、七座旋轉餐廳和一座觀景平台。如果當時建成，便是世界上第七高的大樓，還是除了紐約、芝加哥以外的首個高於一百層的建築。由此朝鮮就能擁有世界最高酒店、世界最大酒店、世界最大金字塔形建築物、世界最多樓層建築物四項建築紀錄。

朝鮮人常常為自己的「世界最大」、「世界最高」、「世界最長」、「世界第一」感到自豪。「世界第一」的情結，當然未必都該指責。這種「世界第一」的心態，一旦破裂底線，就是「弱國心態」。弱國心態的特點，一是喜歡誇大自己的成就和優點；二是不喜歡提及自己的缺點和不足；三是很介意別人的批評，不能冷靜反思。弱國心態的本質是缺乏信心。對國家而言，是弱國心態；延伸到個人，則是「弱民心態」：虛榮、自卑、嫉妒、逆反。不能正視現實，無法正視自己。朝鮮人要步向「強國強民」的健康心理，尚有很長很長的路要走。

再說說柳京飯店。

一九八七年大廈工程開工，原計畫一九八九年開始營業。但前蘇聯解體致使建立大廈的資金來源斷絕，此後大廈一直停工。上世紀九〇年代，朝鮮經濟進一步下滑，令大廈成為世界上最大的

「爛尾樓」。一九九二年完成結構工程後停工，近二十年始終為一混凝土空殼，未有裝上窗戶及外牆模板、亦無任何內部裝置。柳京飯店平頂後一直是平壤最顯眼的地標建築。

朝鮮當局對柳京飯店一度充滿自豪，以此與美國爭高低，向外國炫耀朝鮮實力。柳京飯店最初預算花七．五億美元興建，這是朝鮮GDP的百分之二。當時「亞洲摩天大樓」正熱，朝鮮政府此舉被視為跟風，尤其是韓國在新加坡投資興建Stamford飯店，朝鮮無疑有點不甘心。事實上，決定興建柳京飯店時，平壤每年只有數千名外國遊客，難以解釋為何要建造有三千間房間的大飯店。當時有評論認為，朝鮮政府是想透過這座酒店，引進第一批西方投資者，也有評論認為是朝、韓兩國合辦奧運作準備而建。

工程尚未動工，朝鮮當局就已經將「柳京飯店」添加到新製地圖中作為標記。在工程施工期間就發行了「柳京飯店」的郵票。

中止建設的最主要原因是缺少資金和電力。當時的朝鮮，已開始出現嚴重饑荒及能源短缺。也有指工程品質出現問題，地基沉降，混凝土不合規格，甚至有指大廈的結構安全存在疑問，有韓國建築專家質疑說，柳京飯店恐有倒塌危險。這麼多年來，柳京飯店的建設從未恢復，在樓頂上空留著一座吊車。

一九九一年蘇聯解體後，朝鮮失去經濟靠山，飯店停工。當朝鮮在九〇年代經濟陷入谷底時，柳京飯店更被視為「失敗的象徵」。在官方地圖上，這一標簽「消失」了，更被人起了「幽靈飯店」的渾號。不過，在Google Earth的衛星地圖中，仍可清晰看到。朝鮮是一個最重保密的國家，但平壤卻存在一個連政府都難以掩飾的祕密——爛尾樓柳京飯店，要隱藏這個一百零五層高的巨型建築確非易事。二十年來，幾乎沒有朝鮮人願意向外人提起令國人，也令政府窘迫的「柳京飯店」。

遠眺柳京飯店。

原先在動工前就登上地圖的這座建築物，如今早在官方地圖上抹去了。當地導遊通常聲稱不知道「飯店」的位置。大部分朝鮮人要嘛徹底否認這樁事情，要嘛就避免這個話題。

柳京飯店如此巨大，占領著平壤制高點，卻始終荒廢著，孤零零地站在那兒，一站二十年，在這神祕的土地上也留下了一個謎：它哪年才能竣工？

外形怪異的柳京飯店被稱為「世界第一爛尾樓」，還曾被《時尚先生》（*Esguire*）雜誌評為「人類有史以來最糟糕最醜陋建築」，停工十六年後，終於二〇〇八年春夏之交復工。埃及電信巨頭奧斯康Orascom電信集團投資續建柳京飯店。集團接手爛尾工程，開始在飯店刷新頂樓，加裝玻璃窗及通訊天線。由於Orascom旗下電訊公司正在朝鮮興建手機網路，估計將利用柳京飯店作手機網路接收。Orascom集團給這座混凝土外殼加上玻璃帷幕，安裝通訊天線，還公布了一位藝術家對

恢復興建的柳京飯店裝了玻璃帷幕。

飯店外觀的構想，這一玻璃牆外掛工程終於在二〇一〇年九月完成。據專家估計，要完成全部工程，需再投入逾二十億美元，相當於朝鮮全年經濟產值的百分之十。

據知，修復柳京大廈是金正日生前提出的，下令勞動黨官員為該工程籌款。目前在整個工程的資金運作上仍問題重重，包括無法安裝升降機設備等等。

朝鮮計畫在二〇一二年前把平壤建設成國際化大都市。除柳京飯店外，還包括建造一條名為「金剛街」的商業街。二〇〇七年十二月，一座五十層樓高的雙子塔酒店大樓已在平壤施工。同時，計畫還包括建造一個商務中心、一座現代化的百貨公司以及辦公樓。在平壤通往南浦港的公路邊，一座能容納十萬戶家庭居住的綜合公寓樓正在建設。

七月，從凱旋門往南走，到平壤第一百貨商店，整個萬壽台地區已拆遷完畢。現場大型吊車和各種工程機械齊全，隆隆聲嘈雜。在平壤市，眾多嶄新建築物接連拔地而起。柳京飯店計畫於二〇一二年四月十五日前完成，以紀念已故金日成誕辰一百周年，朝鮮人的夢始終難圓。

第十六章

《阿里郎》演唱朝鮮政治語言

十萬人表演《阿里郎》。

世界上這樣的演出是絕無僅有的：大型團體操《阿里郎》，被稱為「平壤模式」的演出，唯有集權國家才能創造如此奇蹟。

朝鮮半島局勢依舊緊張的態勢下，《阿里郎》十萬人盛大演出引起外界關注。二〇一〇年的這次演出，從八月初到十月中旬，長達兩個多月。與往年一樣，公演的訓練從四月一日全面啟動，以機關、學校為單位，每週參加三次訓練，每次長達二小時。進入五月後，改為每天下午排練。而後，按各章、各景分組排練，七月初總彩排。

《阿里郎》公演國家準備委員會演出室室長金錦龍說：「在6・15（南北共同宣言）十周年前後，韓國、美國捏造出天安艦事件，李明博集團是要扼殺我們。我們熱愛和平。我們民族處於戰火邊緣。我們熱愛和平。今年的演出就是要更加振奮和平統一祖國的正義聲勢。透過《阿里郎》公演，彰顯朝鮮人民一心團結的威力、和平和統一的意志。」

《阿里郎》演出已被列入金氏世界紀錄。

一場演出，成了政治進攻的武器。一些自稱是南北韓問題專家的香港和台灣學者，一提到《阿里郎》，總會滔滔不絕核算演出的經濟成本、經濟價值，覺得這是天大笑話。他們不了解這個國家，許多事情是不能用金錢衡量的。

金錦龍說，反映阿里郎民族百年民族史的二〇一〇年的演出，會在場景、意境上作一些修改。二〇一〇年是朝鮮祖國解放戰爭爆發六十周年，也是中國人民志願軍朝鮮前線參戰六十周年，因此，在二〇一〇年版的《阿里郎》公演中，加入「友誼阿里郎」這一環節。

金錦龍說，「金日成主席在二十多個春秋歲月裡，與中國同志們一道開展抗日武裝鬥爭，與中國同志們建立了深厚的革命戰友情誼」，「這一過程本身就明白地告訴我們，朝、中友誼是主席留下的寶貴遺產。」

二〇〇九年十月五日晚，金正日陪同到訪的中國國家總理溫家寶，欣賞了《阿里郎》。這是金正日繼前一晚陪同溫家寶觀看《紅樓夢》歌劇之後，再次與溫一起觀賞節目。這一年，是中朝建交六十周年，又是雙方擬定的中朝友好年，這一天的《阿里郎》特別加入了諸多中國元素。當演出結束，表演者齊聲用中文高呼：「溫爺爺，很高興見到您！」同時，人手翻動的背景板也呈現這幾個中文字，場內呼聲震天，氣氛達到高潮。

大型團體操，是朝鮮傲然於世的多項「名牌」之一。

二〇〇八年九月，正值朝鮮民主主義人民共和國成立六十周年之際，平壤再度推出大型團體操《阿里郎》。這是世界上規模最大的團體操藝術演出，是朝鮮人心目中引以為傲的文化盛典。團體操出現在每一個需要激起人們集體意識的場合。

《阿里郎》是朝鮮民族廣為傳唱、喜聞樂唱的傳統民謠。「阿里郎，阿里郎，阿啦里喲……」

每當響起那舒緩而質樸、深情而悠遠的旋律，都會打動用心聆聽者的心弦，引起朝鮮民族的強烈共鳴。透過講述一段感人的愛情故事，顯現朝鮮民族的細膩情感和純潔情操，至今仍保持著久唱不倦、百聽不厭的魅力。許多現場欣賞的中國遊客，頓時有一種異樣的感覺：一夜回到三十年前。

《阿里郎》已成為世人心中代表這一東方民族的標誌，朝鮮民族也由此獲得「阿里郎民族」的美稱。《阿里郎》一位演員說：「這不僅是文藝表演，我們就是要借此顯示，金日成同志團結那些希望早日實現祖國統一的全體人民的決心。」

《阿里郎》是在金正日倡議下，於二〇〇二年問世的。作品由序章，以及〈阿里郎民族〉、〈先軍阿里郎〉、〈阿里郎彩虹〉、〈統一阿里郎〉四個主章和終章〈強盛復興阿里郎〉組成，共十三個場景，歷時九十分鐘，總計約十萬人參與演出。他們當中有朝鮮著名的國內外音樂大賽獲獎者、文藝工作者、體育運動員、青年學生、人民軍軍人、少年兒童。二〇〇二年的第一個演出季持續四個月，四萬海外觀眾，五百萬朝鮮民眾觀看了這一大型團體操。演出人員是每場觀眾的兩倍。在平壤一年四季中最美麗的時節，即四至十月演出，有時又分兩季演出，四至五月和八至十月。

二〇〇七年四月十四日晚，朝鮮解除核武裝的最後期限，也是朝鮮民族最重要的節日——四月十五日「太陽節」的前夜。朝鮮首都平壤一如既往地萬人空巷，一批批青少年從平壤市區各個角落搭乘地鐵、公交車，乃至徒步十多公里，抵達綾羅島5・1體育場，參加《阿里郎》大型團體操表演。當時，韓國綜合衛星阿里郎二號，在第一時間注意到平壤市內「市民的非比尋常大規模移動」。

作為現代體操的一種，團體操起源於十九世紀的歐洲，創造了這種強調集體動作整齊劃一，以展現青年人力量、勇氣和團結的「體育與藝術」的統一。《阿里郎》演出場館平壤5・1體育場，位於平壤大同江心的綾羅島上，於一九八九年五月竣工。整個體育場呈橢圓形，總占地面積二・五萬平方公尺，建築面積二十・七萬平方公尺，上下共分八層，可同時容納十五萬名觀眾。這一規模宏大的體育場，無疑為《阿里郎》演出增添光彩。

原本計畫每年都演出，但由於饑荒和國際社會封鎖，朝鮮無法保證每年能組織如此大規模的演出。二〇〇三年、二〇〇四年都被取消，二〇〇五年重新上演兩個月，二〇〇六年又被取消，二〇〇七年才再次恢復。

《阿里郎》綜合運用多種藝術形式，在演出中，武術、體操、雜技、舞蹈配合有序，燈光、音樂、布景、特技變幻無窮，表現出很高的協調性和整體感，營造出一幕幕感人至深、眼花繚亂的絢麗場景，整場演出的場面蔚為壯觀，氣勢恢宏。

團體操演出中的兒童演員，表現出色。在「喜洋洋」這一片段中，上千名小演員同時在場上倒立、空翻、托舉、旋轉，以歡快的舞蹈和高難的雜技動作，表現出童稚的快樂與幸福，觀眾被他們朝氣蓬勃、活力四射的演出所感染，不斷送去陣陣掌聲。

演出最為優雅抒情的片段，無疑是「金剛山八仙女」下凡故事的場景了。在朝鮮民族這段美麗的傳說中，一位仙女與凡間的青年樵夫相愛，經歷千辛萬苦，最終長相廝守。演出中，八仙女從天而降，陶醉於如詩似畫的金剛山，留戀於三千里錦繡江山，決意不再返回天宮，願長留這片「人間仙境」。演出以金剛山楓嶽秋色為背景，銀白色的九龍瀑布從山間滑落，仙女與樵夫隨著纏綿的旋律翩翩起舞。「阿里郎民族」的愛情童話令觀眾回味。

《阿里郎》團體操演出中令人稱絕的，是由四萬人組成的巨幅翻板背景畫。翻板演員主要是來自平壤市各區的小學生，他們在主席台面對著的那一側看台，根據十多名指揮員的旗語信號，以整齊劃一的動作不斷變換不同顏色的畫板，展現拼接出的上百幅精彩紛呈、栩栩如生的背景圖案，把整場的情節緊緊串在一起，使得演出主題更加鮮明。這項工作只能由兒童完成，因為兒童的體型較易於隱藏在畫板之後，利於整幅畫面的美觀。

另外六萬人則為體育場上的演員，被分為幾組。演員一般以青年和少年居多，青年人以集體舞蹈見長，而少年們則展現高難度的體操動作和大運動量的隊形變幻。當然也有懷抱嬰兒的母親、人民軍戰士軍事訓練動作等演出陣容。

場內演員一般也攜帶可以拼接出巨幅畫像的道具，在每個章節演出的結尾部分，也會拼出巨畫以配合背景，做出「造型」。二〇〇五年十月，中國國家主席胡錦濤訪朝，金正日陪同下，與平壤各界群眾一起觀看了演出。胡錦濤和金正日兩次起立，為孩子們鼓掌，全場觀眾同時也報以雷鳴般的掌聲。在胡錦濤觀看《阿里郎》演出結尾，特地安排由二萬名場內演員，用不同顏色的鮮花，擺出中、朝兩國國旗的造型，而背景巨畫則是「追昔撫今感懷深切，朝中友誼永如花開」的字樣。

團體操《阿里郎》最後一章，隨著體育場內響起歌聲：「跟著將軍的指引，主體強國一飛衝天。阿里郎，阿里郎，斯里斯里郎……太陽朝鮮逐漸強盛，尊嚴也隨之上升，阿里郎，太陽朝鮮逐漸興盛，人民安居樂業，阿里郎……」一場團體操成了朝鮮的政治語言。朝鮮觀眾全體起立高唱金日成讚歌，海外觀眾席則爆發出陣陣歡呼聲。可以說，最為坐立不安的則是韓國觀眾，「統一祖國」幾乎是每個韓國觀眾的共同心聲，但要他們一起歌頌金日成是整個朝鮮半島的共同領袖，則確實有點勉為其難而不可思議。儘管已有上萬名外國人觀看過《阿里郎》演出，但朝鮮官方始終拒絕外國媒體現場直播或採訪《阿里郎》的請求。

團體操永遠與年輕和強健緊密聯繫在一起。上千名小演員的演出，其排練的艱辛可想而知。平

平壤5・1體育場（見圖中心）。

壤各中小學學生都要參加各種形式的團體操活動，而《阿里郎》演員的挑選則是最嚴格的，除了政治審查外，演員的形體素質也有極其嚴謹的要求，「高矮胖瘦都有標準」。一旦被選中，則要在一年時間裡「上午上課，下午排練」，到了接近演出之前的一個月，則完全停止上課，一遍又一遍地彩排，只要有一個人錯了，全部都要重來。

舞蹈隊在一年的時間裡都要從下午一直排練到深夜，沒有晚飯吃，夜裡八點發放一次糖果和麵包。朝鮮孩子很少有吃到糖果的機會，因此孩子們都很興奮。在坐台上翻畫板的同學，則要鍛鍊忍耐力，那些坐在畫板下的小學生們，在看台上一坐就是幾小時，又規定只能攜帶一小瓶水，以減少排尿。很多學生忍不住，常常在座位上「就地解決」，由於5・1運動場的廁所容量有限，在演出的休息期間，演員們只能湧向看台的各個角落「解決問題」，演員一側的看台常年瀰漫著尿騷味。在朝鮮，這樣的各類團體操演出都將被記入檔案，被稱為「體育鍛鍊」，良好的「體育鍛鍊」記錄，有助於大學入學的審查，一旦在團體操中表現不好，就有可能失去進入大學的資格。

《阿里郎》演出的人員和資金投入，在這樣的集權國家根本難以計算。但據當局披露，「獲得了良好的經濟效益」。二〇〇二年的四個月演出，共吸引了海外觀眾二萬人，門票收入就達一千九百萬美元。二〇〇五年二個月演出的海外觀眾共計有外國人（不含韓國）一萬人和韓國人九千多人，一等席票每張一百五十美元，次等門票價格也在八十美元以上，僅賣票收入就可達每場二百八十五萬美元。當然，這些只是門票收入而已。

十萬人出演的《阿里郎》，需要在幾個月裡耗費巨大的人力和物力。二〇〇二年舉辦《阿里郎》演出時，朝鮮當局大量進口演出所必需的學生統一服裝、食品等物資。所有參與演職員都沒有報酬，在演員成本上，朝鮮當局一分錢沒花，全是「義務」勞動。朝鮮居民免費觀看，韓國人、外僑及外國人則購票觀看。朝鮮的《阿里郎》邀請與接待委員會，負責向全世界的一些指定旅行社發出邀請函，再由這些旅行社在莫斯科、北京、斯德哥爾摩等城市召集國際遊客。

二〇〇七年八月十五日的演出，憑藉其空前的規模和高水準的藝術表現，被載入金氏世界紀錄。世人驚奇地發現，朝鮮人已經把團體操這一政治語言發展到巔峰，成為他們向世界人民傳遞「自主、和平、友誼」理念的一座平台，如此傳遞的效果究竟如何，世人自會論斷。

第十七章

出國留學觀察外面世界

朝鮮學生畢業後沒有就業問題。

去過朝鮮那麼多地方，每個地方最好的建築，往往就是學校。當然，除了金氏一家的紀念性建築。

我第一次到朝鮮時就聽說，一九七五年九月一日起，朝鮮全面實施十年制小學、中學義務教育和一年制學前義務教育制度，合稱為普通十一年制義務教育制度，學前教育一年，小學四年，中學六年。一九九〇年到一九九五年，教育費支出平均每年增長百分之五・七。所有適齡兒童都受到中等一般教育。根據規定，學生在上學期間，一律免交學雜費，國家統一免費發放教科書、書包等，每兩年免費給小學生發放一套校服。中學生的校服則由家庭交納百分之二十，其餘百分之八十由國家負擔。所以，在朝鮮不存在為了繳學費去賣血、去黑煤窯打工的現象，如果不讓孩子上學，父母及監護人將依法受處罰。

中國至今九年制義務教育還不能落到實處，頗讓人汗顏，令中國人自嘆不如。在朝鮮，學生大學畢業後，由國家統一分配工作，沒有失業，沒有下崗，全民就業，每個人都有活幹。

那次，我還聽一位朝鮮官員介紹說，僅在一九九三年一年裡，給平壤市兒童供應的豆漿達一・八萬噸，政府為此支出了一千一百多萬朝元。我相信他說的是事實，平壤的家長也這麼告訴我，說孩子能喝到免費豆漿。但我心裡明白，這只是平壤，平壤有特殊地位，正如前文所言，不是任何朝鮮人能自由到平壤居住的。

朝鮮學生的刻苦聞名世界。由於政治、地緣和歷史的原因，朝鮮年輕人出國留學，主要是派往中國。中國人往往是從朝鮮來華的留學生中感受他們的學風的：專注學習，說話謹慎，極少發表言論，不太願意貼近外國學生。按中朝相關協議，朝鮮每年派遣二百名留學生來中國學習，攻讀的大多是理工專業，部分是帶有科研項目的中青年骨幹，學成回國，主要分配在黨政機關、部隊、外交部門和商貿系統，因此出國留學，往往是年輕人的夢想。

一次，坐車途經平壤科技大學，無意中向坐在我前面的朝鮮陪同官員提出，能不能走進大學看看。那位官員立即電話「請示」，不知打給哪個部門，也不知用朝語說了些什麼話。他回頭告訴我說，行，可以去，但不要拍照。走進教學樓，教室寬敞明亮，大理石的地面，一塵不染的大玻璃窗。這裡不是首爾，不是東京，而是平壤。這是一所朝韓合辦的國際私立大學。二樓教室裡，整潔的襯衣，嶄新的領帶，一班男學生正認真聽課，一位中年西方教授用英語講課。

這所大學有三十多名外國教授，數百名學生從朝鮮各地選拔而來，可謂都是學生菁英。全英語授課，讓朝鮮學生有一個連接外部的窗口。下課了，幾十個學生紛紛上前，圍著講台，向教授問這問那，一大堆問題令教師有點應接不暇。朝鮮學生珍惜難得的學習機會。

朝鮮實施十一年制免費義務教育。

在香港採訪過作為學員的五名朝鮮官員。二〇〇七年十一月二十六日至十二月二十二日，這五名學員，在香港科技大學接受由聯合國基金資助的短期強化培訓，科大安排了層次多樣的課程，包括人口調查研究方法、統計和信息方法等，為朝鮮首次實施的現代人口與住房普查作準備。朝鮮統計局赴香港培訓代表團團長是季文好。據悉，朝鮮官員在海外接受人口統計學知識培訓，尚屬首次。這五名朝鮮官員都是首次來香港，其中兩人二〇〇六年曾去泰國接受過為期一個月的培訓，其他三人首次出國。這五名官員學生，穿著整齊的西裝和劃一的皮鞋，頭髮也都削得特別整齊，好像是一母同胞的孿生兄弟。

朝鮮一九九二年曾自主作過一次人口普查，而現代人口普查範圍更全面，將調查包括教育、就業、住房等一系列與人口有關的問題。當時，朝鮮計畫於二〇〇八年底展開第一次現代人口普查。這五名朝鮮官員是經層層選拔而成功勝出的，其中最年輕的一位朝鮮官員介紹說，朝鮮義務教育十一年制，因此大學新生的年齡大多是十七歲。他們五人在大學念書時都很刻苦，平均每天花在學習上的時間多達十六小時，主修課程的範圍很廣，有電腦、統計學等專業背景，有一人獲得醫學博士學位後，還修讀了翻譯學位課程，英文交流頗為流利。

這批特殊學生的刻苦用功，給科大師生留下深刻印象。他們的學習生活，香港科大安排緊湊，每天上午八點至下午二點為授課時間，下午還要討論和實踐。英文最流利的朝鮮官員金光進說，他們每天下課後還要去圖書館學習，或者上網查找資料，「學到凌晨一兩點是常事」。在科大作訪問教授的韓國籍學者金煉，是這次朝鮮官員課程教學的教師。金煉說：「他們學習主動性強，非常用功，總是能提出很多問題，課後還專注閱讀，就我所見，不說香港學生，就連中國大陸來的學生，也很少見這般努力，如此刻苦。」這批朝鮮官員十分珍惜這次來港學習的機會，即使到了週末仍在閱讀，平時的娛樂活動只有打乒乓球。因為時間緊，朝鮮當局又有外事紀律，他們幾乎沒去校外其他地方。

朝鮮學生有個特點，榮譽感特別強，在學習期間，如果老師批評了哪個學生，這學生就要在其他四個同學的小組會上作自我檢查。我早就聽說，朝鮮留學北京的學生，被批評一次，就要在朝鮮學生小組做自我檢查；批評第二次，就要向大使館報告；批評第三次，就會被遣返回國。因此北京的老師了解了這一情況後，都不願意，也沒勇氣批評朝鮮學生了。

朝鮮官員們除了學習，還關注中國建設經驗，特別是人口政策、婦女權利和環境汙染狀況。他們用自己的眼睛審視著「外面的世界」。最初到香港，個個顯得謹慎、拘束，過了些日子，才慢慢放鬆情緒。一天在科大教授們的一再勸說下，這五名朝鮮官員才對香港作了「一日遊」，遊覽了太平山頂、維多利亞港和海洋公園。走在香港街頭，這樣幾個胸口佩戴著金日成頭像徽章的朝鮮男人，多少顯得有些與眾不同。他們用自己的視角觀察著香港社會的細枝末節。畢業典禮後，校方帶他們遊覽了深圳。他們對香港和深圳的繁華頗感驚歎。他們來香港學習，都有數量不多的外幣補貼，但他們或不捨得花而帶回朝鮮，或購買諸多韓食、日食、港食帶回朝鮮。

走進電梯之前，他們一定會用英語說，「女士先請」。談起家裡的「半邊天」，他們一樣會笑稱自己是「氣（妻）管炎（嚴）」。有朝鮮官員開玩笑稱「香港人很懶惰」，因為他們發現上下樓層時，即使只是幾級台階，港人也寧願以電梯或手扶梯代步。有位朝鮮官員問：「香港女孩總是短褲配靴子，你不覺得她們這樣『混搭』很怪嗎？」

問起如何看待香港的富裕時，金光進說，「香港也不是什麼都好啊。比如，我們和金教授一起乘公交車，竟然沒有人給老人家讓座，要是在我們朝鮮，根本不可能發生這種事。」說起中國內地和香港的婦女現狀時，他們便顯得一臉自豪：朝鮮婦女地位獲得很大提高，國家有專門的政策，傾斜保護婦女地位，在朝鮮的政府部門中，女性也占據相當大比例。

與這幾位朝鮮官員聊天，說起大學畢業後的就業，他們說，在朝鮮大學生根本就沒有就業難題。

上海一位朋友曾對我講過他與十個朝鮮人的故事，從中能更多了解朝鮮人「留學」的情況。

我那朋友，在上海一家德商企業供職。朝鮮從其他國家購買了一套德國設備，德國不允許對朝出售先進設備，而德國製造商又想掙錢，於是採用變通方法，透過一個非洲國家，轉賣給朝鮮。德方承諾免費負責培訓朝方操作人員。該製造商有一套同樣型號的設備，賣給在上海的一家德商企業，朝鮮人員就前來上海培訓了。朋友在這家德商企業人力資源部工作，受德國老闆指令，由他負責這幫朝鮮人的生活安排，技術培訓則由一位林姓工程師負責。德國老闆還請了一位中國朝鮮族人金小姐當翻譯。

這十個朝鮮人從瀋陽乘火車抵達上海「留學」，七男三女，全部穿深藍色西服，紫紅色領帶，左胸前佩戴一樣的像章，清一色的黑色提包。領隊是李姓中年男子。翌日，朝鮮人就到廠間跟班。這個李領隊不是來接受培訓的，他卻與其餘九人始終形影不離，事後，我那朋友才明白，這個領隊身負監控的「特殊使命」。

是日用午餐時，我那朋友徵求朝鮮李領隊對生活安排的意見。李領隊說了幾句客套話後就提出建議：一是要求酒店客房裡的外線電話切斷，只留領隊房間的電話，說是為了防止隊員亂打電話，增加接待方的花費；二是要求把客房裡的電視機裡的頻道，只保留中國中央台的音樂頻道和體育頻道，其他全部截斷，原因是便於培訓人員休息；三是希望上下班接送的大巴士上，留出前面兩排座位供他們專用。

聽鑼聽聲，聽話聽音。這三條理由的背後意味著什麼，中國人不會不明白：盡可能減少與外界的聯繫。我那朋友笑著都照辦了。

朋友說，他們的飯量真大，早餐是自助餐，十個人吃的比三十個中國人的飯量還大。又說他們很能喝，事先就告知他們，房間冰箱裡的飲料隨便喝，由接待方付款，不出兩天竟然全喝完了，服務員每天要補貨。

他們在上海實習的日子裡，曾鬧出多場風波。一位勤奮好學的朝鮮女孩，在崗位上經常就技術問題問這問那，林姓工程師詳細講解，還介紹她到上海圖書館去查閱有關資料，答應有機會就陪她一起去。一個週末，她以及金姓翻譯，還有朝方李領隊，一起坐公司小巴去上海圖書館。林姓工程師準備從家裡半途上車同去。上海圖書館附近有好幾家駐滬總領事館。當車在美國駐滬總領事館邊上停下時，李領隊突然大聲嚷嚷，不准停車。車上人都不知發生了什麼事情，領隊很大聲問，怎麼開到美國領事館了？中方司機一頭霧水，說，約了林工程師在此接他上車，一拐彎就到圖書館了。此時，正候車的林姓工程師上了車。領隊問，到圖書館還有多少路，司機說，不遠了，走也就幾分鐘。領隊說不能去了，回旅館。林姓工程師一臉慍怒：你到底要幹什麼，既然已同意我們去，半途又要回去。李領隊連聲說「對不起」，國家對出國人員有規定，必須絕對遠離別國大使館，特別是美國和南方反動政權的大使館。圖書館離美領館那麼近，不能去，希望理解。圖書館最終沒能去成。

週六週日雙休，朝鮮人只能在酒店裡待著，不能隨便外出，顯得無事可幹。善良的金翻譯提議在雙休日一起去上海景點逛逛，說了一堆景點名，豫園、東方明珠、外灘、中共一大會址、南京路步行街等。領隊同意了，只是刪除了參觀一大會址，其他都同意。

戲劇性的一幕出現在剛到南京路步行街時，花花綠綠的廣告，熙熙攘攘的人群，五顏六色的穿著，令這十位朝鮮人看得目瞪口呆：外面還有這樣的世界。觀賞，是與生俱來的一種需求。

李領隊一邊看著街景，一邊注意他手下每一個人，終於在一則內衣看板下，用朝語大聲說，修正主義、資本主義的東西，不能再參觀了，馬上回酒店。於是，眾人上車返回。

三個月過去了，他們要回國了。我那朋友送他們上了火車。來時，每人一個統一的旅行包；走時，人人大包小包，包裡帶的幾乎全是食品。進站時，行李經掃描機檢查，其中一個包出現問題。檢查員要那位朝鮮年輕人打開包，包打開後發現內裡有二三百個打火機，那麼多是不允許帶上火車的。我那朋友問，一共多少個，朝鮮年輕人不假思索且如數家珍：二百三十六個。朋友說，留下吧，他掏出二百四十元人民幣給了那朝鮮小夥子，對方連聲道謝。

我那朋友不抽菸，只是知道他們公幹津貼很少，難得出一次國，就讓他到瀋陽後花掉這二百多元買食品吧。朋友帶了打火機就進不了候車室了，臨分別時，他又從包裡抓了一把打火機，有六七個，塞到了那朝鮮小夥子口袋裡。聽朋友說，後來凡是見抽菸的友人，他都送幾個打火機，送了一年多才送完。

朝鮮人與這個世界距離太遠，大凡出國，不論留學還是實習，都會做出一些讓外人難以理解的事情。

早些年，我曾去平壤外國語大學採訪。這所高等學府，是不少朝鮮年輕人心嚮往之的所在。它建於一九四九年，擁有四個系、二十多個專業，在校學生二千餘人。大學有一所附屬中學，金日成曾於一九五八年來此視察。事後，學校在附屬中學的教學樓前，豎了一塊紀念碑。操場上，有一處迎風招展造型的紅旗牆，上書：「跟著將軍千萬里」。牆的另一面則書寫著「成為誓死捍衛偉大領導者金正日將軍的槍炮彈」的大字標語。每棟教學樓正門口，都懸掛著金日成和金正日在一起的巨幅油畫，每間教室和老師辦公室，正面牆上都懸掛著大小金的頭像和兩人在一起的照片。學校灌輸的個人崇拜，在學生心靈，深深留下烙印。

外語大學的校園不大，但乾淨整潔仍讓人印象頗深。看得出，教學樓年代久遠，但都新刷了灰色油漆。教學樓裡，桌椅一塵不染。外語大學教室配備有電視機、DVD機等教學設備，學校內部設有線電視網，學生可在教室收看三個頻道。教學樓還有專門的視聽室和語音實驗室，錄音機、電腦、錄影機等一應俱全。

走進一間教室，這是大學一年級學生在上課。五十歲上下的教師正用錄音機播放一段漢語錄音，學生跟讀。那教師似乎對學生的跟讀不滿意，用字正腔圓的中文說：「要學習文言文，能用李白時期的漢語說話，這對別人是苛求，但對你們這是必要的和起碼的，因為文學是你們的專業……」這群剛入學才半年的新生，其實，漢語水平已相當高了，發音也算準確，不像外國人在說中文。外語大學校長朴正鎮介紹說，他們學校的漢語系畢業生供不應求，社會上都搶著要。現在想學中文的學生越來越多，教師和教室都不夠用。

電腦化的學習設備。

朴校長說，漢語系是平壤外語大學的第二大系，英語系的學生人數最多，占了全校學生的一半，但他們的第二外語都是漢語。據朝鮮教育省的韓奎三局長介紹，朝鮮有三百多所大學、幾千所專科學校，幾乎每個學校都有專業把漢語作為第一外語或第二外語，看來，學習漢語的朝鮮學生相當普遍。

崔賢民是外語大學中文系四年級學生，他竟然還說得出中國正在開展的向馮理達學習的活動。他說，他很想了解這位「一心追隨黨，一生熱愛黨，一貫忠於黨，一切獻給黨」的海軍醫學專家的先進事蹟。崔很關注中國，他聽過中國駐朝鮮大使劉曉明關於國際形勢的演講，他始終跟蹤著中國對國際形勢的解讀。作為中文系學生，除了漢語的聽說讀寫外，崔還學習「主體哲學」、「金日成和金正日革命史」、「心理學」、「邏輯學」等課程，他說，學校生活一般是上午上課，下午自修，課餘生活他愛好籃球、足球。

朝鮮大學生沒有找工作的煩惱，畢業後都由政府分配工作。朴校長說，外語大學畢業生的去向是朝鮮的教育、貿易、科技、外交等政府部門以及人民軍，與中國大學生的就業難相比，他們可謂「天之驕子」。這些「天之驕子」並不「驕」，穿著打扮整潔樸素，男學生都穿白襯衫，打各色領帶；女學生幾乎清一色白衣藍裙，有的素面朝天，有的淡淡妝容，絕沒有絲毫妖豔。她們都把頭髮紮成馬尾辮，只有紮頭髮的頭花兒五顏六色、各式各樣，顯示了女孩愛美的天性。

第十八章 金日成之死內情

金日成故居是簡陋草房，位在萬景台地區。

金正日父親金日成，正是前文所敘，那個看過我女兒演出而頗為欣喜，於是在平壤接見我女兒的那個老人。女兒當年才七歲。

四五十歲以上的中國人，都知道金日成是誰。一九四八年九月九日，金日成建立朝鮮人民統一的中央政府——朝鮮民主主義人民共和國，他當選為共和國內閣首相、國家元首。一九七二年十二月，第五屆最高人民會議第一次會議通過新的朝鮮「社會主義憲法」，他當選為共和國主席。一九七〇年召開的黨的第五次代表大會和一九八〇年十月召開的黨的第六次代表大會上，他再次當選為黨中央委員會總書記。一九九四年七月八日凌晨兩點，他在辦公室因病去世。

金日成共有三位夫人。原配夫人韓聖姬（音），她一九一四年生於江原道，少女時遷居中國東北，參加金日成組織的共產主義讀書俱樂部活動，一九三七年與金日成結婚。如今，幾乎沒有人知道韓聖姬究竟何許人，死於何年。

第二任夫人金正淑（一譯金貞淑），是金日成「抗日游擊隊時期」的戰友，一九四〇年結婚。這位抗日女英雄，在朝鮮被尊為「國母」。金正淑生於一九一七年，有兩子一女。一九四九年病逝。

長子金正日，一九四二年生。生於白頭山地區抗日游擊隊的宿營地。

次子金萬日（一譯金萬一），一九四四年生，一九四七年在平壤溺死。

長女金敬姬，一九四六年生，後來擔任勞動黨輕工業部長。

金日成的祖母李寶益，在朝鮮可謂家喻戶曉。二〇〇九年十

金日成與夫人金正淑及長子金正日。

月十八日，是李寶益去世五十周年。朝鮮為紀念她，舉辦一系列活動。李寶益，一八七六年五月三十一日生於平壤市寺洞區梧柳里。

儘管極度貧困，但李寶益一心抱著「愛祖國、愛民族」的意志，堅強活了過來。她飽經風霜，讓許多子孫都參加了革命，照料和支持為朝鮮獨立而鬥爭的子孫，是她的樂趣。長子金亨植一九二六年夏天去世，她在長子的墓前對長孫，即十幾歲的金日成說：「你一定要繼承爹的遺業，光復祖國。我和你娘並不希望你對我們盡孝，你要一心撲在實現朝鮮獨立的大業上。」

一次，金日成回顧當時的情形時說：「祖母的話使我深受感動。如果那時祖母不是讓我投身於爭取朝鮮獨立的鬥爭，而是叫我將來當富翁或者做官，我是不會那麼激動的。」

李寶益性格剛毅，愛憎分明。在金日成率領朝鮮人民軍展開抗日武裝鬥爭時期，日本軍警常常到金日成的故鄉萬景台一帶，有時帶著李寶益在鴨綠江沿岸一帶和中國東北零下四十度的冰天雪地裡轉來轉去，強迫她勸長孫金日成出山。但李寶益堅守著身為革命家母親、革命家祖母的尊嚴。

一九四五年八月十五日，金日成執政。李寶益和村裡人一樣，在分到的土地上耕種。人們一再勸她說，年歲大了，孫子又是一國元首，該多休息了。然而，她不願託孫子的福，過享樂生活。四周瓦房逐年增多，她仍住在幾代人住過的萬景台簡陋草房裡。晚年她也一直耕種莊稼，直到去世。

金日成第三任夫人，是一九五三年結婚的金聖愛。金聖愛長期擔任朝鮮婦女同盟中央委員長，在金日成死後翌年，完全淡出朝鮮政治舞台。她生下女兒金敬珍（一譯金慶真）和兒子金平日（一譯金平一）、金永日（一譯金英一）。金敬珍是北韓駐奧地利大使金光燮的夫人。

金聖愛的長子金平日在二十世紀八〇年代一直身居要職，被認為是金正日的最大競爭對手之一。金平日自一九八八年後相繼被派往匈牙利、保加利亞、芬蘭、波蘭擔任駐外大使，以使其遠離平壤的政治舞台。次子金永日生於一九五五年，在德國和馬耳他等地漂泊多年，二〇〇〇年五月因患肝硬化在德國去世，此前他一直是朝鮮駐德大使館的一名參事。

金日成曾被授予大元帥稱號、共和國英雄稱號和勞動英雄稱號。他生前接見了許多國家的元首和政府首腦、黨的領導人等七萬多名外國人士，先後出訪五十四次、八十七個國家。金日成被授予七十多個國家和國際機構一百八十多枚最高勳章和獎章、三十多個城市的名譽市民稱號和二十多個國家著名大學的名譽教授、名譽博士稱號，受到一百六十九個國家的國家元首、黨政首腦和進步人士贈送的十六萬五千九百二十多件禮品。中國和蒙古豎立了金日成銅像，世界一百多個國家四百八十多個城市的大街和機關團體，冠上金日成的名字，國際上制定並授予「國際金日成獎」，有一百一十個國家用六十多種民族文字，翻譯出版了二千四百五十七萬多卷金日成的經典著作。

座落在妙香山的國際友誼展覽館，是一幢朝式建築，遠看似木結構，實為混凝土多層建築，內有升降電梯和自動扶梯，展覽館由金日成國際友誼館（本館）和金正日國際友誼館（別館）組成，館內嚴禁拍照、喧譁。室內常年恆溫控制為二十度西，相對濕度百分之五十。本館一百九十個展廳，別館五十個展廳，陳列著來自一百八十個國家的政黨、團體、個人以及國際機構，贈送給金日成、金正日的禮品。禮品按五大洲和國別、地區陳列，多達二十一．三萬件，館內只是陳列其中一部分，來自中國的禮品數量最多。操著流利中文的女講解員對我說，如果在每一件禮品前逗留一分鐘，每天二十四小時不閉館，就需要一百五十天，這是世界上獨一無二的禮品館。她說完，一臉自豪。

金日成於一九九四年七月八日凌晨二時突然死亡，他的死，對世人而言，始終是個謎。二〇〇五年四月，我受朝鮮內閣邀請訪問朝鮮，十五日那天上午，我隨同內閣派出的負責接待我的陪同人員，步出金日成遺容瞻仰大廳，而後走進金日成當年辦公室，這裡一般不對外開放。

妙香山國際友誼展覽館。

在金日成辦公室，那位內閣陪同人員告訴我，一九九四年入夏，金日成忙於接待美國前總統卡特訪問平壤，他忙碌而又興奮，這一年，他八十二歲。當時的東北亞態勢相當和諧，美國前總統卡特出訪朝鮮，核武危機結束，朝美關係有所緩和，朝韓首腦即將會晤，就民族和南北統一協商。

卡特剛走，七月七日夜，金日成乘坐專列，一路顛簸去了熙川，又轉乘汽車去妙香山別墅，一個晚上風塵僕僕。進入別墅剛坐定，就讓祕書匯報這兩天發生的國內外大事。他聽到的第一個消息，是七十五歲上將趙明選病逝。這是一個月內第三名上將去世。趙明選十四歲起跟隨金日成，在抗聯打游擊，幾十年來患難與共。

金日成追問祕書趙明選病因，回答稱腦溢血。金日成再追問，是如何搶救的，祕書答採用了保守療法。金日成拍案而起，吼著：「為什麼不開顱搶救？這些醫生就怕負責任！是不是烽火醫院？立刻把院長叫來，給我解釋清楚！」金日成氣得渾身顫抖。他身邊左右見狀，急忙勸說。不料，他一口氣上不來，突然倒地。周圍頓時亂成一團，手忙腳亂。保健醫生匆匆趕來，診斷是心臟病發。在金日成的醫療病史上，從未查出他有心臟病，因而別墅裡、保健醫生身邊，都找不到救心丸之類的急救藥物。金日成對情同手足的趙明選去世，極為悲痛。勞累了多天的金日成受這一打擊，心臟病突發，八日凌晨二時去世。

這是我第一次聽到金日成之死的真正內情。

四月下旬，我離開朝鮮回到香港，三個月後在大陸出版的《文史長廊》上，讀到伊明的文章，詳細描述了金日成之死的前前後後。三年後的二〇〇八年三月讀到上海作家葉永烈的新書《真實的朝鮮》。葉永烈大致沿用了伊明文章的內容。

伊明的文章如此描述：金日成與卡特最後一次會談及參觀宴請活動，持續了整整六小時，中間僅僅休息了二十分鐘。為此，金日成夫人金聖愛曾向卡特的隨行記者抱怨「老金不聽勸告」：不顧年事已高，每天仍工作十多小時，白天參加與卡特會談，晚上還要處理各種文件。卡特走後，金日成仍沒休息，立即安排朝韓首腦會談方案、接待計畫。此時，他兒子金正日身體欠佳，也只是負責軍隊事務。因此，金日成自己全神貫注朝韓首腦會談，精神一直處在亢奮狀態。他身邊的那些高官，被金日成的旺盛精力所迷惑，忘了他的實際年齡。趙明選去世的消息，像重錘般打擊金日成，突然心臟病發。

金日成官方肖像畫。

伊明的文章披露，醫生緊急呼叫直升機，將金日成送往醫院搶救。這一夜，天降大雨，山區能見度極差，匆忙飛來的直升機慌不擇路，竟然撞上半山墜毀。第二架直升機不敢怠慢，最終在距離別墅五十公尺的空地著陸。眾人七手八腳打著雨傘，用擔架將金日成抬上飛機，飛機急飛平壤烽火醫院。

稍有醫學常識的人都知道，病人心臟病發，應讓其靜臥，作胸部按摩或人工呼吸，切忌搬動。金日成病發，卻被如此折騰，談何成功搶救。烽火醫院最終問天無術，金日成心臟停止跳動。事後，金正日下令，將醫院院長和保健醫生全都抓進了監獄。

伊明的文章說：「金日成發病與當年蘇聯的勃烈日涅夫發病何其相似乃爾。勃烈日涅夫就是因其三位老戰友，克格勃（KGB）大將茨維貢、齊涅夫和蘇軍上將格魯謝沃伊相繼去世而傷心過度，導致心臟病發作的。」

一位朝鮮官員對我回憶說，七月九日十二時，朝鮮中央電視台和中央廣播電台播放哀樂。事前，中央已通知各級黨委和政府，要求組織幹部群眾收看收聽重要新聞。朝鮮各地民眾都圍坐在電視機或收音機前，當時朝韓關係緩和，民眾還以為是朝鮮半島南北關係的重要新聞，沒想到聽到的竟然是哀樂。

播音員沉痛而抽泣的語調：「偉大領袖金日成主席，因為患有心臟血管動脈硬化症，受到過治療，由於經年累月工作，於一九九四年七月七日發生嚴重心肌梗塞，又加上心臟休克，雖採取緊急措施，但搶救無效，於七月八日凌晨二時去世。七月九日作了病理解剖檢查，確定上述病因……」旋即，整個朝鮮成了淚海花山。

哀悼期間全國統一的領袖像，是金正日選定的。他挑選了金日成一九八六年中在西海水閘竣工儀式上的照片，在他眼中，照片上的父親最是滿面春風，以此為原版，略加修飾，成了哀悼期間的「太陽像」。

朝鮮的哀樂，是一首當年悼念犧牲的抗日游擊隊戰士用的曲子，金日成執政後一直沿用。金正日說：「不要用這支哀樂，父親生前教我唱過一首歌，也是哀悼歌，曲調更悲壯，歌詞更有意義，用這支歌作哀樂吧。」

軍樂團的指揮沒聽過這支曲子，金正日就「含著眼淚」唱給他聽，軍樂團指揮也「流著淚」記錄。這首歌的歌詞大意是：「山上的烏鴉呀，你看見遺體不要叫喊。他雖然離開了我們，但他的革命精神依然活在我們心中……」

令人不可思議的是，久沒下雨的朝鮮半島，那些天竟然連續陰雨，小雨中雨大暴雨，一場接一場。朝鮮人都說，蒼天有知，蒼天有情，在為主席去世痛哭。舉國哀痛，如天塌一般。當年全國二千二百萬人，到平壤弔唁的多達一千萬人。哀悼期間，在金日成靈前，在各地追悼場地哀悼的多達二・一二億人次。人們為製作花圈，平壤市的鮮花全部售罄，城市周圍的鮮花也全被採光，朝鮮當局不得不向北京求援，緊急空運二十萬元人民幣鮮花到平壤（那是十七年前的二十萬元哦）。

在金日成銅像前，人們長跪不起，放聲痛哭，以撕肝裂肺、痛失親人的哭聲，寄託對領袖的哀思。諸多白髮老人拄著拐杖，由孫兒們攙扶著，從各地來到萬壽台，將平時捨不得喝的好酒，澆灑在金日成銅像前祭奠，不少老人悲痛欲絕，哭著哭著就暈倒在雨水裡，一長排救護車守候在萬壽台廣場，不時鳴叫著運送暈倒的老人。當我向香港人講述這些場景片段，他們都不信這是真實的，是發自內心的。不管別人信不信，反正我信。

只要回想一九七六年九月九日毛澤東去世，當年的國人不也一樣嗎？長年來領袖神化、政治洗腦後，大多數人是內心真實宣洩，少部分人是迫於環境隨大流而擠出眼淚，極少數人不以為然而幸災樂禍。這就是歷史。

眾多朝鮮人紛紛趕回平壤弔唁。在韓國的漢城（今首爾）等地，韓國人也自發舉行各種追悼活動，一批批韓國政界、商界要人和青年學生，衝破韓國當局的禁令，力排干擾，經第三國到平壤錦繡山表達哀思。當時，聯合國祕書長發表聲明唁電：「金日成主席是彪炳史冊的偉人」；日本首相村山富市以日本社會黨的名義發了唁電；美國總統柯林頓也致電表達哀悼。十年後，在美國人眼中，這個國家卻是「邪惡國家」。

原定七月八日至十七日為哀悼期，告別儀式於七月十七日舉行，因金正日悲痛欲絕尚未平靜，因為準備工作實在倉促，也為了滿足朝鮮民眾悼念的需要，治喪委員會臨時決定，哀悼期延長到七月十九日。是日，天時陰時雨，且有濃霧。人們淚水如雨，心境如霧。當局在平壤金日成廣場舉行向金日成告別儀式。翌日，當局舉行追悼金日成的中央大會。

金正日出席了大會，卻沒有講話。他身邊是國防部長吳振宇、政務院總理姜成山。受金正日委託，政務院副總理兼外交部長金永南致悼詞。外國傳媒頗感奇怪，為什麼金正日只是肅穆站著，不發一言，聯想到追悼期延長，總以為朝鮮內政發生了什麼大事。他們不了解，按朝鮮民族的傳統習俗，舉行葬禮時，葬主按規矩不能講話的。

中午十二點，朝鮮全國火車、輪船、汽車齊鳴汽笛，朝鮮人默哀三分鐘。美國有線電視新聞網轉播了大會實況：「朝鮮人舉行金日成葬禮，是作為親生父親的葬禮舉行的。金日成生前曾說過，朝鮮是一個大家庭。對這句話，當時西方人難以理解。但星期二舉行的葬禮清楚證明，朝鮮人民是把金日成視為父親的。」

第十九章

金正日神祕的地下通道

平壤市中區遍布著金正日不被公開的官邸及辦公處。

這是正版的《金正日語錄》：

外交就是吃黃蓮時也得裝笑的一種交際。

對意志堅強的人來說，沒有不可能的事。如果說有什麼不可能，那不是朝鮮語。

不存在離開孝心的名人，也不存在離開忠誠的偉人。

信守忠誠的信念和情義就是忠臣，放棄則是奸臣。

對領袖的忠誠，要實現信念化、良心化、道德化、生活化。

偉大的思想，創造偉大的時代。偉大的思想，創造偉大的實踐。

思想一發動則萬事順利，思想一沉睡則前功盡棄。

主體思想，就是人民領袖的哲學。

共產主義者的人生以鬥爭開始，以鬥爭結束。

如果沒有英明的領袖領導，群眾就等於沒有大腦的肉體。

如果沒有卓越的領袖，人民就等於沒有父母的孤兒。

我們社會主義祖國是金日成祖國，我們民族是金日成民族。

愛國就是主體，主體就是愛國。

從這些語錄，可以看到朝鮮的政治生活，這是又一個造神的國度。金日成是「神」，金正日也是「神」。

金日成生前交班給兒子金正日之前，曾祕密出訪北京。那是一九九一年。

這一年，蘇聯發生「8・19」事件，副總統亞納耶夫政變失敗，蘇共解散，蘇聯解體。金日成接連獲知消息，憂心如焚。一九九一年十月，他再度祕密訪華，與中國協調大戰略。當時中國國家

金日成、金正日著作。

領導人江澤民、楊尚昆與其會談，已退下台的鄧小平則以私人朋友身分會見金日成。

金日成一再說，蘇聯解體，東歐轉向，美國挾波斯灣戰爭勝利的餘威，將採取各個擊破的戰略，迫使剩下的社會主義國家就範，中國應該負起國際共運的領導責任，率領朝鮮、越南、古巴及伊朗與美國抗衡，他更提出希望中國協助朝鮮發展彈道導彈。金日成在上世紀五〇年代已著手研究開發核武器。鄧小平事先就給江澤民定了調，江澤民明確告訴金日成，中國「絕不當頭」，當務之急是發展經濟。在當下多極世界裡，美國難以為所欲為。

金日成這次訪華，分別對鄧小平、江澤民談了自己接班人的問題，算是向中共中央作了通報：因年齡關係，自己正逐漸退出政壇一線，讓兒子金正日逐步接掌權力，主持工作，希望江澤民、鄧小平日後對金正日多加關照。

在公眾眼中，朝鮮的第一家庭一直充滿著神祕色彩。按朝鮮官方說法，金正日一九四二年二月十六日生於朝鮮白頭山的密營，他母親是抗日女英雄金正淑。

金正淑是金日成的第二任妻子，一九一七年十二月二十四日生於朝鮮咸鏡北道會寧市鼇山德的一個愛國家庭，一九三五年九月在中國東北地區參加了朝鮮人民革命軍，一九三七年加入中共，後與金日成結為伉儷。在抗日戰爭時期，她多次參加激戰，從事地下工作，被捕入獄堅貞不屈。金正日四歲時，跟隨母親金正淑返回朝鮮。金正淑於一九四九年九月二十二日去世，生有兩子一女：即金正日、金萬日和金敬姬。金正日的親弟弟金萬日俄文名為舒拉，一九四七年不幸在平壤溺死。

一九四五年十一月，金正日四歲隨同父母回國，進入高層幹部子女幼兒園，即南山幼兒園，一九四九年六月，進入南山人民學校。九月金正日七歲時，母親突然病逝，對金正日打擊很大。朝鮮的媒體曾這樣報導說：「但他從這場災難中學會了堅強」。不久後，朝鮮戰爭爆發，金正日只能離開父親，獨自帶著妹妹艱難地生活，直到一九五二年，他才和父親團聚。朝鮮「6・25」戰爭爆發於一九五〇年，金正日被送到中國吉林讀書，當朝鮮軍隊在硝煙中陣營穩固後，他返回朝鮮，一九五二年就學於萬景台革命子女學院，兩年後升入平壤第一中學。

金正日從朝鮮最高學府金日成綜合大學政治經濟系畢業後，一九六四年進入朝鮮勞動黨中央工作，先後擔任中央宣傳部副部長、中央組織指導部副部長。一九七四年，金正日被正式宣布為金日成的接班人。為區別於被稱為「偉大領袖」的父親金日成，他被稱為「親愛領袖」。一九八〇年朝鮮勞動黨第六次代表大會上，金正日當選為中央政治局常委和中央書記局書記，分管組織工作並主持書記局日常工作，正式確立其作為金日成主席唯一接班人的地位。金日成在世時，金正日於一九九一年十二月二十四日被任命為朝鮮人民軍最高司令官。

一九九二年，金正日五十歲生日，父親金日成送他一份特殊禮物：他寫的一首詩。詩句吟道：白頭山頂正日峰／小白水河碧溪流／光明星誕五十周／皆讚文武忠孝備／萬民稱頌齊同心／歡呼聲高震天地

顯然，父親十分讚許兒子「文武」、「忠孝」皆備。

金日成病逝後，黨內有人建議：「金日成主席逝世了，金正日將軍應該到錦繡山議事堂辦

金正日少年時期。

公。」議事堂是金日成生前辦公場所。在一次會議上，金正日對此作出回應：「我在哪兒辦公都行，現在辦公的地方就很不錯。錦繡山議事堂建得很有特色，讓領袖永遠安放在那裡吧。」他接著又說：「領袖生前辦公累了的時候，就來到陽台上，一邊休息，一邊望著對面大城山抗日烈士陵園，同他安息在那裡的老戰友說說話。現在領袖去世了，讓他依然留在議事堂，還和生前一樣，可以與老戰友說說話啊。」

金正日辦公室位於平壤市中區，這裡早先也是父親金日成辦公的地方。一九七六年，金日成辦公室搬去錦繡山議事堂後，這裡經一番重修，留給金正日辦公用了。這一辦公地，用鋼筋水泥建了數百公尺長的的三層建築，內部用花崗岩和大理石裝修，為抵禦炮火，建築牆壁的厚度達八十公分，七個入口都有重四十噸以上的自動鐵門，用遙控器掌控開啟或關閉。據朝鮮軍人說，即使坦克都無法攻破這自動門，更可抵禦核輻射。主樓三樓是金正日辦公室，二樓是副部長辦公室，一樓是書記室。從辦公室坐電梯到地下百公尺，便有地下甬道通往十五號官邸。這地下甬道，用大理石建成，寬四公尺，高三公尺，以散步速度五分鐘能走完。金正日習慣步行或騎自行車，由此去十五號官邸，他認為這也是一種難得的鍛鍊。

金日成逝世百日追悼大會後，朝鮮勞動黨中央每天收到數萬民眾來信，要求盡早擁戴金正日為黨和國家最高領導人；朝鮮各界紛紛動議，擁戴金正日為黨的總書記和國家主席。在一次國內局勢匯報會上，金正日聽完匯報後說：「不急，人民為領袖的悲哀還沒減弱，不能推選黨和國家最高領導人，高喊萬歲是違背道義而不合世情的。再說，領袖生前已經確立黨和國家的領導機構和體制，我不需要什麼擁戴儀式，人民也會按黨的意願工作和生活。」在朝鮮政壇，金正日大權在握，沒有任何人能挑戰他的地位。

金正日決定守國孝三年。按朝鮮民族的傳統習俗，為體現子女忠孝，當父母去世要守孝三年。這三年的概念，一般是指三個年頭，即到一九九六年守孝期滿。這段日子裡，他始終不公開露面，守孝期過了，他仍沒露面，這引起西方和日韓媒體的揣測，誤以為金日成去世後，朝鮮政壇出現亂局，金正日大權旁落，體制崩潰在即。

其實，金正日早就強調，不能按傳統慣例行事，守孝三年就應該整整三年，到一九九七年七月八日為止。

金日成突然病逝毫無徵兆，金正日也確實毫無準備，他的所有部署全被打亂了。為了鞏固自己的勢力，他在人事安排上作了調整。守孝期間，他僅僅簽署了朝美關於解決核武問題的聯合聲明，他凍結了所有重大外事活動。金日成在世時正實施的一些新經濟措施也告暫停，唯有批准大勝銀行與英國合資經營的項目。由於金正日沒有正式宣布接任勞動黨總書記和國家元首職務，因此南北首腦會談也遲遲不能展開，那三年，朝韓關係實施上也處於停頓階段。

外國人都無法理解，一個國家元首可以守孝三年，不理國事。從朝鮮民族的特性看，這個民族尊敬老人的程度，往往令外人訝異，重視老人的花甲大壽，父親去世後兒子要守孝三年等。朝鮮數十年的造神運動下，人民視金日成為「慈父」，慈父去世，於是守孝三年，也就順理成章而可以理解了。

金正日守孝三年的這一做法，頗獲朝鮮民眾的理解、同情和讚許。

一九九七年七月八日，朝鮮為金日成守國孝三年期滿，是日，朝鮮勞動黨中央委員會、中央軍事委員會、國防委員會、中央人民委員會和政務院聯合作出決議：金日成作為「民族的太陽升起」的一九一二年為元年，制定主體年號；金日成誕生日四月十五日為朝鮮民族最大節日「太陽節」。

十月八日，朝鮮勞動黨中央委員會和中央軍事委員會發布特別報導：宣布全黨擁戴金正日為勞動黨中央委員會總書記。黨的最高領導確立了，接著是確定最高行政權力機構。當時，各國輿論普遍以為金正日會出任國家主席，不料，他又以別出心裁的新思維玩了一招。

一九九八年九月五日，朝鮮最高人民會議第十屆第一次會議在萬壽台議事堂舉行。會上新修憲法：已故金日成為共和國永遠主席；取消原有的關於國家主席、副主席和中央人民委員會條款，撤銷中央人民委員會；撤銷最高人民會議常設會議，成立最高人民會議常任委員會，是最高人民會議休會期間的國家最高權力機構，將原屬於國家主席、副主席和中央人民委員會的職權，移交給新設的最高人民會議常任委員會及委員長和內閣。

最為人關注的是，新憲法關於國防委員會的修改，將軍被放在首位的治國方式，開啟「先軍政治時代」，即「軍事優先政治」，一切國家事務，都是在軍事優先政治的路線下執行的。原憲法規定「國防委員會是最高軍事領導機關」，新修改為「總攬性的國防管理機構」，「國防委員會委員長行使國家最高領導權」。在這次會議上，金正日再次當選為國防委員會委員長，他成為朝鮮國家最高領導人。至此，金正日身任總書記、國防委員會委員長、人民軍最高司令官。

一九九七年二月十五日，朝鮮人民軍功勳合唱團，在平壤

金正日開啟北韓先軍政治時代。

「4・25文化會館」舉行金正日五十五歲誕辰日演出，一百多名男歌唱家，以雄渾激情唱出新歌〈金正日將軍之歌〉。此新歌令朝鮮民眾為之一振。早在一九四五年，朝鮮人就有〈金日成將軍之歌〉，兩首歌都從白頭山唱起，一首是「白頭山綿綿山嶺沾滿血印」，一首是「白頭山綿綿無際」。這兩首歌，互為交融，在朝鮮三千里江山回響。

金正日時代就此開始。

我近距離見到金正日，是二〇〇九年十月，溫家寶出訪朝鮮。

這一年，中國和朝鮮建交六十周年，中朝兩國把當年確定為友好年。這是中國總理十八年來首次訪問朝鮮，也是溫家寶總理首次訪問朝鮮。

境外記者在機場等候溫家寶專機抵達。根據事先安排，機場歡迎儀式，由朝鮮內閣總理金英日主持。現場突然爆出群眾歡聲雷動，轉頭一看，竟然金正日出現了。他到現場迎接溫家寶，讓在場所有記者相當意外。金正日步履還算矯健，身子顯得消瘦，精神卻還不錯。他從專車下車，走到停機坪旋梯下，走了五分鐘，他和身邊官員邊聊邊走。

溫家寶下機後，金正日與他，還有最高人民會議常任委員會委員長金永南、金英日，一起檢閱了三軍儀仗隊，溫家寶隨後離去。目送溫家寶上了車，車隊緩緩離開後，金正日才登上自己的車離開。整個過程持續半小時，看他的氣色，看他的行走動作，金正日身體狀況比當時外界猜測得要好很多。這是金正日被傳身體有問題之後，第一次出現在外媒鏡頭前。雖然之前，人們透過電視或報刊圖片也看到他接待過幾批外國代表團，但所看到的圖片，都由朝鮮官方拍攝，都不是電視鏡頭中的圖像，當局又善於對圖片作「加工」。這一次，金正日現身，令外國媒體相當意外。

金正日始終是謎一樣的領袖人物。

在朝鮮，經過幾十年的宣傳與推進，「主體思想」早已成為朝鮮政權的唯一合法性來源。根據朝鮮憲法，「主體思想」是共和國的指導綱領。在晚年金日成的主宰下，「主體思想」發展為「金日成將軍是朝鮮民族的完美領袖，只有和金日成擁有完全一樣的思想和品質的人，才能領導朝鮮社會主義革命」，「領袖接班人最重要的條件，就是要對領袖忠誠」。

這是「金日成替身」論。朝鮮人認為，領袖的兒子從小生活在領袖身邊，經常接受領袖的耳提面命，對領袖的思想理解得最好最深。領袖的兒子，顯然是唯一合適的人選。金正日在金日成去世後守孝三年，又修改憲法，將金日成尊為朝鮮「永遠的主席」，然後金正日發展了「主體思想」，建立起自己的「領袖體制」，認為「人民大眾創造歷史，領袖是決定一切的」。

金正日究竟結過幾次婚，或者說，究竟有過幾個夫人，朝鮮當局從來未有說明，我每次去朝鮮問朝鮮朋友，從來沒有人明確回答過，有的乾脆說：這是國家機密。於是，在公眾心目中，朝鮮第一家庭始終充滿傳奇色彩，金正日與多位妻子的故事，更是籠罩神祕面紗。

一般認為，金正日有四任夫人：洪一茜、成蕙琳、高英姬、金英淑。也有輿論說，金正日還有另兩個女人：孫姬林、金玉。

金正日原配夫人洪一茜，她是「革命先烈」的遺孤。由父親介紹，金正日於一九六七年娶了她，翌年生下女兒金惠敬。不過，這段婚姻僅維持了三年，兩人情分不再。

而後，金正日愛上比他年長五歲的性感電影明星成蕙琳。早在學生時代，成蕙琳就因出演電影而聞名全國。與金正日結婚前，她有過一段婚姻，生有一子一女，她來自韓國，社會關係複雜，金正日父親金日成始終反對這樁婚事。一九七一年，成蕙琳生下金正日長子金正男。她長期患病，在莫斯科治療，於二〇〇二年五月病逝。

出身於旅日朝僑家庭的高英姬，成了金正日第三任夫人，比金正日年輕十一歲。高英姬的父親出生於濟州島，後來旅居日本，是日本著名柔道選手。一九五三年六月，高英姬生於日本東京，後居住在大阪。上世紀六〇年代初，她跟隨家人一同離開日本回朝鮮定居，並於一九七二年成為萬壽台藝術團舞蹈演員。金正日是在父親金日成舉辦的一次晚會上，與高英姬相識，兩人「一見鍾情」，那是上世紀七〇年代中期。高英姬先後為金正日生下兩子一女，金正日的次子金正哲、三子金正恩，女兒金英順。二〇〇四年秋，高英姬死於乳腺癌。

朝鮮當局的宣傳，把高英姬稱為「金正日最忠誠的戰友」。曾擔任金正日廚師十三年之久的日本人藤本健二，在其個人傳記中說：「金正日對高英姬的愛不容置疑，高英姬是金正日的摯愛。」可以肯定的是，金正日還有一位女兒金雪松，她在金正日身邊工作。

她的母親究竟是誰？有各種揣測和分析。比較主流的意見認為，金雪松是金英淑所生。在高英姬之後，金正日又迎娶了比他小二十二歲的第四位夫人金英淑。金英淑生於一九六四年，畢業於平壤音樂舞蹈大學，她的專業為鋼琴。從二十世紀八〇年代初起，她擔任金正日身邊的「書記」工作，輔佐金正日處理國政。金正日出訪，金英淑是以「朝鮮國防委員會課長」的名義隨行。二〇〇〇年十月，朝鮮國防委第一副委員長趙明祿作為金正日特使出訪美國，金英淑接受特殊使命，作為國防委課長一同訪問美國。二〇〇五年七月金正日會見韓國現代集團會長玄貞恩時，她也出席了。二〇〇六年一月，金正日訪問中國，金英淑也作為國防委課長隨

高英姬。

行，在一次宴會上，朝方人員還特意向中方人員打招呼：這位「是課長也是夫人」。

金正日於一九七三年和金英淑結婚，翌年生下女兒金雪松。見過金雪松的人都說，她不同於北韓一般女性，頭髮留得很長，父親金正日說過，飄逸長髮不符合朝鮮的傳統美，是外國資本主義壞習慣，但對他女兒的長髮，似乎也沒辦法。金雪松個頭比金正日高，有一六五公分，臉型甜潤，大眼水靈，氣質高雅，性格爽朗，從小就深得金正日呵護。她待人接物，彬彬有禮，在公眾場合從不張揚，常常在父親身後遠遠地跟隨著，不時從隨手的小包裡，拿出父親眼鏡盒和一個專用水杯，以備父親需要時使用。很多人一直以為她是金正日的隨行護士或貼身女保鏢，後來才確認這是金正日的千金。

金雪松畢業於金日成綜合大學的經濟學系政治經濟學科，後被安排到黨中央委員會宣傳鼓動部，負責文學領域的工作。上呈到宣傳鼓動部的文學作品中，有金正日簽名的都是金雪松代筆。從小她就對藝術的悟性較高，感覺豐富，文學素養突出。從二十世紀九〇年代末起，金雪松開始總管金正日的警衛業務和日程管理工作。金正日現場指導或到軍隊視察等活動時，金雪松都隨行，並負責人身安全的保護和日程安排等方面的最終檢查和管理工作。

金雪松隨金正日出行時，人民軍服裝上都會帶著中校的肩章。一次，金正日到工廠現場指導，他和工廠幹部們握手後轉過身來，金雪松立即從車上下來，用已消毒的手帕為金正日擦手。金正日於二〇〇二年八月訪問俄羅斯遠東地區的時候，金雪松曾隨行。金正日總書記不止一次說過：「我特別喜歡女兒雪松，她有頭腦、有能力，女兒在很多地方是最像我的。」

西方和日韓傳媒對金正日的家庭成員的報導，五花八門，可謂光怪陸離。

金正日被外界稱作「隱居的領導者」，他究竟住在哪裡？外國媒體也是各有說法。據我所知，他的正式官邸是十六號住宅，位於平壤市中區勞動黨主建築邊上，二層高的樓，配備多種娛樂設施。官邸面積二公頃，四周是十一公尺高的圍牆。正門位於建黨大廈後面，後門位於中央黨史研究所後面，官邸的地下有與外部連接的祕密通道。此外，金正日的常住地，其實是位於平壤市中區的蒼光山住宅。金正日偶爾小住的還有平壤市普通江區西章洞住宅。金正日的十五號住宅地處平壤市中星洞，有地下通道直達辦公室和勞動黨中央委員會大樓。這裡是他與成蕙琳共同生活過的地方。

金正日被外界視作隱居的「宅男」，其實幾乎每隔半個月，他都會外出視察。在朝鮮，為高層領導人外出視察、指導工作時所投宿的場所，可謂遍布全國各地。朝鮮人稱之為別墅。舉一例：距離平壤市四十公里遠的順川郡子母山別墅，即長壽別墅，一九七六年動工，一九八二年竣工，金日成夫人金聖愛曾在此居住六個月。再舉一例：平壤郊區的龍城區二十一號。

美國經濟學者柯帝士・梅爾文，曾透過衛星照片追蹤朝鮮非公開設施，照片拍攝到龍城二十一號，認為這就是金正日擁有的諸多住宅之一。照片拍攝的這一宅邸，占地四千八百二十六平方公尺，面積如一個區，宅院內僅泳池就長十五公尺、寬六十公尺，庭院修繕完美，設施極為高級。韓國情報部門對此評說：這就是金正日在平壤的主要住所。其實，據我所知，這裡只是朝鮮地下戰時司令部。這住處能防核輻射，早在一九八三年就竣工了。周邊部署了對空武器的防禦部隊，一旦有戰事，朝鮮最高司令部、政務院，以及勞動黨各機構可盡速入住。內裡儲藏的備戰物資，可在與外界聯繫被切斷的狀況下，維持五年。龍城二十一號有四通八達的地下通道，連接平壤附近主要建築物，還設置地下鐵路，連接四十公里遠的子母山別墅。

金正日每天睡覺不會超過四五個小時，上午十一時前起床，習慣徹夜在辦公室忙碌，直到天亮才回住所睡覺。他喜歡凌晨辦公，有一次，他向中國駐朝鮮大使館的官員說，這是因為父親金日成

金正日官方肖像畫。

的緣故，金日成是這樣的習慣，他長期跟隨領袖，要隨時與領袖談話交報告，因此自己也習慣了。

金正日作為最高領導人，他的政治、外交領域的舉動和手腕，外人感受不少。在朝鮮，他被認為是「二十一世紀的太陽」，官方報導他，說他三十多年來，「以夜以繼日、廢寢忘食的革命活動，將朝鮮勞動黨加強和發展成為百戰百勝，久經考驗，千錘百鍊的革命的黨，把朝鮮人民培養成為具有堅定信念和意志的自主的人民。」

然而，這些年來「叛逃」到韓國的朝鮮高級官員們陳述的金正日，則幾乎是另一個人：腐敗，性生活放蕩，酗酒。有人說，金正日擁有一個藏有一萬多瓶名貴葡萄酒的巨大酒窖，愛西方金髮美女，收集了馬自達RX7跑車系列。

對金正日的報導經常是正反相互矛盾的。西方媒體常常將一些真假難辨的情報，將金正日描繪成一個集恐怖分子和瘋子於一身的魔鬼。韓國情報機構KCIA說，金正日的出場表現，神經不穩，情緒起伏。不過，曾經與他數小時面談的一些外國領導人，如韓國前總統金大中、美國前國務卿歐布萊特、瑞士首相佩爾森，都沒有把他描述成與世隔絕的人，更沒有認為他是神經不正常的。他們見了金正日後，描述的印象竟然一樣：金正日是個資訊靈通、有談話熱情的會談夥伴。日本前首相小泉曾說，金正日「既冷靜又開朗，還不時開一句玩笑，頭腦精敏」。韓國前總統金大中說，金正日「思維敏捷，不固步自封，且具亞洲人的、儒家的、講道德的特徵」。可見，許多傳說，包括從朝鮮跑出來的「脫北者」說的話，都需要打問號的。

不過，韓國副總理權五奎的話絕對是實話實說了。二〇〇七年十月二日，盧武鉉踏上訪問朝鮮的旅程。十月四日，盧總統與金正日舉行首腦會談，發表《北南關係發展與和平繁榮宣言》（10・4共同宣言）。此次高峰會是繼二〇〇〇年六月金正日與韓國時任總統金大中會談之後、時隔七年的第二次北南首腦會談。韓國副總理權五奎參加了這次朝韓首腦會談，他說，此次首腦會談的三天訪朝期間，共吃了六餐。金正日對美食頗有講究。其中，用出生十四天的鴿子做的「炸鴿子料理」和以朝鮮傳統做法做的藍莓冰淇淋，印象最深刻。權五奎說：「炸鴿子把鴿子的骨頭和腳都一同炸出來，口感夠脆。炸鴿子就像炸麻雀一樣，分量非常少。」金正日當時向韓國代表團說：「出生後十四天的鴿子最好吃，若超過十四天，味道就不同了。請多吃。」

金正日的接班人究竟是誰？始終是國際社會關注的焦點。朝鮮對外信息公開度相當低，外界對朝鮮的了解甚少，神祕感越濃，越刺激人們去探究。數十年來，朝鮮實行高度集中的政治威權體制，一個最高領導人的個性特點，左右著整個國家重大的內政外交戰略，最終決定權取決於一個人，誰成為下一代領導人，將對朝鮮、對東北亞產生決定性影響。

第二十章

金正男、金正哲接班希望落空

遠眺平壤千里馬銅像。

朝鮮無疑是一個新「王朝」。

朝鮮近年最高領導層中，大多已是耄耋老人，讓年輕新銳走上前台已是當務之急。三十年前勞動黨「六大」確立的組織架構中，許多人已經辭世或離開政治舞台，五位政治局常委已有四位辭世，政治局十九位委員已有近四分之三的人消失。何況金正日健康狀況堪憂。

近年，朝鮮幾乎在所有領域加快了「世代交替」步伐，人民軍一線各軍的軍長，全部換成了四十至五十歲的人擔任。軍以下的幹部則由更年輕的軍官擔任。朝鮮如此大範圍而快速部署「年輕化」革新，可見金正日根據自己當年接班的經驗，為其接班人逐步掌握政權、擴大政治影響而展開組織和輿論準備。

在全世界所有共產黨國家裡，恐怕唯有朝鮮是堅持「子承父業」的封建王朝制度的。任何非金日成直系親屬的人執掌朝鮮政權，都將面臨與朝鮮立國的根本，即金日成創立的「主體思想」相抵觸的問題。

金正日的接班人也就只能從他的三個兒子裡產生。

長子金正男，母親成蕙琳，生於一九七一年。

次子金正哲，母親高英姬，生於一九八一年。

三子金正恩（早前曾譯作金正雲、金正銀），母親高英姬，生於一九八三年（一說一九八四年，或一九八五年）。

金正日接班人問題，始終是外界熱炒的話題。早在二〇〇一年，韓國《朝鮮日報》曾爆出金正日的長子金正男有可能接班的消息。二〇〇四年，在金正日剛剛度過六十二歲生日時，諸多國際媒體又對其接班人提出種種猜想。當時，韓國《亞洲時報》率先透露，金正日的接班人很可能不再是傳說中的長子，而是其第三子金正恩。

二〇〇八年九月十日，金正日因病未能出席建國六十周年慶典，國際社會對其接班人的熱議再度引發。二〇一〇年六月，朝鮮當局突然宣布，將於九月上旬召開勞動黨代表會議。時隔四十四年，再度召開朝鮮勞動黨歷史上的第三次代表會議。第一、第二次代表會議在一九五八年和一九六六年舉行。代表會議主要是討論和決定黨的路線、政策及人事安排等事項。

這第三次代表會議，被認為是金正日在接班人問題上，終於列出了時間表。雖進入朝鮮多次，但我根本不可能從朝鮮官方獲得有關接班人的蛛絲馬跡，因為在朝鮮，這是最敏感最機密的話題。那麼多年來，朝鮮官方媒體也從來沒報導過金正日兒子的任何動向信息。

朝鮮是深受儒家傳統思想影響的國家，一直奉行長子繼承制。在韓國和日本，最初傳出的消息都說，金正男最有可能接父親的班，成為朝鮮元首。金正男生於一九七一年五月十日，從小就受父親特別寵愛，金正日公務繁忙，但還經常抽出時間，陪金正男做智力遊戲，教他射擊和駕駛。金正日妹夫張成澤，現任朝鮮國防委員會副委員長，曾擔任金正男的監護人。金正男曾到俄羅斯和歐洲留學，懂英語和法語，一九九九年春返回朝鮮，開始嘗試學習如何治理國家。

金正男曾在朝鮮勞動黨中央護衛總局擔任要職，直接由有「金日成忠誠衛士」之稱的護衛總局局長、軍隊元老李乙雪元帥親自指導。金正男還是個「電腦迷」，二〇〇一年曾任朝鮮電腦委員會領導人，負責朝鮮信息技術政策的制定。

金正男最想主張的是，朝鮮應全力以赴作經濟重建。這也是他幼時留學瑞士日內瓦九年，了解了自由社會後才有的堅定信念。在日本和韓國，通常認為金正男雖為長子，但未能登上繼承人的寶座，是因為二〇〇一年非法入境日本事件。

由於金正男很少在公眾場合曝光，媒體也沒有他的任何報導，因此，日本方面不知道入境的男子就是金正日長子。二〇〇一年五月一日，日本東京成田國際機場，海關扣押了一名持假護照的男子、一名女子和一名四歲小男孩。這名男子迫於無奈，透過翻譯告訴日本海關官員，他是朝鮮最高領導人金正日的大兒子金正男，女子是他妻子申正熙，四歲男孩是他兒子。他此次來日本是想帶兒子看看東京的迪士尼樂園。令人不解的是，日方竟然不核實、追查三人的身分，便將他們當即遣返。

金正男這一事件，令金正日震怒。金正男在父親心目中的地位頗受影響，不再受寵。人們普遍認為，上世紀九〇年代中期，金正男一度被認為最有可能成為金正日的接班人，但潛入日本旅遊遭驅逐後，其接班之夢破滅了。自此，他長年生活在國外，逐漸遠離平壤權力中心。但熟悉朝鮮這個家族的相關人士卻看法有異，認為他被放逐的原因，就是向父親諫言，希望推行基於中國改革開放模式的經濟改革。金正男上世紀九〇年代後期結束海外留學回平壤後，他視察了全國，認清朝鮮經濟頑症所在，並對父親強烈建議改革開放。據說，他父親正是聽到此類言論後，才開始嚴加防範。另外，他父親的心思已不在金正男母親成蕙琳身上，只對旅日韓國人出身的高英姬頗為著迷。他父親還與高英姬生下兩個兒子，並對這兩個兒子極其溺愛。金正男成為繼承人的希望也因此一天天落空。

令金正男備感壓力的是一九九六年的事。

他出席支持在朝鮮國內逐漸興起的資本主義的團體集會，並在集會上強調了中國式改革的必要性。如此言行觸怒了他父親。隸屬於朝鮮對韓國情報機構「朝鮮勞動黨統一戰線部」的張真晟證明，一九九六年八月，在那個支持資本主義的團體集會上，出現一位體態魁梧的年輕男子，自信地發表講話：「父親和我說，你試試看略微重整一下國家經濟。我認為，要想重振經濟，除了中國式的改革開放，沒有其他方法。我們先成立公司，然後再成立它的子公司。這樣發展下去，不就要變成資本主義了嗎？」在場的張真晟說，此人就是金正男。當時頗感震撼的張真晟說：「聽了他的講話，我以為自己來到另一個世界。」

據悉，金正男的行動非常迅速，集會結束不到一週，在平壤中心的大通江區域的一幢公寓附近，豎起了一塊寫著「光明星總公司」的招牌，公司的建築也已動工。金正日預感長子的一系列行動中，可能萌發出「危險的思想」，因此將他從經濟部門調離，要求他「多學政治」。接著，金正日逮捕了兒子的親信，並限制相關活動舉辦。之後，金正男被安排在實為祕密警察的「國家安全保衛部」，擔任副部長這一重要職位。不難想像，金正男對此決定有多麼失望。張真晟認為，金正男因此事更體會了父親的冥頑不靈，這也使他心灰意冷。此時，他這才下決心移居海外。

二〇一二年五月，香港新世紀出版社出版中文版《父親金正日與我：金正男獨家告白》一書。作者是五十四歲的五味洋治，日本《東京新聞》編輯委員，他曾兩度與金正男相約，在澳門和北京面對面，分別作了近二小時的獨家訪問。中文版出版前，我讀了此書版樣稿。四月十五日，在東京的五味洋治告訴我，早前此書日文版出版後，金正男讀了，沒什麼太大反應，只是認為出版早了些。

五味洋治筆下的金正男，完全顛覆了人們印象中的「浪蕩公子」的形象。書中以很多細節描述金正男待人接

《父親金正日與我：金正男獨家告白》日文版書封。

物和處世哲學，禮貌，守時，包容，誠信。金正男說：「我接受西式教育，從小到大都喜歡享受自由，這一點是眾所皆知的事實。時至今日，我依然喜歡自由奔放的生活」，「關於我好賭成性的傳聞，如果真的像某些新聞報導中說的那樣，我每晚出入澳門ＶＩＰ賭場，那麼估計我現在早就流落街頭，靠乞討度日了。以前來澳門旅行時，我曾經玩過賭場的自動賭博機，但也僅此而已，即便居住在澳門，我也沒有出入賭場」，「我會經常去澳門，因為那裡是從家人居住的中國國內來看，距離最近而且自由開放的一個區域」，「持朝鮮護照可以免簽入境的國家究竟有幾個，如果可以用朝鮮護照自由地周遊世界，我還何至於拿偽造的多明尼加護照去日本的迪士尼樂園？」

五味洋治對我說，金正男的出生被視作祕密，他父親又是個反覆無常的最高領導者，金正男兒時過得很孤獨，卻平易近人。他愛好讀書，經常瀏覽國外關於朝鮮的報導，極其冷靜和客觀分析自己祖國的現狀，擔心國家的未來。

據韓國情報部門透露，金正男在北京和澳門有三個女人和三個子女。北京北郊的公寓住著原夫人申正熙和兒子金錦率；在澳門住著第二夫人李慧靜和兒子金韓松（一譯金韓率）、女兒金率熙。此外，金正男在澳門還有一個家，那女人是高麗航空空姐出身的徐英羅。（以上人名皆為音譯）

澳門加思欄馬路，八—十號，嘉安閣公寓。有消息說，金正男的第二夫人李氏和兩個孩子就住在這幢舊公寓的十二樓。有一回去澳門公幹，我順便找到這幢公寓，走進去，一位六十多歲的男子說，曾經有一段日子，會常常遇見住十二樓的一對兄妹，最近好像都見不到了。我遞給他一張金正男的照片，他接過去，不假思索回答說，此人從沒見過。這兄妹倆，在澳門氹仔島的聯國國際學校讀書，自從有日本記者到學校探尋跟蹤，兄妹倆就不再來上學。韓國情報部門掌握的情況說，澳門路環島最南端的竹灣豪園三百六十一號，也是李氏和兩個孩子的住所，但據竹灣豪園的住客說，從沒見過也沒聽說過她們。後據韓國情報部門官員說，金正男和第二夫人早已分居。

另有消息說，澳門舊街觀音堂附近的芬香閣十二樓，是金正男和他的警衛員，與朋友經常喝酒的寓所。不過，芬香閣的保安說，從來沒見過什麼胖胖的「金正男」，卻有過幾次外國記者到這裡尋覓他的蹤影。有外國傳媒曾在新濠鋒酒店餐廳和賭場一樓大廳，偷拍到金正男的照片，酒店餐廳的服務員說，金正男以前確實經常光顧這裡，但二〇一〇年三四月以來，他再沒來過。三月二十六日正是天安艦事件發生之時，據說金正男擔心自身安全，已經離開澳門。

金正男與第二夫人的兒子金韓松，即金正日孫子，曾於二〇一一年十月一度成為韓國和日本的新聞人物。**Kim Han Sol**，金韓松，今年十七歲。九月三十日，有人在社交網站臉書、推特，以及Youtube上，發現疑似金正男兒子金韓松，相當活躍地議論朝鮮問題，韓國和日本媒體獲知後，旋即窮追猛打。翌日，他的照片、文字全被遮蔽，兩天後，Youtube上他的帳戶也呈關閉狀態，全設定為「信息只對好友開放」。

他是以波士尼亞國際學校——世界聯合學院莫斯塔爾分校註冊的帳戶，早前，波士尼亞《晚報》曾有報導稱，剛註冊入學的金韓松的父親，是朝鮮領袖金正日長子金正男。莫斯塔爾分校發言人也證實，金韓松的國籍是朝鮮，他的英語非常流利。金韓松辦完簽證手續後，將會到波士尼亞就學，與其他同學一樣，入住學校宿舍。據悉，這所國際學校，每年學費約二・五萬美元，相當於朝鮮人均收入的百倍以上。

在社交網站，他用英語介紹自己，愛好攝影、旅行、葡萄酒、SPA等，喜歡的電影則是《愛是您・愛是我》（*Love Actually*）和《衝鋒陷陣》（*Remember the Titans*）等。在問答欄目上，問題「民主主義還是共產主義」，他選擇了「民主主義」。

他寫道，「我告訴你們，我是朝鮮人，現在居住在澳門。朝鮮有網路。我在朝鮮的網路上安裝了衛星通信系統。朝鮮民主主義共和國永遠繁榮昌盛。」「我在朝鮮屬於中等生活水準，但即使有好吃的菜餚，想吃也不敢吃，因為心裡總覺得對不起朝鮮人民。我知道朝鮮人民在飽受饑餓之苦，我願意為他們做點事情。」金韓松的對話記錄上顯示，他經常與一位「金哲」的朋友聊天，居住在澳門的金正男，往常預訂新加坡、香港等東南亞酒店時，常用的就是「金哲」的化名。

金韓松或許是最先領略外部世界絢麗多姿的朝鮮少年。他曾就讀於澳門國際學校，效仿韓國偶像組合BigBang，把頭髮染成黃色，愛穿緊身西裝，一隻耳朵戴著耳釘，與一位名叫「索妮雅」的外國女孩說「我愛你」、「親愛的」，看起來時尚潮酷。他常出國遠行，體驗外面世界的花花綠綠。十四歲時他曾和朋友一起在澳門為韓國歌手Rain的演唱會而瘋狂。那時他留著光頭，身穿白色T恤，和在香港及澳門上初中的五名韓國朋友一起跟著Rain唱。有知情人士說，一個席位的價格是二十九萬韓圓，入場券都是金正男花錢購買的，然後讓兒子邀請朋友。據澳門朝鮮僑胞說，金韓松喜歡吃炸醬麵、糖醋肉、炒豬肉、明太魚湯、冷麵，常出沒在韓國餐廳，「江南紅」、「首爾館」、「漢城會館」是他經常光顧的地方。

作為長子的金正男，在媒體上的曝光率雖然不高，但比兩個同父異母的弟弟要多得多。自潛入日本事件發生後，他身在外國，始終是外國媒體追逐的目標。他的穿著和一般朝鮮人明顯不同，從被外國傳媒拍到的影像和照片看，他總是全身休閒裝，灰色長褲，BOSS牌T恤衫。

金正日的第二個兒子金正哲，於平壤出生。他為人相當低調，與其母高英姬務實的處事風格一樣，人們視線中很少見到他。一九九四至一九九六年，金正哲曾在瑞士首都伯恩的一所國際學校讀書。為掩人耳目，他化名朝鮮大使館的司機與清潔工的兒子「朴哲」。瑞士方面也覺得事有蹊蹺，

金正哲十幾歲時化名「朴哲」在瑞士的一所國際學校念書。

不明白金正哲的「雙親」總是對他畢恭畢敬，不像父母對兒子的態度。金正哲學成後回朝鮮宣傳部門供職，二〇〇四年四月被任命為朝鮮勞動黨組織指導部第一副部長。金正哲是美國職業籃球NBA的狂熱粉絲，他曾讓父親在他們的鄉間別墅旁，修建了一個籃球場。金正哲對西方世界了解頗廣，至今每年都會乘坐父親提供的專機去一、二次西歐旅行。不過，他長期來體弱多病。金正日多次在別人面前評論過金正哲：這孩子不行，太單純，不果斷，沒魄力，缺少男子漢味，總像個女孩一樣。

曾經有那麼一個階段，金正哲靠母親高英姬的權勢，在接班人競爭中逐步超過金正男。次子金正哲和三子金正恩的母親高英姬在世時，以軍部為中心曾開展過「向我們的母親學習運動」，但後來中斷了。當時軍部頌揚高英姬的運動，是軍部的金正哲支持派，為提名金正哲為接班人展開的。當時軍部聲稱，金正日獲得了白頭山的靈氣，而高英姬的故鄉是濟州島，所以白頭山和濟州島上漢拿山的靈氣合而為一的金正哲，作為領袖接班人再合適不過，正當要展開宣傳行動時，高英姬去世，整個籌劃被迫中斷。

第二十一章

金正日爲金正恩接班護航

金正日的接班人終於在二〇一〇年時正式浮上水面。

金正日似乎更看重三兒子金正恩。他對身邊的工作人員說，金正恩「雖然還年輕，但具備洞察力和實踐力，作為未來的領導人毫不遜色」，他「軍事目光遠大，具有非常強的能力」，他「正積極參與各種政治問題的討論，發表獨特見解，顯示他具備領導素質。」

一九九八年至二〇〇〇年，金正恩和二哥一樣，出國以化名「朴恩」就讀於瑞士首都伯恩的Steinhoelzli公立中學。他英語嫻熟，也會講伯恩德語，金正恩的同學和老師當時誰也不知道，金正恩竟然是朝鮮最高領導人的兒子。

金正恩和同學葡萄牙裔喬奧・米卡爾最為親密，金正恩曾向米卡爾表明自己真實身分，但米卡爾根本就不信他這番「胡說」。前不久，傳出金正恩要接班統治朝鮮的消息後，米卡爾母親聽說後一臉訝異，直呼不可思議。她說，「我兒子讀初中時，與朴恩坐同一張書桌，他倆成了好學友。朴恩來我家玩，我經常給他們做一些葡萄牙傳統雞肉菜等小吃，朴恩總是說『真好吃』，他吃得很香」，「有一次我們家召開燒烤宴會，也邀請了朴恩，當時我們一起合影留念，但不知道那張照片丟哪兒去了。米卡爾和朴恩常一起打籃球，一起溫習功課，我和兒子真沒想到朴恩會是朝鮮最高領導人的兒子。」

米卡爾目前在奧地利維也納一所大學學習。一次，他接受當地《伯恩報》採訪時說：「有一回，朴恩對我說，『我是北韓最高領導人的兒子』，我根本就不信，當時，他還拿出和金正日一起拍的照片，說那是他『父親』。當時我還是不相信，但後來在電視上看到金正日容貌，才知道和照片中是一個人。」他回憶說，經常和朴恩一起看成龍的電影。他來自葡萄牙，英語程度一般，但朴恩英語非常好，常常給他很多幫助。朴恩和同學們相處都很不錯。他的身邊沒有保鏢。同學們說朴恩內向，不過擅長滑雪、籃球運動。每天放學都有車來接他回家。

金正恩那三年居住在伯恩的三層聯排住宅，直到二〇〇六年，這住宅由朝鮮駐伯恩大使館管理。該聯排住宅位於市郊基勒什街十號的小山坡上。村民們說，朱黃色瓷磚的這幢公寓，屬於中產階層居住的普通公寓，但十年前在這個地區算是高級公寓了。日本一家電視台的記者曾偷拍這幢公寓，朝鮮大使館報警，日本記者遭警方扣押。自從金正恩被曝光接班，外國傳媒紛紛湧來此地，瑞士首都僅十二萬人口，卻一度引發國際社會關注。

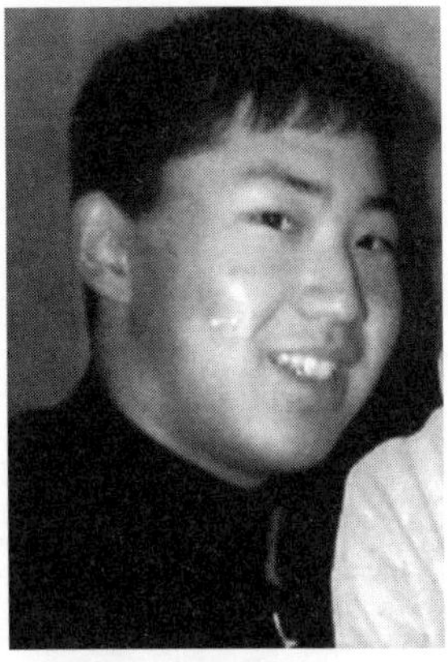
金正恩年少時期。

迫於傳媒的窮追猛打，國際學校曾召開一場記者會。學校教育長修圖德坦承，「確實有朝鮮國籍的學生，從一九九八年八月到二〇〇〇年秋季在本校就讀，但他當時是以朝鮮大使館外交官子女的身分登記入學的，我們無法知道他究竟是不是金正日的兒子。」當時擔任數學教師的現任校長布里說，該學生很快適應了學校生活，讀書很努力。

金正恩離開瑞士回到平壤後，進入金日成綜合軍事大學。二〇〇四年金正恩母親高英姬病逝，他性情大變，一度沉迷酒精，暴肥近九十公斤。

金正日的女兒，高英姬所生的金英順，以「貞順」之名，也入讀瑞士這所公立學校。金英順生於一九八七年，其入學手續都是由朝鮮大使館代辦。一九九六年四月，她進入了為外國人開設的德語學習班，於一九九七年八月進入小學三年級三班。學校有她結束五年級課程的二〇〇〇年七月分的紀錄，但沒有記載離開學校的日期。據悉，她是在二〇〇〇年小學六年級時離開伯恩學校回朝鮮的。當時教師被校方告知，她是「朝鮮外交官的女兒」，上學放學時總有多名女性輪班陪同這名女孩。

朝鮮早在五年前就在各方面為金正恩接班做鋪墊。當局先以軍隊為主，有計畫地對金正恩的母親高英姬，展開鋪天蓋地的宣傳，確立其「國母」地位。朝鮮發下了很多褒揚高英姬的文件，其中一份軍隊內部演講文稿，被韓國媒體獲取，早年作了公開，題目是「尊敬的母親，敬愛的最高司令官同志的忠臣」。

二〇一〇年九月上旬，備受世界各國關注的朝鮮勞動黨代表會議沒有如期召開，旋即引發外界種種猜疑：長期患病的金正日健康是否加重了；朝鮮當局在金正日接班人問題上尚未達成共識……九月中旬，朝鮮官方正式宣布勞動黨代表會議定於九月二十八日召開，平壤媒體披露是「因特大水災，會期無奈延誤」。

金正恩母親，高英姬是國家級舞蹈演員。

九月二十八日，對朝鮮而言，這是「不平凡的一天」。平壤大街小巷早在一週前就裝扮一新，滿目黨旗國旗飄揚。一輛輛穿梭往來的宣傳車，播放著激昂口號和樂曲，按要求，平壤婦女和兒童都穿上節日盛裝，在熱鬧的街口和廣場，他們自發載歌載舞。上午九點，平壤「4・25」文化會館前的廣場上，停著五十多輛高級大巴士，通往會館內的路上，數十名交通警察在維持秩序。

早晨，朝鮮中央通訊社發布重要新聞：朝鮮人民武裝力量第二任最高統帥、國防委員會委員長、朝鮮人民軍最高司令官金正日，二十七日下達第〇〇五一號命令，任命金敬姬、金正恩等六人為大將，柳京為上將，盧興世等六人為中將，趙敬準等二十七人為少將。另外，人民軍總參謀長李英浩被授予次帥稱號。

命令下達前，朝鮮人民軍有元帥二人，次帥十三人，大將十六人，上將四十一人，中將一百八十一人，少將七百九十人。

人民軍軍銜共分六等二十三級。其中元帥分三級，有大元帥、元帥和次帥。在朝鮮歷史上，只有已故金日成被譽為大元帥。

金正日的軍銜是元帥，另一位元帥是李乙雪。朝鮮前後共有四個元帥，已有兩個病故。一九九五年十月李乙雪被授予元帥，他一九二一年生於咸鏡北道茂山郡，是東北抗日聯軍老戰士、朝鮮人民軍統帥、勞動黨中央委員、中央軍事委員會委員、國防委員會委員、共和國最高人民會議議員、勞動黨中央護衛司令部司令官。他與金日成、金正日父子有長期特殊關係，極度忠誠，是金氏父子的鐵桿親信。

次帥往下是四級將官，分為大將、上將、中將和少將。而校官、尉官也各分為四級，包括大校、上校、中校、少校和大尉、上尉、中尉、少尉。朝鮮軍隊還有八級士兵軍銜，包括四級軍士：特務上士、上士、中士、下士，以及四級兵，也就是上等兵、中等兵、下等兵和列兵。

金正恩為大將，這是他首次出現在朝鮮官方媒體上。

九月二十九日，朝鮮官方媒體宣布：「此次黨代表會議取得豐碩成果，是一次歷史性會議，將成為朝鮮歷史上新的里程碑」，會議「選舉產生了黨的最高領導機構，增補了新政治局常委、委員、候補委員和黨中央書記局書記等人選」。金正日再次被推舉為朝鮮勞動黨總書記、黨中央軍事委員會委員長。新當選的朝鮮勞動黨中央政治局常委為金正日、金永南、崔永林、趙明祿、李英浩。另外，金正恩被選為勞動黨中央委員、中央軍事委員會副委員長。

人們熱議已久的金正日接班人，終於在勞動黨代表會議上浮出水面。

韓國和日本傳媒報導金正恩時，總以「太子」、「金太子」稱之，旨在諷刺號稱民主主義共和國的朝鮮，三代世襲，實際上皆由金日成家族世襲掌握政權的「金家王朝」。金正恩分別於二〇一〇年九月二十七及二十八日就任大將及朝鮮勞動黨中央軍委副委員長，在中央軍委的權位僅次於金正日，黨內排名也僅次於包括父親在內的五位中央政治局常委，此舉被認為是承繼朝鮮政權的第一步。

按照朝鮮新憲法，國防委員會行使國家最高領導權，即「先軍政治」。金正恩並沒有像代表會議前國際媒體所傳達那樣，升任國防委員會副委員長，他的接班，雖不是一步到位，尚未步入勞動黨最高層，但他的「亮相」，被國際社會認為是朝鮮領導人未來接班安排的正式啟動。

金正恩雖未能進入勞動黨最高層，但他卻進入了軍隊最高層。他的接班路徑，走的是先確保軍權，後進入勞動黨高層的路，勞動黨中央軍委原先沒有設副委員長的職位，這次就是專為金正恩新設的。

金正日為兒子的接班之路，做了精心安排。從代表會議的人選安排，可見一系列「保駕護航」的布局，形成軍黨政都有專人輔佐的架構，其中的核心人物是：金正日的妹妹金敬姬，他的妹夫張成澤，此次和金正恩一起當選中央軍事委員會副委員長的李英浩。

原本負責輕工業的金敬姬，不僅成為人民軍大將，還擢升為政治局委員。

張成澤近幾年一直受金正日的提拔和重用，二〇一〇年六月，六十四歲的他晉升為朝鮮國防委員會副委員長，成為朝鮮「最有實權的人物」之一，之前，他被任命為國防委員會委員。目前國防委員會副委員長有吳克烈、張成澤、李用茂、金永春四人，國防委員有六人。朝鮮國防委第一副委員長趙明祿二〇一〇年去世後，國防委第一副委員長的職位一直空缺。張成澤和金正日構建的關係相當緊密。張成澤和妻子金敬姬，是金正日家庭未成年人的共同監護人。他的兩個兄弟都在軍隊裡擔任高級職務，因此，張成澤掌控著整個武裝力量。

李英浩不僅此次被提升為次帥，還身兼政治局常委的要職，是掌控人民軍的主要人物。由此，在接班人安排過程中，今後朝鮮新一代領導力量將以金正恩為中心，軍隊透過李英浩、行政安全透過張成澤、勞動黨透過金敬姬掌控管理。

金正恩雖然已登上朝鮮政治舞台，但這位「青年將軍」對外界來說依然神祕。此前，國外媒體刊載的只有金正恩兩張照片，一張是童年時的照片，一張是學生時代的照片。即使此次勞動黨代表會議給予他重要任命，也沒有公布他的個人照片。目前，外界甚至連他到底是生於哪一年，一九八二年？一九八三年？一九八四年？一九八五年？都沒法搞清楚。當局的說法是一九八二年，卻遭多方質疑。

九月三十日，朝鮮勞動黨中央機關報《勞動新聞》頭版頭條，刊登了題為「偉大的領導者金正日同志和朝鮮勞動黨中央指導機構成員們、黨代表會議參加者們合影紀念」的消息，並配發了一張金正日和與會代表在錦繡山紀念宮廣場前合影的照片，其中就有金正恩。金正恩長得像父親，更像祖父金日成。不需指點，人們一眼就能看出，坐在最前排和金正日僅隔一人的年輕人，就是金正恩。只是人太多，也只能看到他身影的輪廓。

《勞動新聞》頭版有關朝鮮勞動黨代表會議的大合照（2010.9.30）。

這一天，朝鮮中央電視台下午五時播出金正恩的視頻畫面，仔細看金正恩在會場鼓掌的動作會相當有趣。其他與會者是端坐著，高舉雙手鼓掌，金正恩則是一隻胳膊倚在扶手上，上身略歪，下面的一隻手不動，只用上面的手鼓掌。這完全照搬了金日成和金正日的鼓掌方式，簡直學得唯妙唯肖。再說髮型，金正恩的髮型已經改為上世紀五〇年代金日成的髮型，時下在朝鮮被稱為「雄心壯志」髮型。金正恩的外形體態，與父親金正日患重病前相似，也更像爺爺金日成那樣。

十月五日，據朝鮮官方電視台報導，朝鮮人民軍第八五一部隊舉行聯合演練，金正日到場觀看，陪同觀看訓練的有金正恩以及其他黨和軍方高層。這是朝鮮媒體首次在報導中提及金正恩開始隨同父親出席活動。

三天後，朝鮮當局突然再爆新聞：身兼勞動黨中央政治局委員及最高人民會議常任副委員長的楊亨燮，接受美聯社訪問時，首次公開向外界確認金正恩是金正日的兒子，他將接班成為朝鮮第三代領導人。楊亨燮說：「我們的人民非常榮幸，能由偉大的金日成主席以及偉大的金正日將軍領導，現在也很榮幸，我們將由大將金正恩領導。」

十月十日，金正恩作為軍方要員，和金正日一同出現在慶祝勞動黨建黨六十五周年的閱兵儀式上。

九個月後，中國外交部的網站上，首次公開登載副委員長金正恩的照片，這預示北京開始承認金正恩的接班地位。二〇一一年七月，中國外交部在其網站上登載了一張朝鮮國防委員長金正日接見中國國務院副總理張德江的照片，張德江為紀念《中朝友好合作互助條約》締結五十周年赴朝訪問。照片中出現朝鮮勞動黨中央軍事委員會副委員長金正恩的身影。照片裡，在金正恩、內閣副總理姜錫柱、國防委員會副主席張成澤、外務省第一副相金桂冠、以及中國副總理張德江和駐朝大使劉洪才等人的陪同下，金正日在細心地觀看張德江贈送的禮物。

朝鮮國內也在加緊對金正恩的宣傳，為其最終接位做鋪墊。這種宣傳已經出現「神化」。一份材料寫道：「金大將（金正恩）三歲學會了開槍，九歲時可以射中移動的目標。他從三歲開始就學會了開車，在未滿八歲那年，駕車在大型貨車大量通行的彎曲而傾斜的土沙道路疾馳約一百二十公里，平安抵達目的地」，「金大將沒有不會的運動，尤其是籃球，勝過一般職業選手。從六歲開始學會騎馬，騎術比騎手還要厲害。」材料披露說，曾有一位外國著名預言家見過金正恩後說：「至今，我是第一次見到這樣的人物。透著大將之風範，將來可成為統帥一個國家乃至全世界的大人物。」材料還提到，金正恩在十六歲時，便寫了一篇論述金日成在朝鮮戰爭中卓越領軍能力的論文。圓山農業大學等在金正恩實地勘察的地方，立了紀念碑和看板。

朝鮮宣傳金正恩，始自二〇〇九年五月面向全民展開。正值插秧季節，一份宣傳文件發放到全國所有學校，文件聲稱「青年金大將正在第一線指揮為挽救困境中的經濟，開展全民增產運動」。文件下達「黨的指示」，要求各地師生「認真學習，上報討論記錄」。同時，一首歌頌金正恩的歌曲〈腳步〉，開始在朝鮮傳唱。

二〇一一年四月七日，朝鮮最高人民會議在平壤舉行會議，出乎外界意料的是，金正恩依然沒有進入國防委員會，出任國防委員會副委員長。早前，外界普遍認為，金正恩會在這次會議上出任國防委員會第一副委員長而成為繼父親之後的朝鮮第二號人物，從而為順利接班鋪路。

金日成是在六十四歲的時候指定三十二歲的長子金正日為他的繼承人，然後花費了二十年的時間，才奠定移交權力的基礎，金正日一步步走上領導核心最高位置。儘管金正日在朝鮮從上世紀七〇年代起已經家喻戶曉，但他的接班人身分直到一九八〇年第六屆朝鮮勞動黨大會上才開始顯露。

金正日當時依然大權在握，身體健康狀況有所改善，尚無必要那麼快就把缺乏軍事經驗的金正恩，放到第一副委員長的位子。

那一段日子裡，金正日身體恢復健康的輿論不時出現。二〇〇九年，我在首爾採訪，韓國青瓦台一位高官對我說：「據我所知，今年六月三日美國國務院副國務卿詹姆斯・斯坦伯格會見我方安全部門的一位官員時說『金正日最少還能活五年』。據說，這是獲得金正日活動四個小時的影像，而後由著名醫生等專家作分析後得出的結論。」

美國醫生還有另一次判斷。二〇〇九年，美國前總統柯林頓赴朝鮮，將兩名記者帶回美國。這是朝鮮點名要柯林頓去平壤，於是美國就利用這個機會，派出一名醫生隨同柯林頓前往朝鮮，觀察金正日的身體狀況。官方照片顯示，這名醫生距離金正日不到一公尺。據這名醫生判斷，金正日壽命或許不到三年。

看朝鮮中央通訊社二〇〇九年六月三十日的報導，金正日日前視察咸鏡南道的半導體材料工廠、國家科學院咸興分院。這是朝中社二〇〇九年上半年第七十七條有關金正日活動的報導，超過二〇〇六年的六十七條，創同期新高。由此可見，金正日健康已無大礙。具體來看，二〇〇八年占報導總量百分之五十一的軍事相關視察報導，二〇〇九年僅占百分之二十九（二十二條），有關金正日視察各地指導經濟工作等活動的報導共五十三條，比例從去年的百分之四十升至百分之七十左右。涉外報導僅二條，分別是一月會見中共中央對外聯絡部部長王家瑞及六月觀看俄羅斯摩伊斯耶夫民族舞團的表演。

實際上，二〇〇九年八月中旬，金正日與現代集團總裁玄貞恩舉行會談加上晚宴長達四小時十分鐘。韓國青瓦台那位官員說：「據我們後來獲得的消息說，金正日當時喝了粉紅色的香檳酒，還抽了萬寶路牌香菸。」這位官員說：「對於患有腦溢血的人來說，菸酒等於是毒藥，從他沾了一點菸酒的情況看，身體應該已經大為好轉。」

在朝鮮，金正日視為是「二十一世紀的太陽」。太陽，距離地球最近的恆星。「太陽」是最受金氏父子青睞的一個詞，朝鮮人稱他倆是「人類的太陽」、「永恆的太陽」、「超級的太陽」、「革命的太陽」、「人生的太陽」、「希望的太陽」等。金日成、金正日父子都喜歡太陽。太陽給人類帶來光明和溫暖。

官方報導金正日，說他「聰明睿智，三十多年來為國操勞，夜以繼日、廢寢忘食」。

第二十二章

患病的金正日一年內三次訪華

中國駐朝鮮大使館。

還是那輛國際媒體熟悉的專列，並不顯眼，卻又是世上設施最完備的火車，橘黃色牽引車，墨綠色車廂。朝鮮最高領導人金正日，二〇一一年五月二十七日早上六點半乘坐這一專列，穿越丹東，經鴨綠江大橋，駛向朝鮮新義州，結束為期七天的六千多公里的訪華旅程。兩天後，朝鮮軍隊文藝演出團為他訪華凱旋，特意安排了一場慶祝演出。金正日、金正恩父子欣賞了這場演出。自二〇〇〇年起，金正日七次訪問中國，出訪回來舉行慶祝演出，尚屬首次。中國駐平壤使館的一位外交官對我說，由此可見，朝鮮當局對金正日這次出訪相當重視。

五月二十日凌晨，當朝鮮勞動黨總書記、國防委員會委員長金正日，乘坐的專列駛入吉林省圖們市境內時，令韓國和日本情報部門大為震驚。前不久韓國情報部門接獲消息說，朝鮮勞動黨中央軍事委員會副委員長金正恩即將訪華，顯然，金正日此行完全出乎他們意料。

金正日乘坐裝甲列車出訪。

金正日於五月二十日啟程，展開非正式訪問。這是他自二〇一〇年五月後的一年內，第三次訪問中國。和以往一樣，金正日整個行程依然高度保密，令韓日美記者四處奔波，尋覓、追蹤他的身影，而中國和朝鮮依然按「慣例」，對金正日訪華的消息始終不予證實，直到溫家寶出訪日本時，面對傳媒一再追問，才作披露。

從黑龍江省牡丹江到吉林省長春，然後南下，到江蘇省揚州，到南京，然後又北上抵達北京。行程第四天在揚州，中共揚州市委一位外事官員對我說，金正日的身體看來不太健康，他參觀揚州華潤蘇果超級市場，前前後後六七十人，在二樓食品區，他移步緩慢，跛著腳走路，揚州市委書記王燕文攙扶著他，在超市不到二十分鐘便離去了。在揚州迎賓館，據一位出席晚宴的中方人士說，金正日步履確實緩慢，但總體印象依然精神。

據這位現場人士介紹，金正日率領的訪問團相當龐大，人數不下百人，以老年人面孔居多，看模樣都是高官。那幾個貼身年輕人，從他們眼神可以揣測，是負責金正日保衛工作的。訪問團中，有多位女性，長相氣質頗佳，其中一位三十歲左右的短髮女性，穿軍綠色連衣裙，舉手投足顯露女性魅力，據說她是負責照顧金正日的護理人員。

患病的金正日，一年內三次匆匆訪華，一再表明要學習中國發展經濟。當下的朝鮮，正處於經濟建設轉型期，金正日此行被視為「經濟考察之旅」。訪華是他感知國際環境變遷的窗口。他考察中國的經濟發展、尋求與中國經濟合作，是此行重中之重。

金正日頻頻訪華，這一不尋常之處，引發國際輿論關注。西方和日韓的一些媒體稱，金正日是尋求中國的經濟援助，以擺脫國內的經濟困局。但我認為，朝鮮尚未出現外界所渲染的那種程度的經濟困難。二〇一二年是朝鮮「打開強盛大國」之年，也是金日成誕辰百周年，因此，發展經濟、提高民眾生活水準，是當前朝鮮最為迫切的任務，擺脫相對孤立的處境，對朝鮮最為現實的方式，就是加大與中國經貿合作。近半年，朝鮮明顯加大對外招商引資的宣傳力度。朝中社多次透過採訪朝鮮相關人士，介紹朝鮮羅津—先鋒經濟區的對外招商引資政策、優惠關稅制度、保障投資權益等。

朝鮮會否有經濟改革大動作，始終是外界關注的。當下的朝鮮實行市場經濟的可能性不大，朝鮮實行計畫經濟體制，這與「先軍政治」相適應，朝鮮要尋找一個契合點，既穩定現有體制，又有某種程度改革的嘗試，羅津—先鋒經濟區建設就是一種嘗試。

我曾獲得一份《羅先自由經濟貿易地帶外國投資企業和外國人的稅收規定與規則》，對於優先投資基礎設施的外國企業，羅先自貿地帶將從該企業盈利的年度開始提供五年免稅、三年減半的優惠。對於投資於生產的外國企業，在十年運營期間，從盈利年度開始提供三年免稅、二年減半的優惠。另外，投資三千萬歐元以上的企業，可享受四年免繳所得稅、三年減半的優惠。羅先自貿地帶的企業所得稅為百分之四十，高於中國經濟特區的百分之十五、香港的百分之十八、新加坡的百分之二十六。

二〇一一年，是《中朝友好合作互助條約》簽署五十周年。據韓國駐華一位外交官對我披露，朝鮮和中國最近正商定，聯合開發位於朝鮮南浦市的西韓灣油田，未來三十年，中國或會消耗的石油，相當於西韓灣油田儲量的三分之一。

金正日此次中國行，在北京，他參觀神州數碼控股有限公司，以及企業創新中心展區和研發中心；在南京，他參觀中國電子熊貓集團，了解企業最新液晶電子產品；在揚州，他考察智谷電子書、智能電網等高科技產品研發和生產；在長春，他參觀一汽轎車和解放汽車的生產；在牡丹江，考察海林農場。看他考察的重點，無疑是中國的創新科技。

剛剛從新義州回到遼寧省丹東的周晶，長期從事中朝邊貿，她說，朝鮮計畫年內將國內手機全部從2G升到3G。朝鮮移動電話用戶數量已達百萬。與朝鮮移動通信運營商半年前公布的資料相比，使用者數量增長約百分之七十。朝鮮已開始自行生產三款電腦，其中一款為桌上型、兩款為筆記型，這些電腦將用於辦公和教學。這三款電腦有兩款是教育型，雖然預裝了同樣的軟體，但一款為上網本尺寸的小筆記型，另外一款則為配備了鍵盤和滑鼠的桌上機。這些電腦和電腦程式全部由朝鮮自己專家研發，成本不高，可執行所有電腦所必備的功能。金正日率領一眾經濟領域高官一再訪華，力圖突破聯合國制裁而發展民生經濟。

金正日在列車上揮手致意。

這是金正日最後一次訪問中國，是他執政以來第七次非正式訪華。

二〇〇〇年五月二十九日至三十一日，第一次訪華。

二〇〇一年一月十五日至二十日，第二次訪華。

二〇〇四年四月十九日至二十一日，第三次訪華。

二〇〇六年一月十日至十八日，第四次訪華。

二〇一〇年五月三日至七日，第五次訪華。

二〇一〇年八月二十六日至三十日，第六次訪華。

二〇一〇年八月，間隔三個月，六十八歲的金正日再度訪華。這是他執政後第六次非正式訪問中國。金正日訪問了中國的吉林和黑龍江兩省。以吉林省為主導，黑龍江省參與的圖們江區域合作開發的核心區「長吉圖開發開放先導區」，以及向

東北亞開放的東北三省沿邊近海區域建設，已納入中國「十二五」規劃（第十二個五年規劃，二〇一一至二〇一五年），這一規劃建議，將在一個多月後的十月舉行的中共十七屆五中全會上審議。時隔四十四年恢復舉行的朝鮮勞動黨代表會議，也將於九月上旬在平壤舉行，會議也將有新經濟政策出台。因此，金正日趕在此前訪華，要為他的新政作出布署。

據我所知，由中國外交部部長助理胡正躍為團長的外交部代表團，七月二十六日抵達平壤訪問，此行就是安排金正日訪華行程而與平壤當局磋商。金正日繼二〇一〇年五月訪問遼寧後，此次接連訪問吉林、黑龍江省，東北三省都已訪問完畢。五月訪華時，金正日專列是十七節車廂，而今

次是二十六節車廂，多了九節。除了朝鮮國防委員會、黨中央書記部長、外務省等一眾官員外，還有黃海北道、平安北道、慈江道等地方官員，以便借鑑吉林、黑龍江省的發展經驗。

朝鮮與中國的跨境鐵路有三條，新義州至丹東、南陽至圖們、滿浦至集安。其中，滿浦和集安鐵路主要用於貨物運輸，外訪不乘飛機的金正日，他的專列從來沒有走過這條鐵路，以往五次訪華都選擇新義州至丹東路線，如今選擇滿浦至集安出境，再從延邊朝鮮族自治州回國，就是出於長吉圖開發的考察有關。朝鮮外交官在長春與中方外交官交談時慶幸說，好在當初沒有選擇走「新義州——丹東」路線。八月下旬朝鮮平安北道新義州地區洪水氾濫而損失嚴重，有近八千戶住房被毀，七千餘畝農耕地被水淹沒，大量電力設備、鐵路路基遭破壞，如當初安排金正日走新義州至丹東路線，勢必構成影響。

金正日距離上次訪華是三個月前。如此密度訪華，可謂「史無前例」，這預示朝鮮半島局勢將出現重大變化。八月二十七日，在吉林省長春，中共中央總書記胡錦濤與金正日會談，除了金正日贊同盡快重啟六方會談外，這次是金正日第一次高調和真正意義上評價中國改革開放成就，並明確表示要學習中國經驗，當然是在「主體思想」和「先軍政治」的前提下。

金正日說：「改革開放後，中國取得迅速發展，處處煥發勃勃生機。我是這一歷史進程的見證者」，「這充分證明中國黨和政府提出的振興東北地區等老工業基地戰略、實現區域協調發展的方針非常正確」，「相信在中共領導下，中國人民一定會勝利完成『十一五』規劃，順利開啟『十二五』規劃。朝鮮當前致力於發展經濟、改善民生，希望加強同中方的交流合作」，「吉林是我曾經生活過的地方，這次故地重遊，看到這裡的巨大變化，深受震動，感觸很多。東北地區與朝鮮接壤，山川地貌相近，工業結構相似。朝鮮要加強同中國東北地區的交流合作，認真研究中國經驗。」

據悉，中國與朝鮮的合作，雙方定下「政府主導、企業為主、市場運作、互利共贏」十六字原則。金正日這次重點考察的是吉林。長吉圖開發開放先導區的主要範圍是圖們江區域的核心地區，即吉林省範圍內的長春、吉林市部分區域和延邊州。

延邊州州長李龍熙說，《中國圖們江區域合作開發規劃綱要》引起了朝鮮的關注，朝鮮年初批准延邊州對面的羅先市為直轄市，賦予一系列優惠政策和行政權力，就是應對《中國圖們江區域合作開發規劃綱要》實施給他們帶來的機遇。延吉市與朝鮮毗鄰，海路運輸開通了借朝鮮、俄羅斯港口到達韓國、日本海陸聯運航線。琿春市作為中國唯一的縣級市口岸群所在地，方圓二百公里半徑內分布著朝鮮、俄羅斯十多個港口。琿春可透過公路或鐵路與這些港口相連接，實現「借港出海」。

國際通道建設能為長吉圖流域發展口岸經濟搭建平台。透過中國圖們——朝鮮豆滿江——俄羅斯哈桑鐵路通道，可實現中朝俄三國聯運；透過朝鮮羅津、清津港輻射中國東部沿海地區及韓、日、俄，中國圖們市距朝鮮羅津、清津港的鐵路線長僅一百六七十公里，水上通道開通經羅津港、清津港到韓國東草、釜山海上運輸線，圖們市的內貿物資跨境運輸業務，路線為圖們——羅津港、清津港——上海、廣州、江浙地區。由此可見，朝鮮掌握著這一規劃成功的鑰匙之一。長吉圖如果不能確保透過羅津港或清津港進入東海的路線，就難以成為東北亞物流核心基地。

中國迫切需要朝鮮的合作。據悉，金正日在這次訪華中對羅津、清津港的合作開放作了明確首肯，其中包括延長目前使用的羅津港一號碼頭十年使用權。金正日似乎已感覺到自己時日有限，如不在自己還能控制局面的時候走出開放的第一步，朝鮮的經濟就不能獲得大發展，他急於要在九月召開的黨代會上推出開放措施，他參觀眾多的圖們江流域的中國企業，就是一種印證。

正當金正日在吉林時，八月二十八日，第六屆中國延吉•圖們江地區國際投資貿易洽談會在吉林省延吉市揭幕，來自美、日、韓、俄、朝鮮、加拿大、墨西哥、印尼、馬來西亞等二十六個國家和地區的經貿團體出席。朝鮮首次參加此類洽談會，朝鮮金策市人民委員會副委員長李福日說，朝鮮有計畫明年舉辦與此類似的貿易洽談會，屆時將邀請參與這次洽談會的所有國家參加。

一九九一年蘇聯解體，彼時金正日父親金日成憂心如焚，十月再度訪華，與中國協調戰略，江澤民、楊尚昆與其會談，鄧小平則以私人朋友身分會見。金日成當時向中共通報，因年齡關係，他將逐漸退出執政一線，讓兒子金正日主持工作，希望江、楊對金正日多加關照。如今，患病的金正日也覺得讓兒子接班刻不容緩，須盡快像父親過去那樣求得中國理解。二十七日晚，胡錦濤為金正日舉行歡迎晚宴，金正日說，「世世代代加深和發展朝中友好關係，成了維護東北亞和平與穩定的重要問題」，「在瞬息萬變的國際局勢下，將朝中友誼的接力棒順利移交給下一代人，是我們的歷史使命。」

金正日說，中國東北地區是朝中友誼的發源地，也是金日成二十世紀三〇年代活動的地區。安排金正恩隨同訪問，可一起追尋金日成的足跡。二十六日，金正日由朝鮮滿浦越過中朝邊境，他在吉林市參觀了金日成日本殖民地時期就讀的毓文中學和抗日遺址北山公園。這兩地被朝鮮當局認為是繼承「革命傳統」的聖地。二十七、八日，金正日參觀了長春國際農業食品博覽會和吉林農業大學。二十八日晚上九點離開吉林市，午夜抵達黑龍江省哈爾濱市。他參觀了哈爾濱工業大學、哈爾濱飛機工業集團，農業機械博覽會、開發區、松花江太陽島公園。三十日上午離開哈爾濱，前往牡丹江，在北山公園，參拜了東北抗日聯軍戰績紀念塔。下午六時半抵達圖們市，二十分鐘後越過中朝邊境，返回朝鮮南陽。

俄羅斯也是朝鮮鄰國，朝俄關係近二十年來經歷多次跌宕。北京時間二〇一一年八月二十日十三時，朝鮮家喻戶曉的電視女主播、六十八歲李春姬播出新聞，宣布金正日訪俄。世人往往是看她的鏡頭，才知道朝鮮又發生了什麼大事。金正日訪俄，又一次引發全球關注。金正日外訪一般是結束訪問才在國內公布出訪行程的，這次卻是例外。八月二十日，金正日一行所乘專列，上午越過朝俄邊界，十時左右抵達俄羅斯邊境城市哈桑。這是金正日今次訪俄首站。

朝鮮計畫在二〇一二年「打開強盛大國之門」，但眼下仍看不到如期的經濟成果。朝鮮當局意識到，外交大局需要突破僅僅依靠中國的格局。金正日踏上開往俄羅斯的專列，力圖取得經濟合作和人道援助的實際成果，特別是俄羅斯遠東西伯利亞生產的天然氣，透過經由朝鮮的輸氣管道提供給韓國，俄羅斯對這一項目早就夢寐以求，正積極推動項目早日上馬。據在遼寧丹東工作的一位朝鮮經濟官員說，「俄羅斯說服朝鮮時提到，如果朝鮮同意建設輸氣管道，一年就可獲一億美元收入。」對正為實現「打開強盛大國之門」犯愁的金正日，這一項目利誘的吸引力實在太大。

據韓國企業銀行經濟研究所的報告分析，俄羅斯會向朝鮮提議建設連接西伯利亞橫貫鐵路和韓半島縱貫鐵路的項目。俄羅斯當初向朝鮮和韓國提議這一輸氣管道時，就同時提出輸電線路建設項目，且選定布列亞水電站為供電方的構想。據悉，除了建設天然氣管道外，三國還在商討建設經由朝鮮的輸電線，將俄羅斯剩餘電力輸往韓國的方案，以及建設西伯利亞橫貫鐵路和朝鮮半島南北間鐵路項目。

朝鮮七月底暴雨引發洪災，八月部分地區又受颱風「梅花」影響，百人遇難，沖毀六千七百五十多所民房，超過一萬五千人無家可歸。洪水淹沒近五萬公頃農田，嚴重影響該年度穀物產量。

在金正日訪俄前一天，俄外交部宣布，鑒於朝鮮糧食「嚴重歉收」，從當天起至九月底，將向朝鮮援助五萬噸糧食。這一援助規模遠遠超過韓國，截至到八月底，韓國為朝鮮提供了二千五百噸麵粉。而俄羅斯準備提供的數量是韓國的二十倍。按照俄羅斯市場價格，五萬噸麵粉價值約為一千七百七十萬美元。八月十九日，美國政府也決定向遭受洪災的朝鮮提供緊急救援物資，向朝鮮提供僅僅九十萬美元的緊急食品援助用於救災。

朝鮮外長在前不久舉行的東盟地區論壇期間，向俄外長轉達了朝鮮領導人希望俄能向朝鮮提供五萬噸麵粉援助的請求。就俄羅斯而言，這一援助的力度尚屬空前，此前最大的援助規模是一萬噸麵粉。可見，總統梅德韋傑夫決定向朝鮮提供糧食援助，是因為此舉可提高俄羅斯在六方會談中的地位。

這是二〇〇二年以來金正日首次訪俄，也是金正日第三次訪俄。二〇〇一年七月二十六日至八月十八日、二〇〇二年八月二十至二十三日金正日曾出訪俄羅斯。今次訪問正值金正日首次訪俄十周年之際。

金正日此行俄羅斯，他的唯一胞妹金敬姬發揮了重要作用。朝鮮勞動黨輕工業部部長金敬姬患腰疾多年，二〇一一年春夏就在莫斯科治療。金敬姬沒有從軍經歷，但二〇一〇年與金正恩一同被授予「大將」稱號，並在黨代表大會上當選政治局委員。她作為金正日有力的「後盾」，發揮著頗大影響力。她在莫斯科期間，為金正日訪俄與俄方作了不少溝通。金正日出訪俄羅斯的翌日，朝鮮官方公布了朝鮮代表團的名單。人們關注的金正日之子、勞動黨中央軍事委員會副委員長金正恩，不在名單上。

第二十三章

從金正日時代到金正恩時代

朝鮮政權世襲，如今已成功交到第三代。

在朝鮮，一輛特殊構造的野戰列車，突然停駛在軌道上。朝鮮主體一百年，即二〇一一年十二月十七日八時三十分，六十九歲的朝鮮最高領導人金正日，在緩慢行駛的專列上，重症急性心肌梗塞突發，導致嚴重心臟休克，搶救無效而逝世。朝鮮中央電視台稱，金正日把「以民為天」作為座右銘，一輩子搭乘「開往人民的列車」。

不過，他終就沒能看到親自擬定的二〇一二年「打開強盛大國之門」的宏圖實現，卻把一大堆內政外交難題，留給了他的繼承者、兒子金正恩。被視為世界上最後一個史達林式的集權國家，最高統帥突然暴斃，沒能逃脫命運之神擺布，「萬歲」也有灰飛煙滅的一刻。有太多獨特之處的神祕朝鮮，「後金正日時代」將向何處去，對朝鮮半島，對東北亞乃至全球局勢產生什麼影響，引發全球關注。

以朝鮮中央廣播電台的話說，金正日是「在前往指導現場的路上」，「精神和肉體過勞所致」而死亡。用朝鮮官方的話說，這些日子來，金正日乘坐這輛列車，為了人民，帶著病體「心甘情願在車上打盹兒、在路上吃菜飯團」。為了邁進「強盛大國元年」，他四處奔走，督促經濟發展，加速取得成果。

金正日死於他熱衷的野戰列車。這神祕火車，被稱為「移動的裝甲辦公室」、「帶輪子的完美要塞」。他乘坐的專列，通常十七節車廂，可略加減，他的專列總共有六組九十節車廂。車廂牆壁厚達八十公分，地板鋪上防彈鋼板，穿甲彈也不易擊破。車廂有隱身工藝塗層，能防範雷達、紅外線傳感器和聲音偵察。

美國、韓國情報部門長期來試圖運用偵察衛星、U2偵察機等各種裝備，判定金正日行蹤，平壤當局最擔心的是被隱形無人機對他定點清除。美軍的「微塵技術」在伊拉克追蹤目標人物已相當有效，可望從空中鎖定與金正日行蹤關聯的地上或地下居所，從空中用鑽地炸彈狙殺金正日。不過，「微塵技術」並非萬能，它無法及時捕捉移動著的目標。因此，金正日已習慣在列車上過日子，外出視察乘坐防彈列車上，要下車散散步就突然停車，連累鐵路客運常常為了給他讓路而晚點誤點。

這綠皮裝甲專列緊挨車頭的是大型辦公專用車廂，可舉行各種會議。之後是臥鋪車廂、通訊車廂，最後是警衛、隨從人員車廂。有一節經特別改裝的車廂，裝運的是金正日的賓士防彈轎車，可直接從火車上開到地面。所有車廂都配備先進的通訊設施，可適時接入衛星電子地圖及網路尖端通信設備，列車行進時，通訊絕對不會出現故障。一組列車都配有舉辦宴會的車廂、放映電影的車廂。

金正日每年至少百次的外出視察，幾乎都乘坐專列。他不喜歡坐飛機的習慣，總被西方傳媒津津樂道，有說他患「懼高症」，有說他擔憂飛機失事令「全體玉碎」。他在一次訪談時說：「西方傳媒都是胡扯，我如果坐飛機出行，我還能知道什麼呢？我可隨時直接用眼睛觀察窗外，乘飛機只能見到官員，坐火車卻能見到普通人。」朝鮮內閣副總理姜錫柱曾在一本書中寫道，「金正日乘坐火車出行，以便更接近人民大眾的生活。」其實，金正日有乘飛機的記錄：一九六五年四月，與父親金日成乘飛機出訪印尼；一九六六年春坐上新購置的金日成專機參加試飛。

金正日乘火車出行，創造了安保奇蹟，正是保密措施滴水不漏，幾乎沒有人知道他何時啟動駛出，去向何方。他專列由成立於一九七六年的朝鮮護衛總局負責運行和保養，其前身是朝鮮光復後成立的專門保衛金日成安全的「警護中隊」，它下設政治部、參謀部、保衛部和後方總局。金正日專列運行時，有空中飛機監護，地面有警衛員、親衛隊、保衛部、軍隊、人民保安省等構建五、六道警衛網。在朝鮮境內，他的專列有十九座號稱「一號站」的專用火車站，這些車站離他在當地的別墅不超過三十公里。

前一段日子，金正日頻繁奔波在各地經濟第一線視察，十二月初至十六日，他九次在生產現場指導及觀看文藝演出，相當於每兩天一次公開活動。他視察的場所，大部分是正在施工或剛竣工的工廠設施，與市民生活息息相關的生產企業。十五日，他視察了即將開業的光復地區商業中心和Hana音樂資訊中心。十日，視察了「走在大高潮最前列」的咸興市各部門工作。九日，他觀看了人民軍三二四大聯合部隊藝術宣傳隊演出。六日，觀看了入選人民軍第三十五屆軍人藝術節的人民軍所屬連隊軍人演出。四日，觀看了花式滑冰表演，並視察了「根據現代審美觀點修建」的凱旋青年公園遊樂場……

國防委員長金正日與既定接班人、他的三子金正恩，近日還頻頻視察朝鮮軍隊：指導人民軍第九六六大聯合部隊火力打擊訓練，觀看了朝鮮空軍三七八部隊的飛行訓練，前往曾參與延坪島砲擊事件的二三三聯合部隊、空軍一〇一六部隊等作考察。此前，金正日還指導六三〇聯合部隊的綜合戰術訓練。他視察軍隊，是要提高軍中士氣，為強盛大國元年創造氛圍。

金正日因心臟和腦血管疾病長期接受治療。他的死與他父親金日成的死因相似。十七年前，金日成死亡時，朝鮮當局聲稱「領袖因心臟血管動脈硬化而長期過勞」，「因心肌梗塞和心臟衰竭而死亡」。

金正日二〇〇八年九月腦出血導致多項後遺症，二〇一一年五月搭乘專列出訪中國，行程達六千公里。八月又去俄國訪問，行程數萬公里，最近一直忙於巡視地方而疲勞過度。他身邊的人多次勸說他休息，在內外交困的局勢下，他急於求成，將身邊人對他的健康管理建議甩在一旁。在前不久訪俄期間，俄國發布的一張照片中，他左手由旁人攙扶卻依然抽菸解癮。

之前，關於他將會在近期死亡的消息時有所聞。二〇一一年二月，美國國務院亞太助理國務卿康貝爾訪問韓國，在一次非公開聚會場合提到金正日的壽命，他說據可靠資料分析，金正日壽命不會超過三年。二〇〇九年，金正日因腦出血與糖尿病導致多重後遺症，美國CIA就曾分析認為，金正日在五年內死亡的可能性為百分之七十一。當年，金日成去世的消息是死後一天宣布的；如今，金正日去世的消息卻是在兩天後宣布的。可見，朝鮮當局的部署相當周密而穩妥。為確保不因金正日「突然」死亡導致社會動盪，朝鮮權力核心採取了「祕不發喪」方式，遲延兩天才對外發布新聞。朝鮮當局為應對這一突發事件造成的局面，做了充分準備。

素來負責報導金正日主要動向的朝鮮中央電視台女主播李春姬，十月十九日最後一次出現在電視節目後，有六十天沒有出現在電視螢幕前了，作為一名向世界傳播聲音的著名女主播長期不上節目實屬罕見。十二月十九日她在電視新聞上突然出現，以沉痛而抽泣的語調，帶給朝鮮人民的是令人難以置信的噩耗：領袖突然病逝。

金正日去世消息播出當天，平壤秩序井然，市民難掩淚水，互相告知這一哀痛消息。平壤市中心萬壽台山崗大廣場，綿延不絕的市民有序排著隊，按劃定的路線，在主持人指領下，踏上台階，一排排步向金日成銅像前，鞠躬、默哀、獻花。許多人泣不成聲，長跪不起。大部分商店、飯店停止營業，娛樂場所全部關閉，街頭攤位都不見了。街上，交通警察和人民保安員明顯增加。機關、企業、學校都降半旗致哀。當局發出通告，取消所有來訪的外國團組。朝鮮所有海關口岸已經封閉，政府機構停止了日常工作，全都投入治喪工作和悼念活動。朝鮮所有電視台已不再按正常節目播出，不間斷播放有關金正日逝世的消息，播出金正日生前的紀錄片和生平介紹。

十八日凌晨一點，朝鮮邊境警備隊接到平壤當局下達的封鎖邊境的「特別警備」指令，所有已經下班的軍官接到指令匆匆返回部隊。當時指揮官尚不知道究竟發生了什麼事，只是根據「完全封鎖邊境」的指令，把平時兩人一組的小組人員擴充到四人。直到從電視上看到特別報導後，才知道委員長去世了。在丹東工作和生活的朝鮮人，當驚悉金正日去世，幾乎人人都放聲嚎啕大哭，不停地呼喚著「民族慈父」。當天，他們成群結隊購買火車票、汽車票返回朝鮮平壤、新義州等地。原本二〇一一年十月，朝鮮血海歌劇團「梁祝」劇組應中國文化部邀請，近二百名演職人員赴華訪問演出八十六天。到了十二月十九日，原定於當晚在重慶上演的朝鮮版《梁山伯與祝英台》歌劇，在金正日逝世消息傳出後，演出取消。在北京、上海、瀋陽、青島，由朝鮮人經營的餐廳、酒吧，都貼出告示：暫停營業。

金正日去世當天，朝鮮國家通訊社即朝鮮中央通訊社，第一時間就為金正恩「命名」，首次稱金正恩，這個一九八三年出生的年輕人為「偉大的繼承人」。重視革命稱謂的朝鮮，就是要讓整個世界望塵莫及。

記得，金日成、金正日父子就先後有一千二百多個「頭銜」。二〇一一年十一月，朝鮮中央廣播電台曾在一篇報導中如此說。他倆的稱謂有：「偉大領袖」、「天賜大將軍」、「世界最著名文學家」、「我們星球的衛士」、「世界所有傑出將軍中最傑出的元帥」、「眾神之神」、「二十一世紀的北極星」、「彈無虛發的大浦洞神槍手」、「世界偉大歌劇的締造者」、「世界劇作大師」、「亮麗的高爾夫球高手」、「擁有百科全書一樣豐富知識的哲學巨人」、「一位文學、藝術和建築大師」、「忠誠的共和國衛士」、「人類最偉大的音樂天才」、「人類智慧的化身」……令人眼花繚亂。

前一兩年，金正日患重病是全球熱議話題之一，近年從電視上看，金正日身體狀況似乎有好轉跡象，沒想到會突然去世。金正日去世，接班的金正恩為朝鮮人民軍大將，將就職朝鮮國家領導人，但現年二十九歲的金正恩，無疑治軍治黨治國經驗不足。

朝鮮風吹草動，都會引起國際恐慌。密切關注朝鮮政局變化的美國、日本、韓國、英國等國認為，太年輕的金正恩的作為「尚待考驗」，朝鮮內政可能「陷入混亂」，掀起「巨大衝擊波」。朝鮮十九日試射短程導彈，這是金正恩對外國要干涉朝鮮內政的一種強硬警告。朝鮮金氏政權過渡似乎有條不紊，此時多個國家對朝鮮卻虎視眈眈，韓國宣布進入緊急狀態，日本要建立危機處理小組，日韓擔憂自己成為炮灰，美國憂慮朝鮮核武擴散，美日韓都盼著金正日政權崩潰，但一旦出現變局跡象，又顯得格外不安。

金正日病逝後，朝鮮黨中央旋即發表告全民書，要求全體黨員、人民軍官兵和人民，「忠於尊敬的金正恩同志的領導」，金正恩即將接任朝鮮最高領袖。十二月二十二日勞動黨機關報《勞動新聞》的社論，首次披露金正日遺訓：金正恩是朝鮮主體革命的偉大繼承者。

今日世界，唯一的「八〇後」元首金正恩的接班，創下世界史兩個第一：史上最年輕的社會主義國家領袖，第二次世界大戰以來最年輕的國家執政者。

當金正日患了重病，接班人問題便成了他的心病。二〇一〇年八月下旬，距上一次訪華僅僅三個月，他再度出訪中國，拖著病體走訪吉林和黑龍江兩省。金正日出國行程都走陸路，十分低調。朝鮮孤立於國際社會，使這個神祕國度的最高領導人，每次外訪都格外矚目。西方和韓日媒體的「追蹤報導」幾乎到了瘋狂地步。這些媒體更關注的是金正日第三子是否隨行訪華。北京對外聯絡部對此回應說，「金正恩並不在中方邀請名單內」。不過，據哈爾濱公安局負責金正日此行安保工作的一位高層人士向我透露，金正恩作為家屬隨同父親一起來了，由於他當時沒有高職務，於是不在朝鮮代表團正式名單內。

二十七日晚，胡錦濤在長春為金正日設歡迎晚宴，胡錦濤見了金正恩。當時，金正日在致辭時說了句意味深長的話，「在瞬息萬變的國際局勢下，將中朝友誼的接力棒順利移交給下一代人，是我們的歷史使命。」僅僅一個月後，金正恩的名字就出現在朝鮮新領導集體名單上。二〇一〇年十月中共中央政治局常委周永康率團訪問朝鮮時見了金正恩，二〇一一年十月副總理李克強出訪朝鮮時也見了他。

與當年金正日接班金日成時相比，金正恩接班金正日，顯然更困難重重。金正日為接班準備了二十年，實際統治了十七年。金正恩的準備時間還不到二年。二〇一〇年九月，金正恩展現接班態勢，他能否在朝鮮國內鞏固權力基礎，以便平穩中領導國家，治理社會，取決於金正日能活多久。只要金正日還在，沒人會直接對抗金正恩。可以說，金正日和金正恩一起統治，轉移權力格局的時間越長，金正恩作為接班人，平穩過渡的可能性越大。但此刻，從權力轉移的角度說，最糟糕的情況發生了，金正恩在軍內、勞動黨內的權力，尚未鞏固。

不過，總體國際態勢還算樂觀。金正日在世的日子裡，他把親人老友紛紛請入權力核心，以便鞏固金家的權力基礎，這無疑為金正恩執掌作了鋪墊。張成澤夫妻是關鍵人物，他們將支撐金正恩執政；朝鮮最大盟國中國在金正日去世後，立即公開表明，支持金正恩新領導班子，中國是最不希望朝鮮「崩潰」的國家；此刻是二〇一一年底，在新的一年國際政治有太多的不確定性，歐美、日俄各國忙於國內政治，不希望發生任何動盪。

確實，朝鮮二〇一〇年開了黨代會，接班體制已經確立，金正恩已經接班。儘管確立金正恩地位僅一年左右的時間。準確年齡成謎的金正恩，即使按官方說法，還不到三十歲，走向權力頂峰的歷練之路剛剛開始，但從體制上說，他接班會平穩過渡，中朝關係也不會遇到更多障礙。

朝鮮勞動黨中央軍事委員會副委員長金正恩，在金正日逝世的消息發布前，向全軍下達「金正恩大將命令一號」，要求全軍停止訓練並立即歸隊。金正日治喪委員會名單中，唯有排名居首的金正恩被冠以「同志」稱呼，其他人只列姓名。這與一九九四年金日成逝世時，金正日出任「治喪委員會委員長」一樣。

這個全球目前唯一「父子世襲」的非王室國家，金正恩下達了首個命令，顯示他即將升任人民軍最高司令官。從「後金正日時代」到金正恩時代，還有一段漫漫長路。

二〇一二年四月十一日，朝鮮勞動黨第四次黨代表會議上，金正恩被選舉為勞動黨中央政治局委員、常委和勞動黨第一書記，以及黨中央軍事委員會委員長。朝鮮有擁戴先人的傳統。金正日時代擁戴父親金日成為「永遠的黨主席」，金正恩時代又擁戴父親金正日為「永遠的黨總書記」，金正恩自己就只能是「第一書記」了。稱謂正是基於擁戴先人後的最新發明。

接著，在十三日召開的第十二屆最高人民會議第五次會議上，一致通過最高人民會議法令《批准憲法修訂案》。該案規定，增設國防委員會第一委員長，並規定「國防委員會第一委員長為共和國最高領導人」。同時，金正日被追認為「永遠的國防委員長」。推舉金正恩為朝鮮國防委員會第一委員長。朝鮮的這一決定，令境外頗感意外，他沒有任「黨總書記」、「國防委員長」，而是將這兩個職位，「永遠」給了他父親金正日。

在此之前，根據朝鮮已故最高領導人金正日遺訓，金正恩於二〇一一年十二月三十日被推舉為人民軍最高司令官，掌握了軍隊權力。至此，金正恩實際上已經集黨、政、軍大權於一身，成為朝鮮無可爭議的絕對領導人。

朝鮮通常在關鍵時刻才會召開「黨代表會議」。朝鮮勞動黨代表會議，與朝鮮勞動黨全國代表大會是兩種會議。根據《朝鮮勞動黨章程》，黨中央委員會可在兩次全國代表大會之間召開黨代表會議，討論決定黨的路線、政策及人事等重要事項。一九八〇年，朝鮮勞動黨舉行第六次代表大會，此後沒有舉行第七次代表大會。在朝鮮勞動黨歷史上，黨代表會議曾先後於一九五八年、一九六六年，以及二〇一〇年舉行過三次，相隔一年半的二〇一二年，又舉行第四次黨代表會議。

朝鮮勞動黨第三次黨代表會議於二〇一〇年九月二十八日舉行。會議推舉當時還活著的金正日，為朝鮮勞動黨總書記，他兒子金正恩，被選為勞動黨中央委員，當選勞動黨中央軍事委員會副委員長，被任命為大將。人們熱議已久的金正日接班人金正恩，終於在勞動黨代表會議上浮出水面。在二〇一二年四月十一日第四次黨代表會議上，金正日被推舉為「永遠擁戴為朝鮮勞動黨總書記」。會議發表了關於修改黨章的決定書，規定第一書記為黨的元首。

按照朝鮮新憲法，國防委員會行使國家最高領導權，金正恩只是國防委員會副委員長，他的接班路徑，走的是先確保軍權，後進入勞動黨高層的路。勞動黨中央軍委原先沒有設副委員長的職位，這次就是專為金正恩新設的。金正日為兒子的接班之路，做了精心安排。四月十三日召開第十二屆最高人民會議第五次會議，決定推舉金正恩為朝鮮國防委員會第一委員長，並永遠擁戴前國家領袖金正日為國防委員會委員長。當局稱，這是根據「全體黨員及人民的一致意願」而對國家憲法作出了修正。

朝鮮作為東方國家，有逢五逢十大慶的習俗。二〇一二年二月十六日，朝鮮已故領導人金正日誕辰七十周年紀念日。金正日去世後，朝鮮指定這一天為「光明星節」。二〇一二年四月，朝鮮

金正恩主持建軍八十周年紀念會。

有兩個重要節日，十五日為金日成誕辰百周年，二十五日是人民軍建軍八十周年紀念日。前者「太陽節」，後者「建軍節」。朝鮮勞動黨選擇在這種時候確立金正恩「加冕」，頗具象徵意義。

四月十三日，朝鮮發射「衛星」失敗。讓所有人深感不解的是，朝鮮當局竟然事先公開衛星發射場，更破天荒邀請中、美、英、日等四十四家國外媒體的八十名記者，進入其西海衛星發射場，世上沒有一個國家，可讓記者如此近距離拍攝。這是令人詫異的舉動。國際輿論都把視角集中於朝鮮發射的「衛星」失敗上，卻對朝鮮發生的另一個重大事件缺少足夠關注：朝鮮正式步入「金正恩時代」。

發射「衛星」失敗，沒有對金正恩登基帶來陰雲，發射失敗的同一天，他如期在數十萬民眾歡呼聲中，在萬壽台為金日成、金正日銅像揭幕；他如期頒布命令，授予二人為人民軍次帥軍銜，晉升一人為中將，七十人為少將。經過一年半歷練的金正恩，正式以新領導人名義，四月十五日出席「太陽節」慶典和盛大閱兵式。這一天，金正恩被冠名為「無可匹敵的傑出司令官」。

朝鮮「三代世襲」。世代交替，時過境遷，年輕的金正恩執政後，朝鮮在內政外交等多領域，會否出現重大改變？韓朝關係鬆動、六方會談重啟，目前看尚有漫長的路。「金正日時代」延續了近二十年，「金正恩時代」剛剛開啟，是否仍是「金正日時代」的延續，「金正日時代」是不是「金正恩時代」的一面鏡子？

未來之所以迷人，因為它首先是懸念。

第二十四章
歌劇《紅樓夢》與《梁祝》

朝鮮相當重視音樂教育。

金正日生前有個愛好：收藏電影拷貝和影視劇碟片，至少有一．五萬件，如果對這一數字沒有感覺，那告訴你，中國電影資料館的電影拷貝量，目前也僅僅是三萬件而已。金正日擁有一座龐大的「電影資料庫」，這座資料庫的配音、翻譯、字幕師、錄音師等，總共多達二百五十人，其規模遠超過很多國家的電影資料館。這資料館，究竟是金正日的，還是朝鮮這個國家的呢？外人或許會問「理所當然」要明白的事，但朝鮮人從來不覺得這是問題。

在平壤的書店，今天你仍能買到新版《電影藝術論》專著。厚三百三十頁的這部書，就是金正日撰寫的，初版於一九七三年四月推出。金正日撰寫過不少專著，如《音樂藝術論》等。在這部書中，金正日談及導演、演員、攝影、美術、音樂等多個藝術領域，對電影和文學、電影與政治的關係，作出自己的闡述。書中，金正日提出「入學理論」和「種子理論」的概念。你在朝鮮接觸電影界人士，只要談到這本書，所有人都會如此評價：將軍撰寫的這本理論研究專著，是朝鮮全體電影導演的指導手冊。這樣的評價，不必訝異，這是一個領袖被捧上神壇的國度。

難以否認的是，金正日確實是個「超級影迷」。他不只有收集拷貝的愛好，更是一位「超級導演」。朝鮮版歌劇《紅樓夢》、《血海》就是他一手改編扶植的。金正日對藝術的入迷，在朝鮮家喻戶曉。二〇一〇年五月，朝鮮版歌劇《紅樓夢》在北京電視台大劇院揭幕演出。此際，金正日正在中國訪問，這齣歌劇正是他一手指導的。

這部朝鮮血海歌劇團潛心五十載創作的歌劇，一百九十八人的演員陣容，創下了近年來國外演出團體來華人數之最。這是朝鮮版歌劇《紅樓夢》首次在國外演出。北京演出結束後，該劇前往呼和浩特、長沙、武漢、福州、深圳和重慶等城市巡迴演出。

一個在世人眼中頗為神祕的國家，演出的又是中國人家喻戶曉的故事，人們對這支團隊的興趣，從他們乘上火車離開平壤時就開始了。中國官方的喉舌新華社播發過一張照片：朝鮮《紅樓夢》劇組專列駛入丹東，在網上點擊率極高。「演出不想打上政治烙印，也拒絕成為政治炒作的符號，」促成這次演出的中朝文化交流使者李春日說，「我們的目的是通過朝鮮經典的電影配樂，喚起中國人的懷舊情結。」

按慣例，主辦方安排劇組主要創作人員見媒體。演出前的這場新聞發布會，吸引了大批中外媒體。我也在場。面對眾多帶著好奇和探祕心態的記者，朝鮮藝術家顯然有些準備不足，一些外國媒體沒有遵守「規則」導致採訪中斷，朝鮮藝術家們匆匆離席，發布會就這麼「莫名其妙」結束。

血海歌劇團對見媒體顯得異常謹慎，他們拒絕了日本、韓國記者的採訪。在採訪前會要求提交採訪提綱，並一再強調不回答政治敏感問題，在攝影攝像上的要求更嚴，不允許記者私自進入後台或排練現場拍攝。朝鮮對外政策一直很謹慎，他們抵制外國對他們的歪曲報導。朝鮮人接受採訪的機會微乎其微，官方擔心，萬一藝術家們說錯話，會釀成政治事件。在大部分媒體離開後，他們只對中國記者有限度開放採訪藝術家們，只接受北京中央電視台等中央媒體採訪。

在朝鮮家喻戶曉的這一劇目，分六場十景，以寶、黛愛情為主線，在林黛玉香消玉殞、賈寶玉離家出走時達到高潮。劇中對情節的處理、對人物感情的把握，相當尊重原著。劇中歌曲全部採用朝鮮民謠唱法，字幕大多引用《紅樓夢》原文，劇中朝鮮演員的衣著打扮、動作台步，則與中國一九八七年版電視劇《紅樓夢》相似。

赴華演出陣容全部由八〇後演員重新組成，絕大多數都畢業於朝鮮最高音樂學府平壤金元均音樂大學，堪稱朝鮮當今最出色的青年藝術家。為了選出歌劇《紅樓夢》中的「金陵十二釵」，血海歌劇團在朝鮮全國範圍舉辦了文藝競賽會，層層篩選，最終由觀眾投票選出。

在劇中扮演薛寶釵的崔錦珠，是平壤金元均音樂大學四年級學生；扮演林黛玉的血海歌劇團演員李正蘭，是一位在朝鮮頗受歡迎的女演員；而飾演賈寶玉的金日煌是這次來華演員中最為知名，他曾獲得朝鮮最權威的民歌比賽金獎。有趣的是，金日煌的爺爺金正華，在五十年前首版《紅樓夢》中，曾飾演過賈寶玉，受中國時任國務院總理周恩來接見，祖孫二人的「寶玉緣」在朝鮮傳為佳話。

這次來華演出的朝鮮歌劇《紅樓夢》陣容強大。除了演員之外，樂隊也是全班人馬來華。和其他歌劇伴奏多採用西洋樂器不同的是，朝鮮歌劇《紅樓夢》的伴奏音樂採用了朝鮮獨有的「配合管弦樂」，即以朝鮮的民族樂器為主，配以西洋樂器，從而使歌劇更具民族風格色彩。在演唱上，則大量採用朝鮮民謠唱法，朝鮮民歌〈阿里郎〉就是人們熟悉的這一唱法的代表曲目。

為了表現大觀園的金碧輝煌，長達三個多小時的演出，平均每幾十秒便換一次背景，也創下了舞台劇中的換景之最，令人驚訝的是，如此浩大的換景工程並不是由高科技去完成的，而是全憑演職人員的雙手。那些演員跳完舞後就立即跑去幫忙換景，為了節約成本，所有的換景工作，都由演員自己完成，連主演也要充當換景工人。

據了解，朝版《紅樓夢》在平壤演出期間，數千件道具將劇院後台占滿，懸掛的十多道幕景極富層次感，一百二十只碘鎢燈營造出的立體效果，令人身臨太虛幻境。不過，中國目前使用的都是電腦燈，碘鎢燈幾乎絕跡，而血海歌劇團用的都是碘鎢燈，還不能少於一百二十只，換成其他燈將使整個演出的舞美效果打折，這差點讓朝版《紅樓夢》來京的計畫流產，最終中國主辦方請廠家為《紅樓夢》訂製了一百二十只碘鎢燈，朝鮮方面這才同意來京。

這部堪稱當前朝鮮最高藝術水準的歌劇，不僅凝聚金日成和金正日父子五十多年對中國名著的情緣，且是由金正日直接指導下完成的。一個領袖「直接指導」一部歌劇，西方世界往往不可思議，但只要想想當年中國的文化革命，領袖夫人江青與八個樣板戲，對金正日還有什麼不能理解的呢？

歌劇《紅樓夢》在朝鮮已有近半個世紀的歷史。它的誕生還要從金日成、金正日父子深厚的「紅樓夢情結」說起。早在一九六一年，金日成訪問中國時，觀看了上海越劇團表演的《紅樓夢》。當年秋天，上海越劇團受邀訪朝，為朝鮮人民上演了這部經典劇目。

五十年前，為了讓更多的人觀賞到《紅樓夢》，在金日成的倡議和指導下，朝鮮以民俗戲劇的形式，改編了《紅樓夢》。一九六二年，朝鮮版《紅樓夢》問世，頗獲朝鮮觀眾好評。此後，中國一九八七年版的電視劇《紅樓夢》在朝鮮電視台播出，再次引發了朝鮮民眾的「紅樓熱潮」。

父親對金正日的影響滲透各個角落。金正日對《紅樓夢》也情有獨鍾。二〇〇八年四月，為迎接朝中建交六十周年，金正日提出：復排《紅樓夢》，並指定由朝鮮著名的血海歌劇團承擔這一任務。金正日說：「將《紅樓夢》歌劇作為獻給中國人民的禮物，在『朝中友好年』之際演出。」在復排過程中，金正日多次前往排練現場作指導。他說，這部《紅樓夢》既要反映原著面目，還要在上世紀六〇年代演出的基礎上，按新世紀的審美要求重排。他對歌劇的各方面，包括歌曲、演員、唱腔、樂器、舞蹈等，都逐一指導。

為使朝鮮版歌劇《紅樓夢》更「原汁原味」，朝方邀請中國專家小組去平壤，從服裝、音樂、舞蹈等方面對劇組創作作現場指導。中方還向朝方贈送了《紅樓夢》劇中主要人物的演出服裝和道具。可以說，朝鮮版歌劇《紅樓夢》被重新搬上舞台，也是中朝兩國合作的結晶。溫家寶總理在二〇一〇年十月訪問朝鮮時就觀看了《紅樓夢》。

二〇一〇年六月，血海歌劇團在中國巡演朝鮮版歌劇《紅樓夢》時，接到「回國集中精力創排歌劇《梁山伯與祝英台》」的緊急命令，《紅樓夢》總導演蔡明錫，中斷了隨《紅樓夢》訪華行程匆匆返回朝鮮。

當局為了紀念中國人民志願軍入朝參戰六十周年，金正日指定，將流傳在朝鮮民間的中國傳說《梁祝》，搬上歌劇舞台，創排時間僅僅四個月。金正日要求《梁祝》盡快在朝鮮公演，並在二〇一一年到中國演出。血海歌劇團在中國巡迴演出《紅樓夢》後，回到朝鮮便全力投入創作排練。朝鮮規定每天工作時間八小時，他們卻天天工作十四小時。

二〇一〇年十月二十四日，歌劇《梁祝》在平壤首演。公演前一週，即十八日，金正日首次檢閱全場完整演出。首演至今一年多，這齣歌劇已演出二百三十場。二〇一一年十月二十六日，歌劇《梁祝》揭開中國巡演大幕。

一百八十二人大劇組在中國巡演，從東北三省，南下上海、江西、浙江，再轉至湖北、湖南、廣東，而後重慶。按計畫，他們將走訪甘肅、北京，最後在青島、大連結束長達三個月的中國巡演。沒想到，他們的演出計畫在重慶差點終止。十二月十九日，血海歌劇團的演職員，從朝鮮駐華使館獲知金正日逝世的消息，旋即悲慟不已，抱頭哭成一片。血海歌劇團舉行緊急會議，決定取消演出，收拾行裝，返回朝鮮。兩天後，事情突變。

十二月二十一日，從朝鮮傳來了令演職人員頗感意外的指令，接班統治的金正恩指示說：「化悲痛為力量，按原計畫演出，要保證每場演出都是最高水準。」當年金日成去世，金正日守孝三年。金正日去世，全國停止一切文化娛樂活動，金正恩卻允許血海劇團在中國繼續演出。這一細節可以看出，曾在西方讀書的金正恩，思維與父親有所不同。原定下一站演出地是蘭州，《梁祝》演出原計畫不變，甘肅大劇院又恢復了售票。

「化悲痛為力量」、「繼承某某遺志」，這些話語，五十歲以上的中國人都很熟悉，在上世紀六七〇年代的中國，也盛行一時。當然，劇組人員在中國巡演，受到朝鮮方的嚴格規管，不許單獨外出活動，不許與中方人員單獨接觸，特別是金正日去世後，對劇組人員的掌控更嚴厲了。一次，在北京長安大戲院觀摩中國越劇版《梁祝》，演出完，朝鮮六名主要演員上台與中國越劇演員合影，拍完照，中方演員尚未與朝方演員搭上話，他們就集體消失得無影無蹤，令中方演員都沒回過神來。

梁山伯與祝英台的故事，朝鮮血海歌舞劇團以六幕十二場呈現，改編相當尊重原著，不像中國當下影視劇充斥「戲說」成分。血海歌劇團行政科科長朱英日說，在中國演出，常常聽到觀眾對這齣歌劇的讚賞，他就會想起「金正日將軍的教導」，他的藝術天賦「外人很難想像」的，是金正日選定這個劇目的，還強調「要尊重原著內容，歌詞、音樂、服裝各方面細節都要反映中國元素」，從故事情節到細節創作，金正日都參與了，他說，「整部戲故事情節不能太多，會雜亂，突出愛情為主線，要加入舞蹈，採用中國傳統樂器二胡，梁、祝兩人的愛情可透過旁唱演員含蓄表達。」

血海歌劇團赴中國公演《梁祝》的宣傳海報。

中方對朝鮮版歌劇《梁祝》的演出，可謂全力資助。世界上兩個國家的文化交流到這樣的程度並不多見，中方的一些部門和單位，完全視為政治任務履行。比如，劇中戲服由朝方設計，再交浙江小百花越劇團專家藍玲工作室手工精心製作。舞美道具則由中國國家話劇院舞美燈光專家王堯帶領的中方舞美小組，小到換景的「小推車」，大到體現中國藝術元素的布景，都提供技術支援，最近一次就送去十二把二胡。全劇採用交響樂，以小提琴協奏曲《梁祝》的主旋律貫穿始終。演員以美聲唱法表演，唱腔是原汁原味的朝鮮音樂，令這個在中國流傳千百年的故事有特殊光彩。每一次演出，最後一幕「化蝶」，祝英台在梁山伯墳前的動情演唱，都會讓一些女觀眾潸然淚下。

據朝鮮藝術家說，金正日對朝鮮歌劇事業發展所做的貢獻，不只是《紅樓夢》、《梁祝》這兩部歌劇。早在一九六九年，他就提出「歌劇革命」。他要求編劇寫出好的歌劇腳本，唯有這樣，才能體現深刻的思想內涵。為此，他常常和劇作家們一起討論和構思劇本。

在朝鮮人眼裡，金正日不僅是一位政治家，也是藝術家。他編寫劇本、執導電影、創作歌曲，還撰寫了一大批文藝理論著作。用朝鮮官方的話說，他的藝術造詣「不在任何一位朝鮮電影導演和劇本作者之下」。他愛藝術，「涉獵面廣，音樂、詩歌、繪畫，造詣頗高」。

據平壤官方出版的《金正日書記》描述，金正日自小讀書識字，聰明伶俐，可謂「過目不忘」。他喜歡音樂，五歲時，就已學會當時幾乎所有的「革命歌曲」，能用手風琴演奏。那時，在他的眼裡，生活中的一切似乎都和音樂有關。他會用手中的樂器模仿小鳥叫聲；當警笛、汽笛響起時，他聽著也都像是歌曲的旋律……對於金正日的音樂天分，曾有朝鮮媒體如此評價：「如果排除金正日的音樂感和音樂熱情，是無法談論他的音樂天分的。」

要強調的是，這些都是朝鮮官方說的。

一九四九年，他母親突然病逝。在上世紀五〇年代初那場戰爭歲月，金正日經常同父親一起在作戰指揮台前熬夜，一起去察看前線陣地和坑道工事，一起走進在敵機狂轟濫炸後燃燒的街道和村莊……這成了他藝術創作的動力。他把對祖國、對父母的真摯情感寫成愛國歌曲，有〈祖國的懷抱〉、〈我的母親〉等。很多年後，金正日在回憶那段日子時感慨地說：「祖國的解放戰爭，是我生活中難忘的歷史時期，從我那時的歌曲中，很容易感受這一切。」

「革命沒有歌聲就不能成功」、「有勞動的地方就有歌聲，有歌聲的地方就會有生活的浪漫」。這是每個朝鮮人都能背誦的金正日語錄。

音樂，在朝鮮不是普通的消遣，而是一門人人必學的藝術。朝鮮堪稱音樂之國，歌唱的目的很純粹：為革命歌唱。在朝鮮，人人必須學會一種樂器，或者學會唱歌，這是勞動黨對人民的要求。據說，朝鮮孩童從小就要經歷嚴格的音樂培訓。

一次在平壤酒店大堂酒吧，與幾個朋友喝啤酒，興起時，大家在大堂一角安置的鋼琴上醉意彈奏。這時走來一個女服務員，她說：「你們唱吧，我來給你們伴奏。」令人不可思議，中國人唱的每首歌，她都能配出音調。

一九七一年三月，金正日將電影版的《血海》改編為歌劇。在這部歌劇中，他首創了在歌劇中採用旁唱來加強藝術效果的形式。通常，一齣歌劇需創作三四年，但這部歌劇《血海》僅花了四個月。此後，他又指導和創作了《黨的好女兒》、《密林啊，說吧》、《金剛山之歌》等歌劇。這些劇作被朝鮮人統稱為「血海式的歌劇」。

金正日熱愛電影。上世紀六〇年代初，金正日在金日成綜合大學學習，讀的是政治經濟學。但他喜歡電影，常常跑到平壤話劇電影大學去交流。一九六四年九月，金正日大學畢業。不久，他進入朝鮮勞動黨中央委員會工作。為了使革命電影創作打開新局面，政治委員會把領導電影藝術部門

朝鮮電影《賣花姑娘》。

的任務交給了金正日。

金正日一展他的藝術天分。一九六八年，金正日二十六歲。他以自己的出生地「白頭山」為名，組建白頭山創作團，他成了創作團的一名成員，同時著手將父親金日成在抗日期間創作的名著《血海》搬上銀幕。金正日在這部片子拍攝期間，經常到片場「視察指導」，有時跟電影導演幾天幾夜坐在一起，幫導演定腳本，與演員交流表演技巧、談論形象設計和攝影，還到剪輯室親自剪片。

除了《血海》，朝鮮人家喻戶曉的金正日參與創作的電影至少還有三部：《賣花姑娘》、《鮮花盛開的村莊》和《女學生日記》。《賣花姑娘》是中國人最為熟悉的朝鮮電影。用朝鮮官方的話說，「金正日對這部電影的指導多達一百五十餘次」。二〇〇六年放映的《女學生日記》，金正日參與了創作。這部影片是朝鮮首部國際發行的電影，曾在當年戛納電影節（Festival De Cannes，又稱坎城電影節）上露面。

朝鮮當代電影發展史上，不能不提到兩位韓國藝術家。

為了提升朝鮮電影水準，朝鮮曾專門從韓國挖來著名電影導演申相玉和演員崔銀姬夫婦。申相玉本是韓國當紅導演，但在上世紀七〇年代中期，他事業受挫。韓國政府關閉了他的工作室，夫婦倆正一籌莫展，此時，金正日正為如何提高「白頭山創作團」的水平發愁。金正日獲得情報後，便指令下屬把申相玉「挖」來平壤。他認為，這是吸收人才提高電影水平的良機。於是，一九七八年，朝方將申相玉夫婦接到平壤，為朝鮮拍片。此後數年，申相玉為朝鮮拍攝了七部電影，金正日對他們夫婦倆，在物質和創作上大開綠燈，給予豐厚優待。申相玉每年可掌控三百萬美元自由支配的資金，且拍片的限制極少。朝鮮第一個銀幕上的「吻」，就來自申相玉的作品。

除了歌劇和電影，金正日的藝術才能還擴展到音樂、詩歌、建築、舞蹈等領域。據朝鮮官方出版的《金正日傳略》、《偉人金正日》記載，金正日音樂造詣精深。他會拉手風琴，還曾在大學的新年晚會上展示他親手設計和製造的朝鮮民族樂器——御恩琴。金正日精通樂理，對音準具有非凡的識別力。

有一次，金正日去欣賞某藝術團的管弦樂演奏。當藝術家們演奏到某一節時，他突然叫停，並問指揮有沒有奏錯了的音，指揮愣住了，表情中帶著幾分疑慮。他好像也聽到了音樂聲中有一個細微的瑕疵，但不敢肯定，而在場的演奏者根本沒有發覺有問題。金正日微笑著讓大家把那一節再演奏一遍。於是，藝術家們重新演奏。這回大家發現了問題：分明是某個樂器的音準有問題。金正日仍微笑著，讓其中一人把剛才的那一節單獨演奏一遍。結果證明，正是此人手中的樂器出了問題。

還是要強調，這些描述出自朝鮮官方出版物。

金正日自幼善於從藝術角度感受周圍的事物與現象。他在學生時代寫了不少詩。一九六〇年九月一日，他進入金日成綜合大學就讀。上大學的第一天，他登上校區內的龍南山岡，朗誦自己寫的詩歌〈朝鮮喲，我要為你爭光〉，寫這首詩時，金正日還不到二十歲。

第二十五章

板門店，活生生的冷戰博物館

板門店共同警備區，由韓方這邊望向對面朝方的板門閣。

板門店，位於朝鮮半島中部、北緯三十八度線以南五公里處，開城東南八公里的軍事分界線上。這原本是一個名不見經傳的小村落，一九五三年七月，朝鮮戰爭停戰協定在這裡簽署，於是它便登上朝鮮半島地圖，從此聞名於世。如今，這裡以分界線為界，南北雙方的哨所對峙著，成了半島焦點和東北亞晴雨表。

板門店，位於開城和首爾之間的小村莊，距離平壤一百六十公里。

往板門店途中所見的民居，有著濃郁的朝鮮特色。很久以前，這裡有一家用木板搭成的小店鋪，為過路人銷售雜貨，板門店由此得名。這麼一個不知名的小村莊，在一九五〇年至一九五三年朝鮮戰爭時期，交戰雙方舉行停戰談判而成為世人關注的焦點。此後，對峙雙方一直在板門店、也就是「共同警備區」就軍事、政治和經濟等問題舉行會談。

一道「非軍事區」分隔著朝鮮半島南北雙方。德國的柏林牆一九八九年倒塌後，「非軍事區」成為冷戰的最後堡壘，直到今天，這裡依舊是壁壘森嚴。從理論上講，南北韓還處在戰爭狀態。

這條貫穿板門店的軍事分界線，向東西兩方延伸。朝鮮半島這條「三八線」，是長二百四十六公里、寬四公里的非軍事區，將一百二十二個村莊和八個郡，分割成南北兩地，五百一十四個村莊被夷為平地，連接南北的三條大公路、二十四條小公路、一百九十七條能通牛車的土路被切斷。平壤去首爾的鐵路，也被軍事分界線隔斷而不能通車。一九九六年，我第一次去朝鮮時，就見到被隔斷的鐵路，鋼軌生鏽，枕木腐爛，雜草叢生，一片荒涼。路基上生長著四五人高的刺槐樹。這是一個民族痛苦的縮影。歷史見證，年復一年，唯見年輪增加。

三八線對南北雙方而言，都屬敏感的前沿禁區。有一年，時任中國國防部長的秦基偉上將訪問朝鮮，他向朝方提出參觀上甘嶺。由於上甘嶺位於三八線，志願軍走了以後，從無外人去過。朝鮮元帥崔光上報金日成請示，金日成說，那個上甘嶺，別人不能去，怎麼能不讓秦基偉去呢？那是他打下來的。於是，秦基偉舊地重遊，參觀了設置上甘嶺坑道的人民軍第五軍團司令部。

從開城向東走二十七公里，就能看到一長段鋼筋混凝土障壁。據一位朝鮮人民軍軍官說，這障壁長達二百四十公里，高五至八公尺，頂寬三至七公尺，底寬十至十九公尺，是南方於一九七七年到一九七九年建的。

南北韓軍事分界線，人為將一個民族分為兩個國家、兩種制度的分界線，這事世界上已不多見。我去過板門店三次，每次去，都能看到南北軍人在「三八線」兩邊互相對峙的有趣情景。我兩次由北朝南（即從朝鮮一方）進入板門店，一次由南朝北（即從韓國一方）進入板門店。走近板門店，就開始看到碉堡、炮樓、鐵絲網和巡邏的士兵，也看到一些農民在田地裡割草、幹農活。

一名朝鮮人民軍軍官對我說：「因為這條二百四十六公里的分界線，我們五千年來擁有同一個血統、同一個語言的朝鮮民族正經受著分裂的痛苦。不過，不久的將來，我們一定會實現國家和民族的統一。」

南北韓關係仍在等待解凍。「政治解凍」不容易。有韓國學者曾告訴我，這一帶，數十年隔離對峙，重兵布防，外人很難到這兒來，這片無人打擾的綠洲，意外成為野生動物、珍稀動物的天堂。白枕鶴視它為冬季遷移地，世界尚存的二千五百隻丹頂鶴，其中三分之一在這裡受庇護，這一條分界線，還是二百多種其他鳥類和五十二種哺乳動物的家園，包括韓國獐和阿穆爾斑羚。韓國國土上能看到的生態系統，在這兒幾乎都能找到，包括濕地、森林、山脈、河流、海岸線。每年溫差，可從攝氏二十度到零下二十度。

在這裡，沒人敢胡亂開槍打獵。動物們雖能逃脫獵人的槍擊，但卻有可能踩踏地雷。雙方軍人都說看到過失去腿的野豬在森林中跛行，當兩隻斑羚在邊界的鐵絲網兩側相對時，很難分清哪邊是安全區域。

南北雙方一直在進行形象戰，南邊在顯示資本主義和民主制度的優越，北邊則展開反帝愛國宣傳。板門店南北兩側，都有人居住。朝鮮一側有個「和平村」，南邊將其戲稱為「宣傳村」。這個村有二百六十農戶，是板門店合作農場。這村裡有六十多農戶由於軍事分界線，與父母、兄弟等親人南北離散。

韓國這邊也有個小村，叫「自由村」，村民在重兵把守下循規蹈矩地務農，不過同時享受免交稅賦、不服兵役的福利。

上世紀九〇年代，雖簽訂停戰協定四十多年，實際上持續了戰爭狀態。據朝鮮一方介紹，從一九八五年至一九九五年，「在非軍事區內，美韓軍隊入侵、槍砲射擊的軍事挑釁事件多達四十三‧五萬起，即一小時發生軍事事件五起，每當事件發生後，雙方就在板門店召開軍事停戰委員會會議。」

板門店朝鮮這一側，有商店有工廠，為駐紮在這裡的人民軍和他們的家屬服務。南方的韓國一側也陸續建造了一些工廠。板門店的一個獨特景觀是南北雙方各自豎起的旗塔。韓國一邊的旗塔高一百公尺，飄揚著巨幅韓國太極旗。而朝鮮一方的旗塔則高一百六十公尺，旗的長度達三十公尺，據稱有六百磅重，號稱世界第一，由於旗子太重，風力不足就飄不起來。總是怕自己不如別人，過於介意外人的評價，因此千方百計要讓自己的外表比對手強，自卑、虛榮、嫉妒、逆反，這是一種弱國心態、一種弱民心態。

由北往南，進入板門店軍事區後，在統一閣前，聳立著一塊金日成手跡碑，碑上刻著

板門店會場區（從朝鮮這側所拍）。

遊人參觀談判室。

「一九九四年七月七日」、「金日成」簽名。手跡碑用天然花崗石砌築，長九・四公尺，寬七・七公尺。碑下方有八十二朵木蘭浮雕，寓意他那年八十二歲。一九九四年七月七日晚上十時，金日成批閱了一份關於南北統一的文件後，第二天便逝世了。這是他一生中批示的最後一份文件，這也是他一生中最後一個簽名。此後，為了紀念這一具有「非凡意義」的時刻，朝鮮人民將他生前最後一個親筆簽名刻成碑放在這裡。

距離非軍事區北邊不遠處，有一所木製的小型建築，這是朝鮮戰爭交戰雙方舉行停戰談判的場所。會場仍保存著當年朝方和美方首席代表用過的談判桌椅。停戰協定簽字大廳，位於停戰談判會場旁邊。當年，停戰談判快結束時，停戰協定簽字問題提到日程上。美方提議，在停戰談判會場邊上搭一個帳篷，就在那裡簽字。朝方僅用五天，蓋起這座九百平方公尺的建築，作簽字大廳用。今天還保存著當年用的停戰協定簽字桌椅和旗子。

停戰協定簽字大廳以南一公里，那幢三層建築是板門閣，位於板門店南北警備區朝鮮方一側。板門閣有休息廳，在二樓陽台可以俯瞰南北雙方共同警備區和板門店會場區。

會場區有七排建築，其中，四座白色建築由朝鮮方所建，三座藍色建築由南方美軍所建。站在朝鮮一方看，左起第三座建築就是召開軍事停戰委員會會議的場所。在此，曾舉行四百五十九次軍事停戰委員會會議，召開五百零九次祕書長會議。一九九一年三月，美國任命韓國將領為他們一方的首席委員，朝鮮方認為，韓國不是停戰協定締約國，因此，破壞了軍事停戰委員會的運作，從此板門店就不再召開軍事委員會會議。軍事停戰委員會的會議廳，也曾是中立國監察委員會的工作場所，它於一九九五年二月撤銷。

這七排建築物中間，地面設有稍微隆起的地標，寬四十公分，高七公分的混凝土標識線，這就是分割南北的軍事分界線，這意味著邊界在此，跨過去就是越境了。

從朝鮮一方進入板門店，外來遊客車可直接抵達共同警備區，即聯合安全區，根據我的感受，相對顯得輕鬆，反而不如從韓國一方進入那麼氣氛緊張。或許是韓國一方故弄玄虛，或許韓國一方確實布防壓力較大。不過，韓方「非軍事區」值勤的士兵們，除了警惕對方一舉一動外，還要為來自世界各地的遊客擔當「司機」和「領隊」。

從南方韓國進入板門店，在韓國旅遊大巴上，韓國導遊便會一再向國際遊客介紹遊覽板門店的注意事項。板門店位於「非軍事區」內、跨越南北韓。一種不確定的氛圍成了吸引遊人的賣點。遊客會被告知，到了板門店，要列隊行走，服從指揮，不要指指點點，不要打手勢，不要做鬼臉。韓國導遊不時還穿插講述一些發生在「共同警備區」內的流血事件。

一九七六年八月十八日，南北雙方在板門店發生激烈戰鬥，起因是南方美軍要砍倒北方人民軍種植的白楊樹。一九八四年十一月，一名俄羅斯人參加朝鮮組織的旅遊時，突然逃到南邊一側，北韓衛兵開槍，衝過來抓人，隨即跟聯合國軍衛兵展開槍戰，一名韓國士兵和一名美國士兵以及三名北韓士兵被打死。如今，這些流血衝突成了韓國導遊說給遊客們聽的歷史故事。

韓國導遊還會特別提到，當年美國總統布希在美洲國家高峰會上痛罵北韓領袖金正日是「暴君」，惹怒了朝鮮，結果令駐守在板門店的韓國衛兵都穿上了防彈背心。朝鮮、美國、韓國、日本之間發生什麼大事，都會在板門店反應呈現。因此，導遊提醒遊人要格外小心。這番烘托，使花了好幾十美元的遊客覺得不虛此行了。

在靠近「非軍事區」之際，約離板門店三公里，遊客們下了旅遊客車，換上由韓國或美國軍人駕駛的專用大客車，胸前佩戴上聯合國「客人」的牌子，繼續向板門店進發。導遊再次微笑著提醒外國遊客不要亂說亂動。來自韓國一方的遊客，以鄰近的日本人最多，也有說英語的遊客，近年中國遊客占了大多數。

到板門店韓國這一側，在一座新大樓前下車，大樓建於一九九八年。進大樓後韓國政府聯絡官即趨前迎迓，從大樓中央的寬敞樓梯拾級而上，樓梯盡頭便是出口，過了馬路，就是橫跨在三八線上的那七排小屋。這座大樓建在斜坡上，遊客都從下面入口進來，步上樓梯盡頭便馬上看到樓外的邊界線及線外的朝鮮。

目前只有最中間的那一排房子可供參觀，像臨時建築一樣的這排平房，和另外幾排看上去也很簡易的平房，跨越了南北軍事分界線。在韓國聯絡官帶領下，步入中間藍色小屋。

屋的南北兩邊盡頭都有大門，朝鮮遊客從北門入，韓國遊客從南門入。不過，來自韓國的遊客列隊進屋時，朝鮮一側的門其實是鎖著的，整間屋子都是在韓國士兵的守衛之下。朝鮮方遊客與韓國方遊客，不能同時進入這房間參觀，因此按時辰劃分和「先來後到」的原則，這邊的遊客參觀，對面一邊的遊客就會避讓，不會發生兩邊遊人混雜的情形。也只有在這間房子裡，南北兩國遊客才能自由跨越分界線。

向朝鮮方面望過去，只看見一個朝鮮兵，站在邊境大樓正門前面，見我向他拍照，立即拿起望遠鏡觀察我們。這樣的邊境氣氛，冷戰氣味仍濃。

一九五三年韓戰結束，自劃定北緯三十八度的分界線以來，朝鮮仍處心積慮要進入韓國，他們挖掘了四條地下坑道，從朝鮮那一頭，在地下穿過北緯三十八度線抵達韓國。一九七八年，韓國人發現，被稱為「第三坑道」已經挖空而逐步在地下推進，最近一頭距離首爾僅五十公里。這令韓國方面嚇了一跳。

雙方就著軍事分界線（見地面稍微隆起的混凝土標識）互相警備對峙。

事實上，南北兩國常有很多問題須協商解決，某些朝鮮人士年紀老邁，孤苦無依，趁在餘生和居於韓國的親屬團聚，他們便在這裡越過邊界。紅十字會對朝鮮的援助也在此交收。一九九四年十二月十七日，朝鮮擊落入侵的美軍直升機，十二月三十日，朝鮮一方就在此向美軍遣送直升機駕駛員和他所攜帶的物品。金大中年代實行「陽光政策」，首爾提供許多人道援助，細節也在這裡商討，連金大中送給朝鮮的一千條牛也在板門店交收過關。沒開會的時候，小屋可容許遊客出入，小屋北面半間雖屬朝鮮，但也允許人們「自由往來」。

軍事停戰委員會的會議廳仍保持著當年會談時的模樣，牆上有十六面參戰國的國旗，卻唯獨找不到中國國旗。對此，朝鮮人民軍軍官解釋說，這是由於當時中國沒有以國家名義參戰，而是以「中國人民志願軍」名義參戰的緣故。大廳中間放置著一張長桌，桌子的位置正好在軍事分界線上，桌上也有一條分界線，兩邊各有五把椅子，會談雙方代表當時各坐一側。令人感慨的是，半個多世紀過去了，談判會議室桌椅都還保持著當年的原貌，朝鮮半島的分裂局面依舊。

朝鮮始終對日本、美國視為仇敵。五十年過去了，朝鮮人民仍處在別人的槍眼下生活。朝鮮人自認，自己的國家在世界地圖上就這麼一小塊，但能存活而沒有垮，是因為朝鮮靠自己力量拯救自己，「在思想上自主，在經濟上自立，在軍事上自衛」。朝鮮半島地勢狹長，一有風吹草動，立即波及全國。如果發生戰爭，往往沒有萬里長征和持久戰的回旋餘地。第一戰就是背水一戰，退一步就是太平洋。暴躁的急性子是獨特的半島性格。朝鮮人的不安感、焦慮感、激烈感，要比很多國家的人嚴重得多。心中的恨，濃得化不開。

「如果美帝國主義及其走狗燃起一場新的戰爭，我們的軍隊和人民將給予他們全民毀滅性的打擊。」在朝鮮，常常會聽到這樣的話。在朝鮮人民眼中，這個世界是一個對平壤充滿無以復加的敵意的地方，與美國的衝突似乎永遠都迫在眉睫。日本殖民統治朝鮮的傷痛，也依然歷歷在目。

平壤市金鍾泰電氣機車工廠的工農赤衛隊大隊長袁成寬說，如果美國以為伊拉克式的戰爭可以同樣在朝鮮成功，那是愚蠢至極的妄想。美國人誇口擁有最新的殺人武器和軍事裝備，但朝鮮有強大的實質性遏制力。真正的戰爭要打過才知道。美國自以為軍事裝備先進，但武器不是決定戰爭輸贏的唯一因素，人的信念才是最有力量的「武器」。

說起武器，不能不說朝鮮導彈戰力。二〇〇九年七月二日，朝鮮一連發射四枚導彈，射程均達一百公里。那一陣，朝鮮頻頻發射導彈，人們對其導彈情報知之甚少，誰都想揭開這一神祕面紗。據韓國情報部門掌握的軍情看，朝鮮此番發射的導彈是最大射程一百二十至一百六十公里的KN-01地對艦導彈，長五・八公尺，直徑七十六公分，可能是射程八十三至九十五公里的「蠶式（Silk Worm，CSS-C-2）」導彈的改良型。據分析，KN-01改良蠶式導彈的電路，縮短了發射準備時間，若裝載於艦艇，由於其射程較遠，會對韓國海軍構成威脅。

韓國最擔心的是朝鮮短程導彈，因為朝鮮射程為一百至一百二十公里的地對艦導彈，可以打到黃海北方界線，朝鮮目前擁有六百多枚短程導彈。美日韓三國除了擔心被打中外，也擔心朝鮮若導彈試驗成功將會構成更大的威脅。朝鮮已成功試驗核武器，如果遠程導彈技術也成熟的話，美日兩國將會暴露在朝鮮的核力量打擊之下。

有美國學者認為，當時朝鮮就很可能已掌握可搭載核彈頭的遠程導彈技術。朝鮮在二〇〇九年四月發射的遠程火箭，可改裝為一枚彈道導彈，其攜帶大量有效負荷時的理論射程可達一萬公里，可覆蓋美國國土的一半。韓國方面說，朝鮮二〇〇九年四月宣布發射了一枚攜帶有衛星的運載火箭，不過，美國方面則認為，沒有發現有任何物體進入地球軌道，這枚所謂「銀河二號」運載火

韓國在板門店附近裝置了巨大雕塑望向北方。

箭，其實是一枚射程達六千七百公里的彈道導彈的偽裝型。

從二十世紀八〇年代開始，朝鮮以舉國之力，發展核武器和導彈技術，迄今已擁有超過十種類型的各類導彈，射程涵蓋一百二十公里至二千公里，最具戰鬥力的是一千三百公里以下的中近程導彈。

朝鮮於二十世紀八〇年代末或九〇年代初，開始研究「大浦洞Ⅰ」和「大浦洞Ⅱ」導彈。前者為多段推進彈道導彈，射程超過一千五百公里，一九九八年八月試射，一部分越過日本落入太平洋。「大浦洞Ⅱ」是朝鮮新開發的兩段式中程彈道導彈。日本防衛白皮書稱，該導彈將新型推進裝置和「勞動」導彈分別作為第一和第二階段，射程為三千五百至三千六百公里，可部分覆蓋美國的阿拉斯加。如果改良為三段式，射程將達一・五萬公里，可覆蓋美國全境。

其實，韓國最擔心的還是朝鮮電磁炸彈。二〇〇九年六月二十六日，韓國國防研究院在國會聽證會上，罕見提出朝鮮的「另類軍事威脅」，即藉助核爆炸產生的巨大電磁場，破壞敵人「軟肋」，即信息化指揮控制系統，從而獲得「不對稱優勢」。朝鮮一直試圖開發小型核彈頭，並可能在此基礎上發展出電磁脈衝炸彈（EMP）。與以殺傷人員為目的的普通核武器相比，這種武器主要針對電子設備，具有相當的使用彈性。如果朝鮮在日本海上空四十至六十公里處引爆小當量核武器，並不會造成人員傷亡，但朝鮮半島南部的電子設備大多將癱瘓，這對高度資訊化的韓軍是致命威脅。

據美國軍情機構估測，在朝鮮每年約二百億美元的GDP中，靠對外出售導彈就占十五億美元。上世紀八〇年代以來，朝鮮先後向伊朗、巴基斯坦、埃及、利比亞、敘利亞和葉門出售過導彈系統，包括改良型的飛毛腿導彈和朝鮮的「勞動」型中程彈道導彈。朝鮮將得到的外匯用於海外採購，以獎勵菁英統治階層。此外，這筆錢也用於購買製造武器以及實施核計畫的材料。

這類估測，或許是冷戰思維的結果。

板門店，可以說是一座活生生的冷戰博物館。板門店之旅，總是令人心情沉重。殘酷的戰爭歷史、嚴峻的政治現實，南北韓割裂的痛苦，和商業旅遊交織一起。這是一個讓外國人了解南北韓局勢的好場所，能感受南北韓之間今天所面臨的現實景象。

記住過去，是為了不重複過去。

附錄

朝鮮檔案

조선

朝鮮民主主義人民共和國，自喻為「朝日鮮明的國家」，位於亞洲東部朝鮮半島北端，南部與大韓民國（韓國、南韓）接壤，北部與中國、俄羅斯接壤。總面積十二・三萬平方公里。人口二千四百萬。朝鮮半島是世界上最早的人類發源地之一，已有五千年歷史。

公元一世紀被分為高句麗、百濟、新羅三個國家。公元七世紀新羅統一朝鮮，公元九一八年建立高麗王朝，一三九二年國號為朝鮮。朝鮮深受中國儒家思想和佛教文化影響。一九一〇年，朝鮮被日本吞併，直到一九四五年二戰結束為止。按雅爾塔會議安排，美國和前蘇聯以北緯三十八度為在朝鮮半島接受日軍投降的分界線（三八線）。同年，即一九四五年十月，朝鮮勞動黨成立。一九四八年九月九日，北韓建立朝鮮民主主義人民共和國。一九五〇年南北韓戰爆發，一九五三年簽署停火協議，朝鮮半島沿三八線非軍事區劃分為兩個國家。

雙方劃定陸地軍事分界線，卻沒有涉及朝韓海域劃分。幾個月後，美韓單方面劃定「北方限界線」，朝方不予承認；一九七六年，朝鮮自行劃定「南方警戒線」，這是黃海道與京畿道陸上分界線的海上延長線，除西海五島屬於韓方，並留有狹長水道外，其他以北部分均屬朝方。但這一主張也未得到韓美認可。這兩條界線有一個海上重疊區域。其實，包括延坪島在內的「西海五島」，始終是朝韓衝突的熱點海域，被稱為戰略「橋頭堡」。朝鮮曾發動一九九九年延坪海戰、黃海交火，直至二〇一〇年十一月炮轟延坪島，不斷試圖廢除「北方限界線」。

當下，朝鮮半島局勢動盪，從根本上說，是由於長期來，朝鮮沒有實現正確的國家轉型，朝韓力量持續嚴重失衡。韓國崛起為具有全球影響的地區大國，朝鮮卻在經濟失敗，民生痛苦，政治世襲的情況下，唯有透過謀求核武器維持南北平衡。

金日成（一九一二～一九九四）自一九四八年起始終是朝鮮最高領導人，首創「主體思想」和

「先軍思想」，一九九四年去世，三年後其位由兒子金正日繼承。二〇一〇年，金正日選定其兒子金正恩為其接班人。二〇一一年金正日去世，金正恩執政。

時任勞動黨總書記金正日，一九九八年出任國防委員會委員長，朝鮮立法機關宣布他為「最高領導人」。同年，朝鮮修改憲法，不再設國家主席，國家主席的榮譽為已故的金日成保留。內閣是國家最高權力的行政執行機關，由總理領導。國家的最高軍事權力機關為國防委員會，朝鮮的議會為最高人民會議，是國家最高權力機關。朝鮮勞動黨自稱是「朝鮮人民一切勝利的引導者」，它將朝鮮人民劃分為三部分：工人、農民和知識分子，與其他國家的執政共產黨相比，它似乎更重視知識分子。當下在國際社會，朝鮮以「小而大的國家」顯示尊嚴。

朝鮮國旗：呈橫長方形，長與寬之比為二比一。旗面中間是一條紅色的寬帶，上下各有一藍邊，在紅色和藍色之間是白色的細條。在紅色寬條中的靠旗杆一側有一白色圓地，內有一紅色五角星。紅色寬條象徵崇高的愛國主義精神和頑強鬥爭的精神，白色象徵朝鮮是一個單一的民族，藍窄條象徵團結、和平，紅五角星象徵革命傳統。

國徽：呈橢圓形。由紅色綬帶束紮的稻穗構成橢圓形圖案，頂間一顆光芒四射的紅五角星，其下有革命聖地白頭山。國徽中間為水壩、水電站、高壓輸電線架等圖案，底部的紅色飾帶上用朝文寫著「朝鮮民主主義

國旗

國徽

人民共和國」。紅五星象徵革命，水電站和稻穗分別象徵工人、農民，紅色綬帶束紮在國徽周圍象徵團結和勝利。

國歌：〈愛國歌〉創作於一九四七年，歌詞作者為詩人朴世永（一九〇二～一九八九），作曲為音樂家金元均（一九一七～二〇〇二）。

國花：金達萊。

紫紅色金達萊是半常綠灌木，屬於杜鵑花科，學名：興安杜鵑。它有很多別名：杜鵑花、滿山紅、靠山紅、達子香、映山紅等。杜鵑花自唐代起也稱山石榴、紅躑躅、清明花等。今中國西北人稱之山丹丹，朝鮮族人叫金達萊。它和龍膽花、報春花合稱「中國三大名花」。

金達萊獨喜長在崇山峻嶺的陡壁上。每年四月，中國東北地區冰雪未盡時，便花蕾怒放。先開花後展葉，花開時，葉子還沒有長出，紫紅色的花冠顯得嬌豔耀眼，惹人喜愛。它在嚴冬孕育花苞，早春吐蕾開花，幾乎總是頂雪怒放，領先報告春天的訊息，因此更受人們喜愛。每當春回大地，杜鵑花就透著盎然的春意，令人賞心悅目，心曠神怡。當它盛開時，密密層層，疊錦堆秀，以紅豔著稱，被人們譽為「花中西施」，常被文人墨客歌詠。

朝鮮人民將金達萊看成是春天的使者，堅貞、美好、吉祥、幸福的象徵，對它有一種特殊的感情。金達萊不僅可供觀賞，而且是一種具有經濟價值的植物，葉子可以撮芳香油；葉子和花都是中藥，可以為人們治病。

朝鮮的歌〈金達萊花〉如此唱道——

因你不願見到我，當你離開的時候，我會在背後默默地送走你
因你不願見到我，當你離我而去的時候，我是絕不會落淚的

離開我以後是否還幸福，不知是否依然是從前的你
這些日子我是望著你走過來的，這樣的我是否被擋在她的身後
愛，它帶來的痛苦實在太深，我痛得都無法呼吸
我會懇求上天讓你過得幸福，我會永遠懇求
因你不願見到我，當你離開的時候，我會在背後默默地送走你
我會採集一束寧邊的金達萊花，落灑在你的離別路上
希望你在離別路上，在被金達萊花鋪滿的那條路上走好
因你不願見到我，當你離我而去的時候，我是絕不會落淚的
即使我離開人世化為風，纏繞著你，你還會愛著她對嗎
因你不願見到我，當你離開的時候，我會在背後默默地送走你
我會採集一束寧邊的金達萊花，落灑在你的離別路上
希望你在離別路上，在被金達萊花鋪滿的那條路上走好
因你不願見到我，當你離我而去的時候，我是絕不會落淚的
……

조 기념

4.15 수령님은사회주의

INK PUBLISHING Canon 27

朝鮮是個謎
從神祕到眞實的北韓探索紀行

作　　者　江　迅
圖片提供　江　迅
總 編 輯　初安民
責任編輯　尹蓓芳
美術編輯　林麗華
校　　對　尹蓓芳　江　迅

發 行 人　張書銘
出　　版　INK印刻文學生活雜誌出版有限公司
新北市中和區中正路800號13樓之3
電話：02-22281626
傳眞：02-22281598
e-mail：ink.book@msa.hinet.net

法律顧問　巨鼎博達法律事務所
施竣中律師
總 代 理　成陽出版股份有限公司
電話：03-3589000（代表號）
傳眞：03-3556521
郵政劃撥　19000691 成陽出版股份有限公司
印　　刷　海王印刷事業股份有限公司

港澳總經銷　泛華發行代理有限公司
地　　址　香港新界將軍澳工業邨駿昌街7號2樓
電　　話　(852) 2798 2220
傳　　眞　(852) 2796 5471
網　　址　www.gccd.com.hk

出版日期　2012年7月　初版
2016年1月25日　初版三刷
ISBN　978-986-5933-27-2

定　價　380元

國家圖書館出版品預行編目資料

朝鮮是個謎：從神祕到眞實的北韓探索紀行／江迅著；
--初版，--新北市：INK印刻文學，
2012.07　面；　公分（Canon；27）
ISBN　978-986-5933-27-2（平裝）
857.85　　101012493